D1921876

btb
Aus Freude am Lesen

btb

Buch

Zwei Männer sind tot. Auf brutale Weise ums Leben gekommen. Mit vier Schüssen niedergestreckt, zwei in die Brust und zwei in den Unterleib. Zweifellos handelt es sich um denselben Täter, aber ansonsten tappen Inspektor Van Veeteren und seine Leute im dunkeln. Die neue Freundin des Kollegen Reinhart meint, es müsse sich um eine Mörderin handeln, um eine in ihrer Ehre beleidigte Frau, das schließt sie aus den Schüssen in den Unterleib. Die Theorie klingt spannend, führt aber zunächst auch nicht weiter. Dann stellt sich heraus, daß die beiden Toten zusammen beim Militär waren und vor dreißig Jahren gemeinsam ihre Offiziersprüfung ablegten. Kann das eine Spur sein? Von den damals dreiunddreißig Offiziersanwärtern leben noch einunddreißig, fünf davon im Ausland. Die Befragungen verlaufen ergebnislos, doch zwei der Männer begreifen sehr wohl, daß auch sie gefährdet sind. Bald kommt auch Van Veeteren dahinter. Kann er die nächsten Morde verhindern?

Autor

Håkan Nesser, geboren 1950, ist einer der interessantesten und aufregendsten Krimiautoren Schwedens. Für seine Kriminalromane um Inspektor Van Veeteren erhielt er zahlreiche Auszeichnungen. »Die Frau mit dem Muttermal« wurde mit dem Schwedischen Krimipreis ausgezeichnet.

Håkan Nesser bei btb

Das grobmaschige Netz. Roman (72380)
Das falsche Urteil. Roman (72598)
Das vierte Opfer. Roman. (72719)
Münsters Fall. Roman. Hardcover (75043)
Der Kommissar und das Schweigen. Roman. Hardcover (75075)

Håkan Nesser

Die Frau mit dem Muttermal

Roman

Aus dem Schwedischen
von Christel Hildebrandt

btb

Die Originalausgabe erschien 1997
unter dem Titel »Kvinna med födelsemärke«
bei Albert Bonniers Förlag, Stockholm

Umwelthinweis:
Alle bedruckten Materialien dieses Taschenbuches
sind chlorfrei und umweltschonend.

btb Taschenbücher erscheinen im Goldmann Verlag,
einem Unternehmen der Verlagsgruppe Random House GmbH.

Einmalige Sonderausgabe Oktober 2001
Copyright © 1996 by Håkan Nesser
Copyright © der deutschsprachigen Ausgabe 1998
by Wilhelm Goldmann Verlag GmbH, München,
einem Unternehmen der Verlagsgruppe Random House GmbH
Umschlaggestaltung: Design Team München
Umschlagfoto: TIB/Bullaty/Lomeo
Satz: IBV Satz- und Datentechnik GmbH, Berlin
AL · Herstellung: Augustin Wiesbeck
Made in Germany
ISBN 3-442-72881-9
www.btb-verlag.de

FÜR SANNA UND JOHANNES

Manche Handlungen können wir nie ganz vergessen oder uns von ihnen freikaufen. Möglicherweise können wir nicht einmal dafür um Verzeihung bitten.

W. Klimke, Therapeut

I

23. Dezember–14. Januar

1

Sie fror.

Der Tag hatte zwar ganz vielversprechend mit sanftem Schneefall begonnen, aber seit der Mittagszeit hatte der starke Wind vom Meer den Niederschlag in einen peitschenden Regen verwandelt. Er ging durch Mark und Bein, ließ die Ladenbesitzer unten im Hafen eine Stunde früher als üblich schließen, und in Zimmermanns Kneipe wurden dreimal so viele Grogs serviert wie an einem normalen Dezembertag.

Der Friedhof lag obendrein nach Südwesten hin. An einem leicht hügeligen, baumlosen Abhang, Wind und Wetter vollkommen ausgeliefert. Als die kleine Gruppe endlich das frisch ausgehobene, lehmige Grab erreichte, gingen der Frau sonderbare Gedanken durch den Kopf.

Dort unten war es jedenfalls windgeschützt. Zumindest konnten einem im Grab der Wind und der verfluchte Regen nichts mehr anhaben. Alles hatte seine guten Seiten.

Der Pfarrer näselte, und der Totengräber – oder wie sollte sie ihn sonst nennen – kämpfte mit dem Regenschirm. Er versuchte, damit den Schwarzrock und sich selbst zu schützen, aber die Böen waren launisch und wechselten die Richtung von einer Sekunde zur anderen. Die Träger drückten ihre Absätze in den weichen Lehm und setzten den Sarg ab. Ihr Blumenstrauß auf dem Deckel sah schon jetzt demoliert aus. Wie ein Bund Suppengrün, das zu lange gekocht worden war. Einer der Männer schwankte, fand die Balance aber wieder. Der

Pfarrer putzte sich die Nase und sang ein Kirchenlied. Der Totengräber fummelte mit der Schaufel. Der Regen wurde stärker.

Das war typisch. Sie konnte nicht anders, sie mußte immerzu daran denken, während sie die Hände in den Manteltaschen ballte und versuchte, etwas Wärme in die Füße zu trampeln.

Es war ja so typisch. Diese Zeremonie war genauso mißglückt und unwürdig wie das ganze Leben ihrer Mutter. Nicht einmal eine anständige Beerdigung war ihr also vergönnt. Am Tag vor Heiligabend. Ein bißchen blauer Himmel oder leichter Schneefall? War das zuviel verlangt?

Natürlich war es das. Das Leben ihrer Mutter war gesäumt von Niederlagen und hinterhältigen Unglücken; genaugenommen war das hier passend und gleichzeitig zu erwarten gewesen, und sie merkte plötzlich, wie sie sich auf die Lippen beißen mußte, um nicht loszuheulen.

Sie durfte nicht weinen. Jedenfalls noch nicht. Aus irgendeinem merkwürdigen, unerklärbaren Grund hatte ihre Mutter gerade das von ihr gefordert. Weine nicht! Mach, was du willst, aber steh bei meiner Beerdigung nicht heulend am Grab. Tränen haben noch nie geholfen, glaube mir, ich habe Sintfluten im Laufe meines Lebens vergossen. Nein, handle, meine Tochter! Tu etwas richtig Großartiges, so daß ich von da oben im Himmel applaudieren kann.

Während sie das sagte, hatte ihre Mutter ihre Hand zwischen ihren beiden rissigen und kraftlosen Händen gehalten. Sie hatte ihre gebrochenen Augen in die der Tochter gebohrt, und dadurch hatte diese begriffen, daß es der Mutter dieses Mal wirklich ernst war. Dieses eine Mal hatte die Mutter wirklich etwas von ihr gefordert. Sie war natürlich sehr spät damit herausgerückt, und es war unklar formuliert, aber worum es ging, daran bestand kein Zweifel. Oder doch?

Eine halbe Stunde später war sie tot.

Tu etwas, meine Tochter! Handle!

Der Pfarrer verstummte. Er schaute sie unter dem tropfenden Regenschirm an, und sie begriff, daß sie irgend etwas tun sollte. Aber was? Sie hatte keine Ahnung. Schließlich war es erst das zweite Mal in ihrem Leben, daß sie auf einer Beerdigung war; und beim letzten Mal war sie acht oder neun Jahre alt gewesen, und ihre Mutter hatte sie dorthin mitgenommen. Vorsichtig trat sie ein paar Schritte vor. Blieb in sicherem Abstand stehen, um der Gefahr aus dem Weg zu gehen, auch noch ins Grab zu rutschen. Sie senkte den Kopf und schloß die Augen. Faltete die Hände vor sich.

Zum Teufel, jetzt denken die sicher, daß ich bete, dachte sie. Oder daß ich jedenfalls so tue als ob. Hallo, Mama! Du kannst dich auf mich verlassen. Ich weiß, was ich zu tun habe. Dir werden die Handflächen da oben bei den Engeln noch heiß werden.

Und dann war es vorbei. Der Pfarrer und der Totengräber gaben ihr beide ihre kalte, weiche Hand, und zehn Minuten später stand sie unter dem undichten Dach der Bushaltestelle und sehnte sich nach einem heißen Bad und einem großen Glas Rotwein. Oder Cognac. Oder beides.

Eine Trauernde, dachte sie. Zur Beerdigung meiner Mutter ist nur ein einziger Mensch gekommen. Das war ich.

Aber es werden hoffentlich bald noch mehr Menschen trauern.

Das war keine schlechte Formulierung, und während sie dort stand und mit Kälte, Nässe und dem unterdrückten Weinen kämpfte, erschien es ihr, als entflammten diese Worte in ihr ein kleines Feuer. Das schließlich Nahrung durch etwas Brennbares bekam, etwas, das langsam alles alte Eingefrorene auftaute und das Durcheinander in der Seele ordnete.

Ein Feuer, das bald weitere Nahrung bekommen und andere zum Glühen bringen sollte, auf daß sie in den Flammen verzehrt werden... es gab viele, die dieses Meer der Wut zu fürchten hatten, das sie, wenn die Zeit gekommen war, umspülen und sie alle vernichten würde!

Auch dieser Gedanke ließ sie auflachen. Vielleicht hatte sie so etwas einmal gelesen, oder es stimmte, was einer ihrer allerersten Liebhaber behauptet hatte: daß sie dafür eine Ader hatte. Ein Gefühl für Poesie und Wortbilder.

Für die Wahrheit und die Leidenschaft. Oder eher die Leiden; ja, das erschien treffender, zweifellos. Denn gelitten hatte sie. Zwar nicht so viel wie ihre Mutter, doch sie hatte auch ihren bescheidenen Teil abbekommen. Im Übermaß.

Ich friere, dachte sie. Nun komm doch, du Scheißbus!

Aber der Bus ließ auf sich warten. Alles schien auf sich warten zu lassen, und während sie dort in der einsetzenden Dunkelheit in diesem ungenügenden Windschutz von einem Fuß auf den anderen trat, da wurde ihr plötzlich klar, daß ihr Leben genau so ausgesehen hatte. Das hier war das wahre Sinnbild, wenn es darum ging, wie alles gekommen war.

Dastehen und warten auf das, was nie kam. Ein Bus. Ein guter Mann. Ein vernünftiger Job.

Eine Chance. Eine einzige verfluchte Chance, etwas aus dem eigenen Leben zu machen.

Dastehen und in Dunkelheit, Wind und Regen warten. Und jetzt war es zu spät.

Sie war neunundzwanzig Jahre alt, und es war bereits zu spät. Meine Mutter und ich, dachte sie. Eine Trauernde oben am Grab. Eine unten drin. Wir hätten ebensogut die Plätze tauschen können. Oder uns nebeneinanderlegen können. Niemand hätte etwas dagegen gehabt. Wenn nicht …

Und sie spürte erneut, wie das Feuer aufflackerte, und mit einem Mal wuchs es in ihr und erfüllte sie mit Wärme. Eine kräftige, fast sinnliche Hitze, die sie trotz ihrer Betrübnis lachen und die Hände tief in den Manteltaschen fester zu Fäusten ballen ließ.

Sie warf einen letzten Blick auf die lange Kurve, in der nicht die geringste Andeutung eines Scheinwerfers zu erkennen war. Dann drehte sie sich um und ging auf die Siedlung zu.

2

Weihnachten kam und ging.

Silvester kam und ging. Ein Regenschauer löste den nächsten ab, und die bleigrauen Tage verflossen in monotoner Gleichförmigkeit. Ihre Krankschreibung lief aus, das Arbeitsamt zahlte weiter. Der Unterschied war unmerklich. Krankgeschrieben seit wann? Arbeitslos seit wann?

Das Telefon war abgeschaltet. Als sie den Bescheid im Oktober bekommen hatte, hatte sie bewußt die Rechnung liegenlassen, und jetzt hatte man reagiert. Die Mühlen der Bürokratie mahlten langsam, aber trefflich klein.

Das war gut so. So mußte sie mit keiner Menschenseele sprechen. Wenn denn überhaupt jemand angerufen hätte. Denn es gab keinen Zweifel, mit der Zeit waren ihre Freunde immer weniger geworden. In den vierzehn Tagen direkt nach der Beerdigung hatte sie mit summa summarum zwei Bekannten gesprochen. Heinzi und Gergils traf sie zufällig auf dem Markt, und beide versuchten im Laufe von nur dreißig Sekunden, etwas bei ihr zu schnorren. Heroin oder ein bißchen Hasch oder jedenfalls Schnaps verdammt, irgendwas hatte sie doch sicher für gute, alte Freunde. Wenigstens eine Dusche und einen kleinen Fick?

Nur Gergils war so weit gegangen, und einen Moment lang hatte sie mit dem Gedanken gespielt, ihm eine halbe Stunde zu gewähren. Nur so zum Vergnügen und weil die Möglichkeit bestand, ihn mit hineinzuziehen.

Aber es war natürlich nicht sicher, daß es klappte. Ganz im Gegenteil. Die Chancen waren gering. Eine schwerübertragbare Krankheit, trotz allem, was man so hörte, das hatten sogar die Ärzte betont. Aber dieses eine Mal war es ihr jedenfalls gelungen, sich vorzudrängeln. Denn gewiß gab es viele, die ein viel höheres Risikoverhalten hatten und trotzdem nicht infiziert wurden.

Risikoverhalten? Was für ein schreckliches Wort. War denn

nicht ihr ganzes Leben ein ewiges, verfluchtes Risikounternehmen gewesen? Aber es stimmte wohl, was Lennie vor vielen Jahren gesagt hatte: wenn man am Rand eines Scheißhaufens geboren wurde, dann muß man sich damit abfinden, ab und zu hineinzutreten. Das war nur normal. Hauptsache, man kam irgendwie aus dem Dreck heraus.

Und das geschah nie. Daß man es schaffte. Man blieb in der Scheiße liegen, und alles andere war nur noch eine Frage der Zeit.

Aber das war jetzt Schnee von gestern. Zertreten, grau und geschmolzen. Der Oktober hatte einiges verändert. Der Tod ihrer Mutter gab den Rest.

Genauergenommen der Bericht ihrer Mutter. Ganz plötzlich war vieles einfacher geworden. Deutlich und klar zum ersten Mal in ihrem trüben Leben. Sie fühlte sich stärker und nahm weniger Drogen. Keinen harten Stoff mehr. Ein bißchen Hasch hier und da, sonst nichts. Und sie machte Schluß mit diesen verfluchten, trostlosen Beziehungen zu all den anderen Scheißhausbewohnern. Es war einfacher gewesen, sie loszuwerden, als sie geahnt hatte, genauso einfach wie mit den Drogen, und natürlich hatte das eine das andere beeinflußt. Vielleicht stimmte es ja doch, was all die Quacksalber und Fürsorger die ganzen Jahre über predigten: Es kommt auf die eigene Stärke an. Auf sie und sonst auf nichts.

Mut und Entschlossenheit also.

Und der Auftrag, fügte sie hinzu.

Der Auftrag? Anfangs war sie sich nicht darüber im klaren gewesen, erst nach und nach wurde es ihr bewußt. Welche Motive eine Rolle gespielt hatten oder wer gar den Anstoß dazu gegeben hatte, ließ sich hinterher nur schwerlich sagen. War es der Beschluß ihrer Mutter oder ihr eigener? Nicht, daß das eine größere Bedeutung hatte, aber auf jeden Fall konnte es interessant sein, darüber nachzudenken.

Über den Ursprung, die Verantwortung und so. Über Rache und die Wichtigkeit, Dinge zurechtzurücken. Daß ihre Mutter

10000 Gulden versteckt hatte, war natürlich gleichzeitig eine Überraschung und eine große Hilfe. Das war eine stattliche Summe, die zweifellos gelegen kam.

Am 12. Januar hatte sie 2000 ausgegeben, aber das war kein herausgeworfenes Geld. In ihrer Nachttischschublade lag eine Liste mit Namen, Adressen und einigen anderen Angaben. Sie hatte eine Waffe, und sie hatte ein möbliertes Zimmer, das in Maardam auf sie wartete. Was konnte man sich mehr wünschen?

Den Mut nicht zu verlieren? Die Entschlossenheit? Ein bißchen Glück?

Am Abend, bevor sie abfuhr, betete sie zu einem ziemlich unspezifizierten Gott, daß er ihr doch beistehen möge und ihr Erfolg gönnen solle, und als sie die Nachttischlampe löschte, hatte sie das deutliche Gefühl, daß es in dieser Welt eigentlich nicht mehr viel gab, was ihr Knüppel zwischen die Beine werfen konnte.

Wahrscheinlich gar nichts. Sie schlief in dieser Nacht in einer warmen, lächelnden Fötushaltung in der sicheren Überzeugung, daß sie sich in ihrem ganzen Leben noch nie so unverwundbar gefühlt hatte.

3

Die Wohnungsfrage gehörte zu den Dingen, mit denen sie sich nicht länger herumquälte. Sie hatte einfach auf eine der Anzeigen im Neuwe Blatt geantwortet – doch als sie das Ergebnis sah, wurde ihr klar, daß sie es kaum besser hätte treffen können.

Frau Klausner war schon früh Witwe geworden und hatte die alte, reizvolle Zweiparteienvilla im Deijkstraaviertel nach dem Tod ihres Mannes umbauen lassen. Sie blieb mit zwei Katzen und viertausend Büchern im Erdgeschoß wohnen. Der erste Stock, die alten Kinderzimmer und das Gästezimmer, wurden vermietet. Insgesamt vier Zimmer, jedes mit Waschbecken und Kochgelegenheit. Sowie gemeinsame Dusch- und Waschräume auf dem Flur. Die Treppe nach oben bekam einen separaten Eingang, der in sicherem Abstand von Frau Klausners eigenem Schlafzimmer hinter einem Giebel verlief. Und obwohl ihr anfangs natürlich nicht ganz wohl bei der ganzen Sache war, konnte sie sich bald zu dem ausgezeichneten Arrangement beglückwünschen. Sie vermietete nur an alleinstehende Damen und nie länger als ein halbes Jahr. Meistens Studentinnen, die sich aufs Examen der juristischen oder medizinischen Fakultät vorbereiteten und Ruhe und Abgeschiedenheit brauchten. Oder Krankenschwestern, die für ein paar Monate an irgendeiner Fortbildung am Gemejnte teilnahmen. Im Sommer standen oft ein oder mehrere Zimmer leer, doch die Einkünfte, die sie im Winterhalbjahr hatte, reichten aus. Major Klausner hätte gegen diese Neuerungen nichts einzuwenden gehabt, das wußte sie, und während sie bei der Sparkasse in der Schlange stand, um die Mieten auf ihr Konto einzuzahlen, hatte sie das Gefühl, als könnte sie ihn dort oben auf dem endgültigen Schlachtfeld ihr aufmunternd zunicken sehen.

Die neue Mieterin traf wie abgesprochen am Sonntag, dem 14. Januar ein, am Abend bevor sie eine dreimonatige Fortbildung für Führungskräfte der Finanzabteilung am Elizabethinstitut beginnen sollte. Sie bezahlte sechs Wochen im voraus, und nach den notwendigen Instruktionen, die in aller Herzlichkeit und im Laufe von weniger als einer Minute erteilt wurden, nahm sie das rote Zimmer in ihren Besitz. Frau Klausner wußte, wie wichtig es war, die Privatsphäre ihrer Mieterinnen zu respektieren; solange ihre Nachtruhe nicht gestört wurde, gab es für sie nicht den geringsten Grund, ihre Nase in deren Angelegenheiten zu stecken. Die Menschen sind gut, pflegte sie zu denken. Liebe deinen Nächsten wie dich selbst.

Über dem kleinen Waschbecken in der Kochnische hing ein Spiegel, und nachdem sie die Taschen ausgepackt hatte, blieb sie eine Weile davor stehen und betrachtete ihr neues Gesicht. Die Veränderungen waren nur gering; das Ergebnis dagegen erstaunlich. Mit kurzgeschnittenem, braungefärbtem Haar, ungeschminkt und mit einer runden Brille mit Metallgestell sah sie plötzlich aus wie eine Bibliothekarin oder eine gelangweilte Handarbeitslehrerin. Niemand würde sie wiedererkennen, und für einen Augenblick – während sie dastand, das Gesicht verzog und sich von allen Seiten betrachtete – hatte sie selbst das Gefühl, eine andere zu sein.

Neues Aussehen und neuer Name. Neue Stadt und ein Vorhaben, das sie vor einem halben Jahr als die Geschichte eines Wahnsinnigen oder einen schlechten Scherz aufgefaßt hätte.

Aber jetzt stand sie hier. Versuchte noch einmal – das letzte Mal? – nachzuspüren, ob sie irgendeine Form von Zweifel oder Unschlüssigkeit in sich spürte. Aber wie sehr sie auch ihre Seele durchforstete, überall stieß sie nur auf reines Urgestein. Den festen und unerschütterlichen Entschluß, und sie begriff, daß es an der Zeit war, loszulegen

Ernsthaft die Sache in Angriff zu nehmen. Ihre Liste war in jeder Hinsicht komplett. Drei Monate hatte sie gebraucht, um alles gewissenhaft zu planen. Jeder Name war festgehalten, jeder Schritt genau überlegt. Wenn sie einmal angefangen hatte, wenn man erkannt hatte, worum es ging, mußte sie darauf gefaßt sein, Probleme zu bekommen. Große Aufmerksamkeit von allen Seiten – der Allgemeinheit, der Polizei, den Gegnern.

Es gab kein Zurück mehr. Die Dinge waren nun einmal, wie sie waren.

Aber bereits jetzt war ihr klar, daß auch das ihr keine Sorgen machte. Zumindest keine unüberwindlichen, und während sie am ersten Abend auf dem Bett lag und ihre Waffe betrachtete, wußte sie, daß die bevorstehende Herausforderung die Verlockung nur noch vergrößern würde.

Sie ein bißchen spannender und schöner machen würde.

Ich bin wahnsinnig, dachte sie. Total und unheilbar wahnsinnig. Aber das war ein verwegener, unwiderstehlicher Wahnsinn. Und wer sollte sie eigentlich rügen?

Sie betrachtete die Namen. Studierte einen nach dem anderen. Sie hatte bereits entschieden, wer der erste sein sollte, überdachte es aber noch einmal.

Dann gab sie einen Seufzer der Zufriedenheit von sich und umringelte ihn mit einem doppelten roten Kreis. Zündete sich eine Zigarette an und begann das Szenario durchzugehen.

II

18.–19. Januar

4

Es gehörte kaum zu Ryszard Maliks Gewohnheiten, zwei große Whiskys vor dem Essen zu trinken, aber an diesem Tag gab es allen Grund dazu.

Sogar zwei Gründe. Der Vertrag mit Winklers war trotz zwei Stunden intensiver Telefonverhandlungen am Nachmittag schließlich doch geplatzt, und als er endlich aus seinem Büro loskam, hatte ein plötzlicher Kälteeinbruch die regennassen Straßen in reine Schlittschuhbahnen verwandelt. Wenn es nur ihn betroffen hätte, wäre das natürlich kein Problem gewesen – nicht umsonst hatte er mehr als dreißig Jahre unfallfreies Fahren hinter sich, und Straßenglätte hatte er schon früher erlebt –, aber er war ja nicht allein auf der Straße.

Kurz vor dem Rondell auf der Hagmaar Allee passierte es. Ein weißer Mercedes mit Schweizer Nummernschild rutschte mit viel zu hoher Geschwindigkeit hinten auf seinen Renault. Er fluchte leise, löste seinen Sicherheitsgurt und stieg aus dem Wagen, um den Schaden zu besehen und die Formalitäten zu erledigen. Das rechte Rücklicht war kaputt, eine ziemlich dicke Delle an der Stoßstange und zwei deutliche Kratzer im Lack. Diverse knappe Entschuldigungen, diverse schlaffe Höflichkeiten, Austausch von Visitenkarten und Versicherungsgesellschaften, alles dauerte geraume Zeit, und erst nach gut vierzig Minuten konnte er seine unterbrochene Heimfahrt wieder aufnehmen.

Malik mochte nicht zu spät nach Hause kommen. Zwar hatte seine Frau das Essen selten vor sieben Uhr fertig, aber eine Stunde, lieber noch anderthalb, mit der Zeitung und einem schwachen Whisky im Arbeitszimmer zu sitzen, das ließ er sich nur ungern entgehen.

Mit den Jahren war das eine Gewohnheit und fast ein Muß geworden. Eine Art Schleuse zwischen Arbeit und Ehefrau mit einem sich immer steigernden Eigenwert.

An diesem Tag war nicht mehr als eine Viertelstunde drin. Und um in gewissem Grad den Verlust zu kompensieren – sowohl den der geliebten Minuten als auch des Rücklichts –, ließ er die Zeitung liegen und widmete statt dessen seine gesamte Aufmerksamkeit dem Whisky.

Nun ja, nicht die gesamte. Da war auch noch dieses Telefongespräch. Was konnte das nur bedeuten? *The Rise and Fall of Flingel Bunt.* Was, zum Teufel, konnte es für einen Sinn haben, anzurufen und einen alten Hit aus den Sechzigern spielen zu lassen? Immer und immer wieder.

Oder zumindest einmal am Tag, Ilse hatte zweimal abgenommen, er selbst einmal. Es hatte vorgestern angefangen. Er hatte ihr nicht erzählt, daß es gestern abend auch noch einmal geklingelt hatte... es war unnötig, sie zu beunruhigen. Unnötig, ihr zu erzählen, daß er die Melodie wiedererkannte.

Frühe Sechziger, wenn er sich recht erinnerte. The Shadows. Vierundsechzig oder fünfundsechzig wahrscheinlich. Was eigentlich scheißegal war. Die Frage war nur, was das Ganze zu bedeuten hatte, wenn es denn überhaupt etwas bedeutete. Und wer dahintersteckte. Vielleicht war es ja nur ein Verrückter, irgend so ein arbeitsloser Schwachkopf, der nichts anderes zu tun hatte, als anständige Menschen anzurufen und ihnen das Leben schwerzumachen.

Vermutlich war es nichts weiter. Natürlich mußte man überlegen, ob man die Polizei einschalten sollte, wenn das so weiterging, aber bis jetzt war es jedenfalls nichts weiter als ein Anlaß zur Irritation. Was an einem Tag wie diesem schlimm genug war.

A pain in the ass, wie Wolff die Sache bezeichnet hätte. Ein Kratzer im Lack oder ein kaputtes Rücklicht.

Jetzt rief sie. Das Essen stand auf dem Tisch, kein Zweifel. Er seufzte. Leerte sein Whiskyglas und verließ das Arbeitszimmer.

»Es gibt keinen Grund, sich aufzuregen.«

»Ich rege mich nicht auf.«

»Dann ist es ja gut.«

»Du glaubst immer, ich würde mich aufregen. Das ist deine Vorstellung von Frauen.«

»Allright. Laß uns von was anderem reden. Die Sauce ist nicht schlecht. Was hast du da drin?«

»Ein bißchen Madeira. Du hast sie schon fünfzigmal gegessen. Ich habe heute länger zugehört.«

»Ja und?«

»Bestimmt eine Minute lang. Es kam nichts anderes.«

»Was hätte denn kommen sollen?«

»Was hätte kommen sollen? Na, eine Stimme natürlich. Die meisten, die ein Telefon benutzen, pflegen etwas zu sagen.«

»Es gibt sicher eine ganz natürliche Erklärung.«

»Ach ja. Und was für eine bitteschön? Warum ruft jemand an und läßt nur Musik spielen?«

Malik nahm einen großen Schluck Wein und überlegte. »Nun ja«, sagte er. »Ein neuer Radiosender oder so was.«

»Das ist das Dümmste, was ich je gehört habe.«

Er seufzte.

»Bist du dir sicher, daß es beide Male dieselbe Melodie war?«

Sie zögerte. Rieb sich ein wenig mit dem Zeigefinger über die Schläfe, wie immer, wenn ein Migräneanfall im Anmarsch war. »Ich glaube es jedenfalls. Das erste Mal habe ich schon nach ein paar Sekunden aufgelegt. Das habe ich doch gesagt.«

»Kümmer dich nicht weiter drum. Sicher handelt es sich nur um einen Irrtum.«

»Einen Irrtum? Wie kann das ein Irrtum sein?«

Halt die Schnauze, dachte er. Hör auf herumzunerven, sonst schmeiß ich dir das Glas ins Gesicht!

»Ich weiß nicht«, sagte er. »Reden wir nicht mehr drüber. Ich hatte heute einen kleinen Unfall.«

»Einen Unfall?«

»Nichts Ernsthaftes. Mir ist nur hinten einer draufgefahren.«

»Mein Gott. Warum hast du nichts davon gesagt?«

»Es war nur eine Bagatelle. Nichts Erwähnenswertes.«

»Nichts Erwähnenswertes? Das sagst du immer. Worüber sollen wir eigentlich reden, kannst du mir das erzählen? Es gibt mysteriöse Telefonanrufe, die sollen wir einfach ignorieren. Du stößt mit einem anderen Auto zusammen – und du hältst es nicht einmal für nötig, es deiner Frau zu erzählen … das ist typisch. Du meinst wohl, wir sollten am besten schweigend die Abende verbringen. So hättest du es wohl gern. Ruhig und leise. Ich bin es dir nicht einmal mehr wert, daß du mit mir redest.«

»So ein Quatsch. Nun werde nicht lächerlich.«

»Vielleicht gibt es da ja einen Zusammenhang.«

»Einen Zusammenhang? Was, zum Teufel, meinst du damit?«

»Natürlich zwischen den Telefonanrufen und dem Unfall. Du hast dir doch wohl die Autonummer aufgeschrieben?«

Mein Gott, dachte Malik und kippte den restlichen Wein in sich hinein. Sie ist ja nicht ganz bei Trost. Reine Paranoia. Kein Wunder, daß sie sie im Hotel loswerden wollten.

»Hast du was von Jacob gehört?« versuchte er abzulenken, begriff aber sofort, daß der Schuß danebenging.

»Seit zwei Wochen nicht mehr. Er ist dir einfach ähnlich, ihm fällt es überhaupt nicht ein, mal anzurufen. Er meldet sich nur, wenn er Geld braucht.«

Glaub es nur, dachte Malik und hoffte, daß ihm sein bitteres inneres Lachen nicht anzumerken war. Er selbst hatte mit seinem Sohn in den letzten Tagen das eine und andere Mal gesprochen – ohne daß er auch nur einen Gulden hätte rausrücken müssen.

»Ja ja«, sagte er und wischte sich den Mund mit einer Serviette ab.

»So ist die Jugend. Hast du nachgeguckt, ob heute abend was im Fernsehen läuft?«

Als der vierte Anruf kam, konnte er sich zumindest beglückwünschen, daß er ihn selbst entgegennahm. Ilse saß immer noch vor dem ungarischen Spielfilm auf Kanal 4, und im Schlafzimmer konnte er den anonymen Friedensstörer in unverblümten Worten darum bitten, sich zum Teufel zu scheren, ohne Risiko, daß Ilse ihn hören oder ahnen könnte, worum es ging. Aber zunächst stellte er fest, daß es sich tatsächlich um *The Rise and Fall of Flingel Bunt* handelte, danach lauschte er eine halbe Minute, bis er ein paar Drohungen von sich gab, die kaum mißzuverstehen waren. Dann legte er den Hörer auf. Inwieweit es wirklich jemanden gab, der am anderen Ende zuhörte, davon konnte er sich jedoch keine richtige Meinung bilden.

Vielleicht war ja jemand da. Vielleicht auch nicht.

Dieses Lied? dachte er anschließend, aber in seinem leicht überreizten Gehirn tauchte keinerlei Erinnerungsbild auf.

»Wer war das?« fragte seine Frau, als er wieder in die Sofaecke im Fernsehzimmer sank.

»Jacob«, log er. »Er läßt schön grüßen und will keinen einzigen Nickel leihen.«

5

Am Freitag fuhr er bei Willies Garage vorbei, um sein Auto reparieren zu lassen. Gegen die feste Zusage, daß der Wagen am Abend auf jeden Fall fertig sein würde, ließ er diesen dort zurück und ging zu Fuß ins Büro. Er kam dort eine Viertelstunde zu spät an, und Wolff war bereits gegangen – um einen Vertrag mit einem neueröffneten Hamburgerrestaurant zu besprechen, wie er erfuhr. Malik ließ sich hinterm Schreibtisch nieder und schaute die eingegangene Tagespost durch, die auf Veranlassung von Frau de Wiijs hereingebracht wurde. Wie meistens handelte es sich um irgendwelche Beschwerden oder um Bestätigungen von Abmachungen, die bereits per Telefon oder Fax getroffen worden waren, und nach zehn Minuten ertappte er sich, daß er diese verfluchte Melodie summte.

Er hielt irritiert inne. Ging lieber hinaus und holte sich bei Frau de Wiijs einen Kaffee, wobei er ein belangloses Gespräch über das Wetter anfing. Doch es dauerte nicht lange, bis sie auf Katzen im allgemeinen und Frau de Wiijs' siamesische Katze Melisande de la Croix im besonderen zu sprechen kamen. Trotz regelmäßiger Einnahme der Antibabypille und obwohl die empfindliche Dame so gut wie nie ihre Nase vor die Tür zu stecken wagte, hatte ihr Frauchen seit ein paar Wochen den starken Verdacht, daß Melisande schwanger war. In dem Viertel, in dem Frau de Wiijs wohnte, gab es eigentlich nur noch eine Katze – einen grauen, mageren alten Herumstreuner, der, soweit sie wußte, von einer kurdischen Einwandererfamilie versorgt wurde, obwohl er am liebsten Tag und Nacht seine wachen Stunden draußen verbrachte. Jedenfalls bei geeignetem Wetter. Wie es ihm gelungen war, die scheue Melisande de la Croix ausfindig zu machen, war, gelinde gesagt, ein Rätsel.

Ein Rätsel und unerhört. Obwohl Frau de Wiijs natürlich noch nicht beim Tierarzt gewesen und ihre Vermutung bestätigt bekommen hatte. Aber alle Anzeichen deuteten zweifellos in die gleiche eindeutige Richtung. Wie mit Bedauern gesagt wurde. Malik mochte Katzen. Früher hatten sie selbst zwei gehabt, aber Ilse konnte sie nicht so recht vertragen, besonders das Weibchen nicht, und als sie feststellten, daß Jacob auch noch allergisch gegen Tiere mit Fell war, hatte man sich ihrer mit zwei garantiert schmerzfreien Spritzen entledigt.

Er mochte Frau de Wiijs. Sie strahlte eine träge, weibliche Wärme aus, die er im Laufe der Jahre zu schätzen gelernt hatte. Das einzige, was ihn immer wieder verwunderte, war die Tatsache, daß die Männer sie unverheiratet und unberührt durchs Leben laufen ließen. Zumindest gab es keinen Hinweis darauf, daß es sich anders verhielt, und jetzt schien es so, als sollte es dabei bleiben, ihr vierzigster Geburtstag stand im kommenden Mai bevor, und Malik und Wolff hatten bereits überlegt, wie er gebührend gefeiert werden sollte. Denn das war natürlich ein Tag, der nicht unbemerkt verstreichen durfte. Frau de Wiijs war seit mehr als zehn Jahren bei ihnen, und Malik und Wolff waren sich beide sehr wohl bewußt, daß sie für die Firma unverzichtbar war.

»Und was wollen Sie tun, wenn es wirklich stimmt?« fragte er. Frau de Wiijs zuckte mit den Achseln, daß ihr schwerer Busen unter der Bluse hüpfte.

»Tun?« fragte sie. »Da gibt es wohl nichts anderes zu tun, als der Natur ihren Lauf zu lassen. Und zu hoffen, daß es nicht zu viele werden. Außerdem sind Siamesen leicht loszuwerden, auch wenn sie es nur halb sind.«

Malik nickte und leerte seine Kaffeetasse. Faltete die Hände hinter dem Kopf und dachte über die restlichen Arbeiten des Tages nach.

»Ich fahre zu Schaaltze raus«, beschloß er. »Sagen Sie Wolff, daß ich am Nachmittag wieder zurück bin.«

Erst als er im Aufzug auf dem Weg nach unten war, fiel ihm ein, daß er gar kein Auto hatte. Er fluchte still über seine Gedankenlosigkeit und überlegte ein paar Sekunden lang, ob er nicht lieber wieder hochfahren sollte. Aber dann erinnerte er sich daran, daß man auch mit dem Bus dort hinausfahren konnte. Es gehörte zwar nicht zu seinen Gewohnheiten, die öffentlichen Verkehrsmittel zu benutzen, aber er wußte, daß Nielsen und Vermeer manchmal mit dem 23er von Schaaltze kamen, und wenn man in die eine Richtung fahren konnte, dann doch sicher auch in die andere?

Die Haltestelle lag neben dem Einkaufszentrum und dem Postamt, und ungefähr nach dem halben Weg hatte er das Gefühl, jemand würde ihm folgen.

Oder ihn zumindest beobachten. Er blieb stehen und schaute sich um. Es wimmelte zwar nicht vor Menschen auf den Bürgersteigen, aber es waren immer noch zu viele, als daß er jemanden hätte herausfinden können, der sich sonderbar verhielt. Er überlegte ein paar Sekunden und ging dann weiter zur Haltestelle. Vielleicht war es ja nur Einbildung, jedenfalls wäre es sinnvoll, nicht zu deutlich zu zeigen, daß er etwas ahnte. Er machte sich das hastig klar, während er weiterging und versuchte, wachsamer zu sein.

Gleichzeitig war er über sich selbst verblüfft und darüber, wie schnell und fast selbstverständlich er mißtrauisch geworden war. Als wäre es für ihn etwas Alltägliches, verfolgt zu werden. Warum, um alles in der Welt, sollte jemand das tun? Ryszard Malik! Wer, zum Teufel, sollte an seiner durchschnittlichen und nichtssagenden Person ein Interesse haben?

Er schüttelte den Kopf und schob die Hände in die Manteltaschen.

Was war das für eine blödsinnige Einbildung? Ilse hatte ihn anscheinend mit ihren albernen Ideen angesteckt, daran gab es keinen Zweifel!

Obwohl... obwohl es dieses Wissen gab. Oder zumindest ein Gefühl. Da war jemand hinter ihm. In seiner Nähe. Jemand, der jeden seiner Schritte bewachte. Vielleicht war es ja jemand, dem er entgegengegangen war, jemand, der kehrtgemacht hatte und ihm jetzt im Abstand von gut zehn Metern folgte. Ein derartiges Manöver bemerkt man sicher in irgendeiner unbewußten, intuitiven Weise... oder hatte jemand schon in der Nähe der Eingangstür auf ihn gewartet? Verdammter Scheiß, da war was.

Er erreichte die Haltestelle und blieb stehen. Offensichtlich war der Bus gerade losgefahren, da niemand dort wartete. Er schob sich in das kleine Wartehäuschen und betrachtete verstohlen die Fußgänger, die vorbeigingen. Einige schnell und zielbewußt, andere langsamer. Ab und zu blieb jemand stehen. Stellte sich neben ihn in den Windschutz, um auf den Bus zu warten. Ein junger Mann mit einem schwarzen, gelbumrandeten Schal, der fast den Boden streifte. Zwei alte Frauen in abgetragenen Mänteln und mit ebensolchen Einkaufstaschen. Eine etwas jüngere Frau mit blauer Baskenmütze und einer schmalen Lederhandtasche. Ein Teenager, der eine Art Zucken im Gesicht hatte und sich die ganze Zeit in der Leiste kratzte, ohne die Hände aus der Tasche zu nehmen.

Niemand Auffälliges, das mußte er zugeben, keiner von ihnen. Als der Bus kam, stiegen alle außer einer der alten Frauen ein. Er ließ die anderen vor, bezahlte mit ungeübten Fingern und konnte sich auf einen Platz auf der hintersten Bank drängen.

Um niemanden im Rücken zu haben, wie er sich selbst sagte. Tausend Dinge gingen ihm durch den Kopf, und er konnte das Gefühl nicht loswerden, irgendwie in Gefahr zu sein.

Er schaute durch das schmutzige Fenster hinaus. Sie passierten gerade das Richterstadion mit dem pompösen Glockenturm. Und dann bemerkte er, daß er innerlich wieder diese Melodie summte.

The Rise and Fall of Flingel Bunt. Irgendwas war damit. Irgend etwas Besonderes, eine Erinnerung, die im Brunnen des Vergessens trieb, die unter der dunklen Oberfläche verborgen und für ihn unerreichbar war.

Erst als er aus dem Bus gestiegen war und auf die Fabrik zuging, fiel es ihm plötzlich ein. Und im gleichen Augenblick begriff er, daß es klüger wäre, in nächster Zeit die Ahnungen und Warnungen nicht so leichtfertig in den Wind zu schlagen.

Doch weiter reichten Ryszard Maliks Phantasie und Einfühlungsvermögen nicht. Aber wie sein Sohn später feststellen sollte – wahrscheinlich war es um so besser, je weniger er wußte und ahnte.

Und auch wie es mit Melisande de la Croix' eventueller Trächtigkeit und mit Frau de Wiijs' vierzigstem Geburtstag ausgehen würde, war nicht mehr wichtig. Dies waren Fragen, die sich für Ryszard Malik schnell in der dunklen Nichtigkeit der Zukunft verlieren würden.

6

Obwohl bereits anderthalb Jahre vergangen waren, seit Ilse Malik ihre Stellung im Kongers Palatz aufgegeben hatte, war es ihr bisher nicht gelungen, ein weitläufigeres Sozialleben zu entwickeln. Sie spielte einmal in der Woche mit einer alten Freundin Tennis – am Dienstagnachmittag. Sie besuchte ihre Schwester in Linzhuisen – wenn deren Ehemann auf Geschäftsreisen war, was mindestens einmal im Monat vorkam. Sie war Mitglied im Verein »Rettet den Regenwald«, und jedes Frühjahr und jeden Herbst begann sie irgendwelche Kurse, die sie bereits nach der ersten Stunde wieder aufgab.

Mehr war da nicht – abgesehen natürlich von dem Theaterabonnement, das das Hotelpersonal hatte und das sie weiterhin nutzte, obwohl sie eigentlich nicht mehr dazu berechtigt war, wenn man es genau nahm.

Doch das tat man nicht, und an diesem Freitag (man ging immer freitags in der Woche nach der Premiere) war es Zeit für *Nora oder Ein Puppenheim.* Sie wußte nicht mehr, wie oft sie das Stück schon gesehen hatte, aber es war eines ihrer absoluten Lieblingsstücke, und es hätte schon einiges geschehen müssen, um sie an dem Besuch zu hindern.

Vielleicht würde sie auch noch anschließend mit Bernadette ein Glas Wein trinken. Bernadette war eine frühere Arbeitskollegin, mit der sie immer noch engeren Kontakt hatte.

Aus dem einen Glas wurden zwei, und als Ilse Malik wenige Minuten vor halb zwölf ein Taxi bestieg, fühlte sie sich ungewöhnlich zufrieden mit dem Abend und ihrem Dasein im großen und ganzen.

Eine Viertelstunde später bremste das Taxi vor der Malikschen Villa in der Leufwens Allee, Ilse bezahlte und rundete großzügig auf angenehme fünfzehn Gulden auf. Dann stieg sie aus dem Wagen.

Das Haus lag dunkel und ohne jedes Licht da, was sie etwas verwunderte. Malik ging selten vor zwölf Uhr ins Bett, vor allem nicht an einem Freitagabend, wenn das Haus ihm allein gehörte. Nicht einmal im Arbeitszimmer brannte eine Lampe, aber es bestand natürlich die Möglichkeit, daß er im Dunkeln im Fernsehzimmer saß, das zum Garten hinausging. Daß er jedoch das Licht im Flur ausgemacht hatte, obwohl er wußte, daß sie noch nach Hause kommen würde, war zweifellos sehr dumm. Sie nahm sich vor, ihn daran zu erinnern, während sie in ihrer Handtasche nach den Schlüsseln suchte. Normalerweise schloß er auch die Haustür nicht ab, wenn sie weg war, aber irgend etwas sagte ihr, daß er das heute abend getan hatte.

Jedenfalls hatte sie das geglaubt, wie sie sagte. Später. Hinterher. Als sie versuchte, den Abend zu rekonstruieren, und als alles nur Chaos und ein schwarzes Loch war.

Sie schob den Schlüssel ins Schloß. Drehte ihn herum und stellte etwas verwundert fest, daß doch nicht abgeschlossen war. Sie öffnete die Tür. Streckte die Hand aus und knipste die Deckenlampe im Flur an.

Er lag direkt vor der Tür. Auf dem Rücken, die Füße fast auf der Fußmatte. Seine weiße Hemdbrust war zum überwiegenden Teil dunkelrot, wie auch der normalerweise helle Kiefernboden unter ihm. Sein Mund war weit aufgerissen, und die Augen schienen auf einen Punkt irgendwo an der Decke zu starren. Der linke Unterarm lehnte gegen die kleine bauchige Mahagonikommode für Handschuhe und Schals, so als würde er die Hand ausstrecken, um auf eine Frage in der Schule zu antworten. Das eine Hosenbein, das rechte, seiner grauen Gabardinhose war fast bis zum Knie hochgerutscht und gab den Blick frei auf das häßliche Muttermal, das einem kleinen Krokodil ähnelte und von dem sie so entzückt war, als sie verlobt waren. Ausgestreckt in der rechten, halb geschlossenen Hand, neben dem Schuhregal, lag die Zeitung. Die Seite mit dem halbgelösten Kreuzworträtsel war aufgeschlagen.

Eine Fliege summte um seinen Kopf, offensichtlich unwissend, daß es Januar war und sie eigentlich in einem dunklen Winkel hocken und mindestens noch drei Monate schlafen sollte. All das registrierte sie, während sie noch mit den Schlüsseln zwischen Daumen und Zeigefinger schaukelnd dastand. Dann zog sie die Tür zu. Spürte plötzlich ein starkes Schwindelgefühl und öffnete reflexartig den Mund, um mehr Sauerstoff zu bekommen, aber das reichte nicht. Es war zu spät. Lautlos fiel sie nach vornüber, schräg über ihren Ehemann, und schlug sich die Augenbraue an der scharfen Kante des Schuhregals auf. Ihr eigenes helles, warmes Blut begann langsam zu laufen und vermischte sich mit seinem kalten, eingetrockneten.

Eine Weile später erwachte sie. Vergebens versuchte sie, ihren Mann wachzurütteln, und schließlich kroch sie fünf Meter weiter ins Haus, beschmutzte Boden, Teppiche und Wände mit Blut und rief einen Krankenwagen.

Erst als der gekommen war und man festgestellt hatte, was geschehen war, wurde die Polizei benachrichtigt. Um sechs Minuten nach eins. Die eigentliche Polizeiarbeit kam aber erst eine halbe Stunde später in Gang, als Kriminalkommissar Reinhart und Inspektor Jung mit dem Spurendienst und dem Arzt eintrafen. Inzwischen hatte Ilse Malik erneut das Bewußtsein verloren, dieses Mal, nachdem ihr der ältere, erfahrenere der beiden Sanitäter mit sanfter Gewalt eine Beruhigungsspritze gegeben hatte.

Was Ryszard Malik betraf, so war er zu diesem Zeitpunkt bereits seit mehr als fünf Stunden tot, und als Kriminalkommissar Reinhart etwas irritiert von sich gab, »diese Scheiße hier lösen wir nicht vor dem Morgengrauen, meine Herren«, gab es niemanden, der auch nur eine Augenbraue aus Protest hob.

III

20.–29. Januar

7

Er hätte schwören können, daß er den Stecker gezogen hatte, bevor er ins Bett ging, aber was half das? Das Telefon – dieses Blendwerk des Teufels – stand auf dem Nachttisch und schüttete seine grausamen Lärmwellen ihm ins Gehirn.

Oder wie man es nun ausdrücken wollte.

Er öffnete eines seiner verklebten Augen und starrte den Apparat in dem vergeblichen Versuch an, ihn zum Schweigen zu bringen. Er lärmte unverdrossen weiter. Das schrille Geräusch durchschnitt das morgengraue Schlafzimmer.

Er öffnete noch ein Auge. Die Uhr auf dem besagten Tisch zeigte 07.55. Wer, um alles in der Welt, hatte die Frechheit, ihn an einem freien Samstag aus dem Bett zu klingeln? überlegte er. Wer nur? Im Januar.

Wenn es einen Monat gab, den er verabscheute, dann den Januar, der sich normalerweise eine Ewigkeit hinzog. Es regnete den ganzen Tag über, und die Sonne kam höchstens für eine halbe Stunde zum Vorschein. Das Beste, was man in dieser düsteren Jahreszeit tun konnte, war schlafen. Und sonst nichts.

Er zog seine linke Hand unter der Bettdecke hervor und nahm den Hörer ab. »Van Veeteren.«

»Guten Morgen, Herr Hauptkommissar.«

Das war Reinhart.

»Warum, verdammt, rufst du mich um halb sechs an einem Samstagmorgen an? Bist du vollkommen von Sinnen?« Aber Reinhart klang unbeugsam wie ein Parkverbotsschild.

»Es ist acht Uhr. Und wenn man keine Anrufe haben möchte und sich weigert, einen Anrufbeantworter anzuschaffen, dann muß man halt den Stecker rausziehen. Falls der Herr Hauptkommissar zuhört, kann ich ihm erklären, wie...«

»Halt's Maul! Komm lieber zur Sache!«

»Gerne«, sagte Reinhart. »Leiche in der Leufwens Allee. Mord, daß es nur so stinkt. Ein gewisser Ryszard Malik. Lagebesprechung um drei Uhr.«

»Um drei?«

»Ja, um drei. Warum?«

»Ich brauche zwanzig Minuten bis zum Polizeipräsidium. Du hättest mich um zwölf anrufen können.«

Reinhart gähnte in den Hörer.

»Ich wollte mich jetzt eine Weile hinlegen. Komme gerade von da. War seit halb zwei dabei... und da habe ich gedacht, daß du vielleicht auch hinwolltest und es dir mal anschauen?«

Van Veeteren stützte sich auf seinen Ellbogen. Er versuchte aus dem Fenster zu gucken. »Wie ist das Wetter?«

»Regen und Wind.«

»Ausgezeichnet. Ich bleibe zu Hause. Werde wohl um drei kommen, wenn mein Horoskop nicht dagegen spricht... wer kümmert sich jetzt drum?«

»Heinemann und Jung. Obwohl – Jung hat seit zwei Nächten nicht mehr geschlafen, er braucht sicher bald ein paar Stunden Ruhe.«

»Irgendwelche Spuren?«

»Nein.«

»Wie ist es passiert?«

»Schüsse. Aber die Besprechung ist um drei Uhr, nicht jetzt. Ich glaube, das ist eine ziemlich kniffige Geschichte, deshalb habe ich angerufen. Leufwens Allee 14 ist die Adresse, falls du doch noch deine Meinung ändern solltest.«

»Kaum«, entgegnete Van Veeteren und legte auf.

Danach war an Schlaf natürlich nicht mehr zu denken. Viertel vor neun gab er auf und legte sich statt dessen in die Badewanne. Er lag dort im Schaum und dachte an den gestrigen Abend, den er im Restaurant Mephisto in Gesellschaft von Renate und Erich zugebracht hatte.

Mit der ehemaligen Ehefrau und dem verlorenen Sohn. (Der noch nicht wieder zurückgekehrt war und auch nicht die Absicht zu haben schien, es zu tun.) Das Ganze war eines dieser wiederholten Arrangements von Renate, die damit ihr schlechtes Gewissen beruhigen und eine Familie wiederherstellen wollte, die nie existiert hatte, und das Ergebnis war genauso mißglückt, wie es zu erwarten gewesen war. Die Unterhaltung war auf brüchigem Eis über dunklem Wasser verlaufen. Erich hatte sie mitten im Dessert verlassen, eine wichtige Verabredung mit einer Dame vortäuschend. Danach hatten sie dagesessen, Ex-Ehefrau und Ex-Ehemann, über einem dubiosen Käseteller, sich gequält und versucht, sich gegenseitig nicht mehr als notwendig zu verwunden. Er hatte sie kurz nach Mitternacht in ein Taxi gesetzt und war den ganzen Weg nach Hause zu Fuß gegangen in der frommen Hoffnung, daß der schneidende Wind sein Gehirn von allen finsteren Gedanken freifegen würde.

Was in keiner Weise geglückt war. Zu Hause war er auf einen Sessel gesunken und hatte eine Stunde lang Monteverdi gelauscht, drei Bier getrunken und war nicht vor halb zwei ins Bett gekommen.

Mit anderen Worten: ein vollkommen vergeudeter Abend. Aber zweifellos typisch. Sehr typisch. Denn schließlich war es Januar, wie gesagt. Was konnte man da anderes erwarten? Er stieg aus der Wanne. Machte ein paar unschlüssige Rückenübungen vor dem Spiegel im Schlafzimmer. Zog sich an und deckte fürs Frühstück.

Dann ließ er sich am Küchentisch mit der ausgebreiteten Morgenzeitung vor sich nieder. Darin stand keine Zeile über den Mord. Natürlich nicht. Die Nachricht mußte eingetroffen sein, als die Druckerpressen bereits rotierten. Wie hieß der Kerl noch? Malik? Was hatte Reinhart gesagt? Leufwens Allee? Er hatte nicht übel Lust, den Inspektor anzurufen und ihm weitere Fragen zu stellen, aber er ließ es bleiben. Er würde schon rechtzeitig alles erfahren, was er wissen mußte. Es gab keinen Grund zur Eile ... wahrscheinlich war es besser, die paar Stunden bis zur Lagebesprechung zu genießen. Man hatte seit Anfang Dezember keinen Mord mehr gehabt, trotz der vielen Feiertage, und wenn es stimmte, was Reinhart behauptete, daß es eine verzwickte Geschichte war, dann bedeutete das sicher, daß sie in Zukunft den Buckel voll kriegen würden. Reinhart wußte meistens, wovon er redete. Besser als die meisten.

Er goß sich eine weitere Tasse Kaffee ein und ging dazu über, die Schachaufgabe der Woche zu lösen. Ein Matt in drei Zügen, das sicher noch die eine oder andere Komplikation beinhaltete.

»Allright«, sagte Reinhart und legte seine Pfeife hin. »Die Fakten des Falls. Sechs Minuten nach eins in der letzten Nacht meldete der Krankenwagenfahrer Felix Hald, daß sich in der Leufwens Allee 14 eine Leiche befinde. Er war von der Hausbesitzerin, Ilse Malik, gerufen worden. Sie war fürchterlich verwirrt, hatte unterlassen, die Polizei anzurufen, obwohl ihr Gatte mausetot war ... erschossen mit vier Schüssen, zwei in die Brust, zwei in den Unterleib.«

»In den Unterleib?« fragte Inspektor Rooth, den Mund voll Butterbrot.

»In den Unterleib«, wiederholte Reinhart. »... in den Schwanz, wenn dir das lieber ist. Sie war so gegen zwölf oder kurz davor vom Theater nach Hause gekommen und hatte ihn im Flur liegend gefunden. Direkt hinter der Haustür. Die Waffe wird eine Berenger 75 gewesen sein, alle Kugeln sind in Verwahrung genommen worden. Es gibt Grund zur Vermutung, daß ein Schalldämpfer benutzt wurde, da niemand etwas gehört hat. Das Opfer ist 52 Jahre alt, Ryszard Malik. Teilhaber einer Firma, die Zubehör für Großküchen und Restaurants oder so herstellt und verkauft. Nicht vorbestraft, nicht bei uns geführt, keine dunklen Geschäfte, soweit bekannt ist. Kein bißchen Dreck am Stecken. Tja, das ist im großen und ganzen alles. Heinemann?«

Inspektor Heinemann nahm seine Brille ab und putzte sie mit seinem Schlips.

»Niemand hat etwas bemerkt«, sagte er. »Wir haben die Nachbarn befragt, aber die Villa liegt ziemlich geschützt. Hecken, große Grundstücke und so... es scheint also, als wäre einfach jemand an die Tür gegangen, hätte geklingelt und ihn erschossen, als er geöffnet hat. Es gibt keinerlei Spuren von Gewalteinwirkung. Malik war allein zu Hause, er hat dagesessen, Kreuzworträtsel gelöst und einen Whisky gekippt, während seine Frau im Theater war... tja, und danach hat der Mörder wahrscheinlich die Tür geschlossen und ist gegangen. Ganz einfach, wenn man es aus dieser Perspektive betrachtet.«

»Gute Methode«, sagte Rooth.

»Zweifellos«, nickte Van Veeteren. »Was sagt die Witwe?«

Heinemann seufzte. Er nickte Jung zu, der allen Anzeichen nach Mühe hatte, sich wach zu halten.

»Nicht besonders mitteilsam«, sagte er. »Einer der Sanitäter hat ihr gleich eine Spritze gegeben, das war sicher gut so. Sie ist heute morgen für eine Weile aufgewacht. Hat was von Ibsen erzählt, das ist so ein Schriftsteller. Sie ist im Theater gewesen, das ist uns von einer Freundin von ihr bestätigt worden, die mit ihr dort war... eine Bernadette Kooning. Ansonsten scheint es, als hätte sie noch nicht begriffen, daß ihr Mann tot ist.«

»Du wirkst auch nicht besonders kontaktfreudig«, sagte Van Veeteren. »Wie lange bist du schon wach?«

Jung rechnete an den Fingern nach.

»Seit ein paar Tagen, glaub' ich.«

»Fahr nach Hause und leg dich hin«, sagte Reinhart.

»Kann ich mir 'n Taxi nehmen? Ich weiß nicht mehr so recht, wo links oder rechts ist.«

»Klar«, nickte Reinhart. »Nimm zwei, wenn du sie brauchst. Oder bitte jemanden von der Wache, dich zu fahren.«

»Zwei?« überlegte Jung, während er hinausschwankte. »Nein, eins genügt...«

Eine Zeitlang blieb es still. Heinemann versuchte, die Knitterfalten im Schlips zu glätten. Reinhart betrachtete seine Pfeife. Van Veeteren schob sich einen Zahnstocher zwischen die Vorderzähne des Unterkiefers und schaute zur Decke.

»Jaha«, sagte er schließlich. »Das war eine ganze Menge, zweifellos. Ist Hiller informiert?«

»Er ist draußen am Meer«, erklärte Reinhart.

»Im Januar?«

»Ich glaube nicht, daß er baden wollte. Jedenfalls habe ich ihm eine Nachricht hinterlassen. Um fünf gibt es eine Pressekonferenz, ich denke aber, dafür braucht man ihn nicht unbedingt.«

»Wann denkt die Ehefrau wieder aufzuwachen? Wo liegt sie eigentlich?« wollte Van Veeteren wissen.

»Neues Rumford«, sagte Heinemann. »Sie müßte jetzt am Nachmittag ansprechbar sein. Moreno ist dort und gibt Bescheid.«

»Gut«, meinte Van Veeteren. »Verwandte oder irgendwelche Freunde?«

»Ein Sohn, der in München studiert«, berichtete Reinhart. »Er ist auf dem Weg hierher. Das ist im großen und ganzen alles. Malik hat keine Geschwister, die Eltern sind tot. Ilse Malik hat eine Schwester. Die ist auch im Rumford und wartet.«

»Fragt sich nur, worauf«, sagte Rooth.

»Zweifellos«, bestätigte Van Veeteren. »Darf man den Herren eine Frage stellen?«

»Nur zu«, forderte Reinhart.

»Warum wurde er umgebracht?« fragte Van Veeteren und zog den Zahnstocher heraus.

»Darüber habe ich auch schon nachgedacht«, sagte Reinhart. »Darf ich darauf zurückkommen, wenn ich es weiß?«

»Man kann ja immer die Hoffnung haben, daß jemand kommt und sich freiwillig stellt«, meinte Rooth.

»Hoffen kann man immer«, sagte Reinhart.

Van Veeteren gähnte. Die Uhr zeigte sechzehn Minuten nach drei am Samstag, dem 20. Januar. Die erste Lagebesprechung im Fall Ryszard Malik war zu Ende.

Münster parkte vor dem Neuen Rumfordkrankenhaus und eilte durch den Regen zum Eingang. Eine häkelnde Dame in der Rezeption verwies ihn in den dritten Stock, Abteilung 32. Nachdem er erklärt hatte, was er wollte, und seinen Ausweis gezeigt hatte, wurde er in ein kleines schmutziggelbes Wartezimmer mit einer Sitzgruppe in Hartplastik und groß aufgemachten Reisebüropostern an den Wänden geführt. Es war offensichtlich, daß man den Leuten zumindest die Möglichkeit geben wollte, sich fortzuträumen. Sicher keine dumme Idee, dachte Münster.

Im Zimmer saßen zwei Frauen. Die jüngere und deutlich hübschere, mit dickem, kastanienbraunem Haar und einem Buch auf dem Schoß, war die Hauptkriminalassistentin Ewa Moreno. Sie nickte ihm zur Begrüßung aufmunternd zu. Die andere, eine schmale, leicht gekrümmte Gestalt um die fünfundfünfzig, mit einer Brille, die das halbe Gesicht verdeckte, zupfte nervös an irgend etwas in ihrer schwarzen Handtasche. Er schloß daraus, daß es sich hierbei um Marlene Winther handeln mußte, die Schwester der frischgebackenen Witwe. Er ging zu ihr und begrüßte sie.

»Kommissar Münster.«

Sie gab ihm die Hand, ohne aufzustehen.

»Ich weiß, wie schwer es für Sie ist. Bitte verstehen Sie, daß wir uns Ihnen leider aufdrängen müssen.«

»Ihre Assistentin hat es mir schon erklärt.«

Sie drehte ihren Kopf in Morenos Richtung. Münster nickte. »Sie ist noch nicht aufgewacht?«

Moreno räusperte sich und legte ihr Buch beiseite.

»Sie ist wach, aber der Arzt wollte sie sich erst ansehen. Vielleicht sollten wir jetzt ...?«

Münster nickte wieder, sie gingen zusammen auf den Flur und ließen Frau Winther allein.

»Steht offensichtlich unter schwerem Schock«, erklärte Moreno, als sie eine abgelegene Ecke erreicht hatten. »Sie fürchten sogar um ihren Verstand. Sie hatte schon vorher schlechte Nerven, und das jetzt macht die Sache nicht gerade besser. Sie war in Behandlung und hat einiges genommen.«

»Hast du ihre Schwester befragt?«

Moreno nickte.

»Ja, natürlich. Sie scheint auch nicht besonders belastungsfähig zu sein. Wir müssen behutsam vorgehen.«

»Feindlich gesonnen?«

»Nein, nicht direkt. Nur das Große-Schwester-Syndrom. Es scheint, als sei sie es gewohnt, sich um ihre Schwester zu kümmern.«

»Aber du hast noch nicht mit ihr gesprochen, ich meine, mit Frau Malik?«

»Nein. Jung und Heinemann haben es kurz heute morgen versucht, aber das hat nicht viel gebracht.«

Münster überlegte.

»Vielleicht hat sie auch gar nicht soviel zu erzählen?«

»Nein, wahrscheinlich nicht. Möchtest du, daß ich das übernehme? Wir können ja auf jeden Fall bald rein.«

Münster nickte dankbar.

»Sicher am besten, wenn das 'ne Frau macht. Ich warte so lange.«

Fünfundvierzig Minuten später verließen sie gemeinsam das Krankenhaus. Sie setzten sich in Münsters Auto, wo Moreno ihren Block herausholte und das ziemlich klägliche Ergebnis ihres Gespräches mit Ilse Malik durchging. Münster hatte mit Doktor Hübner gesprochen – einem alten, weißhaarigen Arzt, der alles schon gesehen zu haben schien. Es würden wohl noch einige Tage verstreichen, bevor man die Patientin einem regelrechten Verhör aussetzen konnte. Wenn das denn überhaupt notwendig wäre.

Bösartiger Schockzustand, hatte Hübner es beschrieben. Anfangs hochdosierte Medikation, danach schrittweises Herunterschrauben. Unvermögen, zu akzeptieren, was geschehen ist. Einkapselung.

Merkwürdig, dachte Münster. »Was hat sie eigentlich gesagt?« fragte er.

»Nicht viel«, antwortete Moreno und seufzte. »Glückliche Ehe, wie sie behauptet. Malik saß gestern abend zu Hause, sie hat sich *Nora oder Ein Puppenheim* im Kleinen Theater angeguckt. Hat das Haus gegen halb sieben verlassen, hinterher mit dieser Freundin ein Glas Wein getrunken. Ist mit dem Taxi nach Hause gefahren. Danach fängt sie an zu phantasieren. Ihr Mann ist krank geworden und hat im Flur gelegen, sagt sie. Sie hat versucht, sich um ihn zu kümmern, aber gemerkt, daß es was Ernstes war, deshalb hat sie einen Krankenwagen gerufen. Muß mindestens eine Stunde gewartet haben, wenn ich es richtig verstanden habe. Kippte um und hat es auch noch fertiggebracht, sich selbst zu verletzen. Sie glaubt, ihr Mann läge hier im Krankenhaus, und wundert sich, warum sie ihn nicht besuchen darf... nicht einfach, mit ihr umzugehen, ihre Schwester hat versucht anzudeuten, was passiert ist, aber sie hat alles von sich gewiesen. Hat lieber von was anderem geredet.«

»Und wovon?«

»Von allem Möglichen. Vom Theaterstück – eine phantastische Vorstellung offenbar. Vom Sohn. Er hat wegen seines Studiums keine Zeit, sie zu besuchen, sagt sie. Soll wohl Bankjurist oder so was werden.«

»Der wird wohl ungefähr in einer Stunde hier auftauchen«, sagte Münster. »Armer Kerl, aber der Arzt wird sich auch um ihn kümmern, wie ich annehme.«

Moreno nickte.

»Er wird solange bei seiner Tante wohnen. Wir können morgen mit ihm reden.«

Münster dachte nach.

»Hast du irgendwas von Drohungen, Feinden oder ähnlichem gehört?«

»Nein. Ich habe versucht, das anzusprechen, aber da kam nichts. Dann habe ich ihre Schwester danach gefragt, aber sie hatte nicht den geringsten Verdacht. Und sie scheint kaum was zu verheimlichen. Jaha, was machen wir nun damit?«

Münster zuckte mit den Achseln.

»Werden wir wohl Montag mit den anderen besprechen. Auf jeden Fall eine verzwickte Geschichte. Kann ich dich irgendwohin fahren?«

»Nach Hause«, antwortete Ewa Moreno. »Ich habe jetzt hier sieben Stunden herumgesessen. Es ist langsam an der Zeit, mal an was anderes zu denken.«

»Keine schlechte Idee«, stellte Münster fest und startete das Auto.

Mauritz Wolff empfing ihn bei sich zu Hause, in einer gigantischen Wohnung im Kanalviertel mit Blick über die Langgracht und Megsje Bois. Das Zimmer wimmelte von Kindern jeden Alters, und Reinhart nahm an, daß Wolff eine spät geschlossene Ehe führte – oder mehrere geführt hatte, da er deutlich über Fünfzig sein mußte. Ein großer Mann mit einer Fröhlichkeit, die sich in einer Situation wie der jetzigen nur schwer unterdrücken ließ.

»Herzlich willkommen«, begrüßte er Reinhart. »Was für eine schreckliche Geschichte. Ich muß sagen, ich bin ziemlich schockiert. Kann es noch gar nicht fassen.«

Er schob ein kleines Mädchen zur Seite, das sich an sein

Hosenbein hängte. Reinhart sah sich um. Wunderte sich etwas darüber, daß nicht gleich aus irgendeiner Richtung eine Frau auftauchte.

»Keine schlechte Wohnung«, sagte er. »Gibt es eine Ecke, wo wir uns in Ruhe unterhalten können?«

»Kommen Sie«, sagte Wolff und bahnte sich einen Weg über einen Korridor zu einem Zimmer, das offensichtlich als Bibliothek und Arbeitsraum diente. Er schob die Tür zu und schloß sie ab. Wies Reinhart zu einem der beiden Sessel neben einem niedrigen Rauchtisch. Er selbst ließ sich schwer auf den anderen fallen.

»Einfach zu schrecklich«, stellte er erneut fest. »Haben Sie irgendeine Ahnung, wer das gemacht haben könnte?«

Reinhart schüttelte den Kopf.

»Sie?«

»Nicht die geringste.«

»Sie kannten ihn gut?«

»In jeder Hinsicht«, sagte Wolff und bot aus einer Zigarettenpackung an. Reinhart nahm eine. »Ach, möchten Sie vielleicht was trinken?«

»Nein danke. Erzählen Sie weiter!«

»Ja, was soll man da sagen? Wir haben seit sechzehn Jahren zusammen gearbeitet... seit wir die Firma gegründet haben. Kannten uns schon länger.«

»Haben Sie auch privat miteinander verkehrt?«

»Meinen Sie die Familien und so?«

»Ja.«

»Nein, eigentlich nicht. Jedenfalls nicht mehr, seit ich Mette, meine neue Frau, kennengelernt habe... es muß ja entsetzlich für Ilse sein. Wie geht es ihr? Ich habe versucht, sie anzurufen...«

»Sie steht unter Schock«, erklärte Reinhart. »Liegt noch im Krankenhaus.«

»Ich verstehe«, sagte Wolff. Reinhart wartete ab.

»Sie ist leicht etwas nervös«, erklärte Wolff.

»Davon habe ich gehört«, bestätigte Reinhart. »Und wie läuft die Firma?«

»Es geht. Wir schlagen uns so durch. Eine gute Nische, obwohl es in den Achtzigern besser lief. Aber was lief damals nicht besser?« Er lachte auf, beherrschte sich aber.

»Kann es was mit der Arbeit zu tun haben?« fragte Reinhart. »Ich meine, mit der Firma?«

Die Frage war schlecht formuliert, und Wolff verstand sie nicht. »Kann der Mord an Malik in einem Zusammenhang mit Ihrem Unternehmen stehen?« präzisierte Reinhart.

Wolff schüttelte verständnislos den Kopf.

»Mit uns? Nein, wo sollte da ein Zusammenhang sein?«

»Was denken Sie denn? Hatte er vielleicht eine Geliebte? Irgendwelche finsteren Affären? Sie kannten ihn doch am besten von allen.«

Wolff kratzte sich im Nacken.

»Nein«, sagte er nach einer Weile. »Nichts dergleichen. Wenn Malik andere Frauen gehabt hätte, hätte ich davon gewußt. Und ich kann mir nicht vorstellen, daß er in irgendwas Ungesetzliches verwickelt war.«

»Ein Ausbund an Tugendhaftigkeit also«, stellte Reinhart fest. »Wie lange kannten Sie ihn, sagten Sie?«

Wolff rechnete nach.

»Das erste Mal sind wir uns vor ungefähr fünfundzwanzig Jahren begegnet... bei der Arbeit. Wir haben beide bei Gründler & Wein gearbeitet und dann unseren eigenen Laden aufgemacht... anfangs waren wir zu dritt, aber einer ist schon nach einem halben Jahr abgesprungen.«

»Wie hieß der?«

»Merrinck. Jan Merrinck.«

Reinhart notierte sich den Namen.

»Können Sie sich dran erinnern, ob in letzter Zeit etwas Ungewöhnliches passiert ist? Ob Malik sich in irgendeiner Weise sonderbar verhalten hat?«

Wolff überlegte.

»Nein. Nein, ich kann mich an nichts erinnern. … es tut mir leid, aber ich kann anscheinend nicht im mindesten helfen.«

Reinhart wechselte das Thema.

»Wie war die Ehe?«

»Maliks?«

»Ja.«

Wolff zuckte mit den Schultern.

»Nicht besonders. Aber er hielt aus. Meine erste war sicher schlimmer. Malik war stark… ein sicherer, zuverlässiger Mensch. Vielleicht etwas trocken. Verflucht, ich begreife nicht, wer das gemacht haben kann, Herr Kommissar. Das muß doch ein Verrückter gewesen sein, oder? Irgendein Wahnsinniger? Sind Sie irgend jemandem auf der Spur?«

Reinhart ignorierte die Frage.

»Wann hat er gestern das Büro verlassen?«

»Viertel vor fünf«, antwortete Wolff sofort. »Etwas früher als üblich, weil er seinen Wagen aus der Werkstatt holen wollte. Ich bin noch bis halb sechs geblieben.«

»Und er hat sich in keiner Weise ungewöhnlich verhalten?«

»Nein. Das habe ich doch schon gesagt.«

»Diese Rachel de Wiijs, die bei Ihnen arbeitet. Was können Sie über sie sagen?«

»Rachel? Eine Perle. Durch und durch. Ohne sie hätten wir es kein halbes Jahr geschafft…« Er biß sich auf die Lippe und nahm einen Zug aus der Zigarette. »Obwohl, jetzt ändert sich natürlich alles. Verfluchte Scheiße.«

»Malik hatte also nichts mit ihr, oder?«

»Malik und Rachel? Nein, dafür leg ich meine Hand ins Feuer.«

»Nun gut«, sagte Reinhart. »Und Sie selbst? Hatten Sie irgendeinen Grund, ihn aus dem Weg zu räumen?«

Wolff riß seinen Mund auf.

»Das ist ja wohl das Unverschämteste, was ich…«

»Schon gut, regen Sie sich nicht auf. Aber Sie verstehen sicher, daß ich gezwungen bin, diese Frage zu stellen. Malik ist ermordet worden, und es ist nun einmal so, daß die meisten von jemandem aus dem Bekanntschaftskreis umgebracht werden... und Sie sind doch wohl derjenige, der ihn am besten kannte, waren wir uns darin nicht einig?«

»Er war mein Kompagnon, verflucht noch mal. Einer meiner besten Freunde...«

»Ich weiß. Aber falls Sie ein Motiv haben sollten, wäre es besser, Sie würden gleich damit herausrücken. Wir stoßen früher oder später sowieso drauf.«

Wolff saß eine Weile wortlos da und überlegte.

»Nein«, sagte er schließlich. »Was, zum Teufel, sollte ich für einen Grund haben, Malik umzubringen? Sein Firmenanteil geht auf Ilse und Jacob über, und das wird nur Schwierigkeiten mit sich bringen. Sie müssen verstehen, daß sein Tod auch für mich ein Schock war, Herr Kommissar. Ich weiß, daß ich manchmal etwas ruppig im Ton bin, aber ich trauere um ihn... er war ein sehr guter Freund.«

Reinhart nickte.

»Ich verstehe«, sagte er. »Ich glaube, für heute reicht es, aber Sie müssen damit rechnen, daß wir noch mal auftauchen. Wir möchten denjenigen gern erwischen, der das gemacht hat.«

Wolff stand auf und breitete die Arme aus.

»Natürlich. Wenn ich Ihnen irgendwie behilflich sein kann... ich stehe Ihnen immer zur Verfügung.«

»Gut«, sagte Reinhart. »Wenn Ihnen was einfällt, dann höre ich von Ihnen. Jetzt kümmern Sie sich wohl lieber um Ihre Kinder. Wie viele sind es denn?«

»Sechs«, antwortete Wolff. »Drei alte und drei neue.«

»Gehet in die Welt, seid fruchtbar und mehret euch«, sagte Reinhart. »Ist das nicht ein bißchen anstrengend? Ich meine, sich um sie zu kümmern.«

Wolff lachte und schüttelte den Kopf.

»Überhaupt nicht. Die Grenze liegt bei vieren. Danach

spielt es keine Rolle mehr, ob man sieben oder siebzehn hat.«

Reinhart nickte und beschloß, sich das zu merken.

8

Auf der Jagd nach wochenendgelangweilten Gelegenheitskäufern brachten die Sonntagszeitungen den Mord an Ryszard Malik ziemlich groß heraus. Dicke Schlagzeilen auf der ersten Seite, Fotos vom Opfer (in lebender, lächelnder Positur), von der Villa und zwei ganze Seiten mit Berichten sowohl im Neuwe Blatt als auch im Telegraaf. Ausführlich und nichtssagend, aber natürlich war das genau das richtige Kalkül – was, zum Teufel, hatten die Leute denn an einem nassen, windigen Januartag anderes zu tun, als in ihrer Stube zu hocken und noch größeres Elend zu konsumieren?

Van Veeteren war Abonnent und brauchte somit seine Nase nicht vor die Tür zu stecken, um seine Zeitung zu bekommen. Statt dessen blieb er den ganzen Tag zu Hause, las ausgewählte Teile aus Rimleys *Berühmte Schachpartien* und hörte Bach. Er hatte der Leufwens Allee am Samstag abend einen Besuch abgestattet, der ihn keinen Schritt weitergebracht hatte. Die Kollegen vom Spurendienst hatten Haus und Garten durchkämmt, und sich einzubilden, er würde etwas finden, was sie übersehen hatten, hieße, seine Fähigkeiten doch zu überschätzen. Obwohl es schon vorgekommen war.

Übrigens war es noch gar nicht sicher, daß er sich überhaupt um den Fall kümmern mußte. Hiller würde das wohl entscheiden, wenn er am Montag morgen zurückkam. Vielleicht genügte es ja, wenn Reinhart und Münster die Fäden in der Hand behielten. Das wäre schön, keine Frage. Eine Gnade, um die leise zu beten wäre, dachte er – sollte er einen Monat auswählen, an dem er Winterschlaf halten würde, dann wäre es zweifellos der Januar.

Dürfte er zwei wählen, hätte er den Februar noch dazugenommen.

Am Montag streikte das Auto. Wahrscheinlich war die ständige Feuchtigkeit daran schuld. Also war er gezwungen, vier Häuserblocks entlangzugehen, bevor er endlich vollkommen durchnäßt am Rejmers Plejn in ein Taxi steigen konnte. Er kam zehn Minuten zu spät zur Lagebesprechung. Reinhart, der sie leitete, traf erst eine Minute nach ihm ein, und es wurde eine wenig ergiebige Veranstaltung.

Die Spurensicherung war mit ihrer Arbeit fertig, und es war nichts Neues herausgekommen. Ryszard Malik war am Freitag abend irgendwann zwischen halb acht und halb neun mit einer Berenger 7,65 Millimeter Kaliber erschossen worden. Da niemand in der Nachbarschaft Schüsse gehört hatte, konnte man davon ausgehen, daß der Täter mit hoher Wahrscheinlichkeit einen Schalldämpfer benutzt hatte.

»Wie viele Berenger gibt es in der Stadt?« fragte Münster.

»So um die fünfzig, schätzt le Houde«, antwortete Rooth. »Aber wer will, kann in einer halben Stunde eine auftreiben. Man muß nur wissen wie.«

Van Veeteren nieste, und Reinhart fuhr fort, indem er die Schußwunden beschrieb, den Einschußwinkel und weitere düstere Details. Offensichtlich hatte der Mörder seine Waffe in einem Abstand von einem bis anderthalb Metern abgefeuert, was darauf hindeutete, daß er sich nicht einmal die Mühe gemacht hatte, vorher einzutreten. Die Tür ging nach innen auf, und es war anzunehmen, daß er bereits schußbereit dastand, als Malik öffnete. Zwei Schüsse in die Brust also, jeder für sich tödlich – der eine durch den linken Lungenflügel, der andere durch die Hauptschlagader, daher der ungewöhnlich große Blutverlust.

Und dann zwei in den Unterleib. Aus etwas geringerem Abstand.

»Warum nur?« fragte Van Veeteren.

»Ja, was denkt ihr?« gab Reinhart die Frage weiter und

schaute sich um. Niemand antwortete. Heinemann schaute nach unten auf seinen Schritt.

»Ein Profi?« fragte Münster.

»Was?« entgegnete Reinhart. »Ach so, du meinst, der Getötete... nein, nicht unbedingt. Ein Zehnjähriger kann mit einer Berenger aus einem Meter Abstand einen Punkt treffen. Das kann jeder gewesen sein. Aber die Unterleibsschüsse haben doch irgendwas zu bedeuten, oder was meint ihr?«

»Bestimmt«, bestätigte Rooth.

Einige Sekunden lang blieb es still.

»Nur keine Hemmungen«, sagte Moreno.

»Kann Zufall gewesen sein«, meinte Münster.

»Es gibt keine Zufälle«, sagte Reinhart. »Nur fehlendes Wissen.«

»Aber der Brustschuß kam zuerst, oder?« fragte Heinemann mit krausgezogener Stirn.

»Natürlich«, seufzte Reinhart. »Die anderen beiden Schüsse sind erst abgefeuert worden, als er schon dalag, das haben wir doch gesagt. Hörst du nicht zu?«

»Nur zur Kontrolle«, entgegnete Heinemann. »Irgendwie nicht besonders logisch, jemandem die Eier abzuschießen, nachdem man ihn schon umgebracht hat«, stellte Rooth fest. »Ein bißchen wahnsinnig, wie ich finde. Irgendwie krank.«

Reinhart nickte, und Van Veeteren nieste von neuem.

»Friert der Hauptkommissar vielleicht?« fragte Reinhart besorgt.

»Sollen wir eine Wolldecke besorgen?«

»Lieber einen Grog«, knurrte Van Veeteren. »Sind wir mit dem Technischen jetzt durch? Ich nehme an, ihr habt weder Fingerabdrücke noch weggeworfene Kippen gefunden?«

»Nicht mal eine Haarschuppe«, bestätigte Reinhart. »Wollen wir uns jetzt lieber um die Verhöre kümmern? Die Witwe zuerst?«

»Das Opfer zuerst«, entschied Van Veeteren. »Obwohl ich vermute, daß er nicht viel zu sagen hat.«

»Entschuldigung«, sagte Reinhart und zog ein loses Blatt aus seinem Block. »Ja, … Ryszard Malik war also zweiundfünfzig. Geboren in Chadów, wohnte aber ungefähr seit 1960 in Maardam. Ausbildung an der Handelsschule. 1966 Anstellung bei Gründler & Wein. 1979 gründete er zusammen mit Mauritz Wolff und Jan Meerinck seine eigene Firma, die letzterer jedoch ziemlich bald wieder verließ. Aluvit F/B, was immer das auch bedeuten mag. Malik war verheiratet mit Ilse, geb. Moener, seit 1968. Einen Sohn, Jacob, geboren 1972. Studiert seit ein paar Jahren in München Jura und Betriebswirtschaft. Tja, das ist es wohl im großen und ganzen…«

Er schob das Blatt Papier wieder zurück.

»Und sonst?« fragte Rooth.

»Nichts Ungewöhnliches«, erklärte Reinhart, »vorläufig jedenfalls. Er scheint ein ziemlicher Langweiler gewesen zu sein. Langweilige Ehe, langweilige Arbeit, langweiliges Leben. Urlaub im Blankengebirge und auf Rhodos. Keine Hobbys neben Kreuzworträtseln und Krimis, und das fast täglich… warum ihn jemand umgebracht haben soll, ist ein Rätsel, aber ansonsten gibt er keine Fragezeichen auf.«

»Ausgezeichnet«, nickte Van Veeteren. »Und die Witwe? Gibt es zumindest bei ihr ein wenig Fleisch?«

Münster zuckte mit den Achseln.

»Wir haben nicht sonderlich viel aus ihr rausgekriegt«, berichtete er. »Sie ist immer noch verwirrt und will nicht begreifen, was geschehen ist.«

»Sie kann ja auch was verbergen«, meinte Heinemann. »Ist schließlich nicht so neu, verrückt zu spielen. Ich erinnere mich da an einen dänischen Prinzen…«

»Das glaube ich nicht«, unterbrach Münster ihn. »Und die Ärzte auch nicht. Wir wissen ja von ihrer Schwester und ihrem Sohn einiges über sie, aber das hat nichts mit dem Mord zu tun. Einfach ein trauriges Schicksal. Schlechte Nerven. Hat immer wieder Medikamente eingenommen. Ist mehrfach zur Therapie gewesen. Hat ganz offensichtlich Probleme, mit

Leuten umzugehen. Aus diesem Grund hat sie aufgehört, im Kongers Palatz zu arbeiten, obwohl das nicht so offen gesagt wurde... Nach allem zu urteilen genügt Maliks Firma, um die Familienökonomie zu sichern. Oder hat genügt, genauer gesagt.«

Van Veeteren biß von einem Zahnstocher ab. »Das ist ja trübsinniger als das Wetter«, sagte er und spuckte die Späne aus. »Hat Moreno nichts?«

Ewa Moreno verzog den Mund.

»Der Sohn ist ganz charmant«, stellte sie fest. »Zumindest, wenn man die Umstände mit in Betracht zieht. Es scheint, daß er sich schon früh abgenabelt hat. Ist gleich nach dem Gymnasium von zu Hause ausgezogen und hat nicht viel Kontakt mit den Eltern gehabt, vor allem nicht mit der Mutter. Meistens nur, wenn er Geld brauchte oder so... das hat er ganz offen eingestanden. Soll ich auch über die Schwester berichten?«

»Gibt's da was, wo man nachhaken könnte?« seufzte Reinhart.

»Nein«, entgegnete Moreno. »Kaum. Stabile und etwas zähe Ehe auch bei ihr. Arbeitet halbtags in einem Altersheim. Ihr Mann ist Geschäftsmann. Beide haben ein Alibi für den Mordabend, und es scheint ziemlich undenkbar, daß einer der beiden darin verwickelt sein soll... vollkommen undenkbar, genauer gesagt.«

Es war eine Weile still. Rooth zog eine Tafel Schokolade aus seiner Jackentasche, und Heinemann versuchte mit seinem Daumennagel einen Fleck vom Tisch zu kratzen. Van Veeteren hatte die Augen geschlossen, und man konnte nicht recht erkennen, ob er schlief oder wach war.

»Jaha«, sagte Reinhart. »Dann will ich nur noch eins wissen. Wer, zum Teufel, hat das getan?«

»Ein Verrückter«, meinte Rooth. »Jemand, der seine Berenger ausprobieren wollte und Licht in der Villa gesehen hat.«

»Ich wette, du hast recht«, stimmte Heinemann zu.

»Nein«, entgegnete Van Veeteren, ohne die Augen zu öffnen.

»Ach«, guckte Reinhart erstaunt. »Und woher weißt du das?«

»By the pricking of my thumb«, antwortete der Hauptkommissar.

»Wie bitte?« fragte Heinemann. »Was soll das heißen?«

»Wollen wir 'n Kaffee trinken?« fragte Rooth.

Van Veeteren öffnete die Augen.

»Lieber einen Grog.«

Reinhart schaute auf die Uhr.

»Ist erst elf«, sagte er. »Aber meinetwegen. Das ist hier doch alles nur Entenkacke.«

Auf dem Heimweg vom Polizeipräsidium machte Reinhart an diesem düstren Montag einen Abstecher ins Einkaufszentrum Merckx draußen in Bossingen. An sich war es gegen seine Prinzipien, in so einem Kommerztempel einzukaufen, aber heute gab er der Umstände halber nach. Ihm war klar, daß er nach dem undankbaren Herumwühlen in Ryszard Maliks Vorleben einfach keine Lust mehr hatte, in den kleinen Geschäften der Innenstadt herumzulaufen.

Nach einer halben Stunde hatte er einen Hummer, zwei Flaschen Wein und elf Rosen erstanden. Sowie noch die eine und andere kleine Leckerei. Er begnügte sich damit, verließ das Inferno, und eine Viertelstunde später betrat er seine Wohnung in der Zuyderstraat. Packte seine Einkäufe aus und ging zum Telefon.

»Hallo. Ich habe Hummer, Wein und Rosen. Alles nur für dich! Komm doch. In einer Stunde kannst du hiersein.«

»Heute ist Montag«, antwortete die Frau am anderen Ende.

»Wenn man nicht selbst was draus macht«, entgegnete Reinhart, »dann ist es ein Leben lang Montag.«

»OK«, sagte die Frau. »Ich komme.«

Winnifred Lynch war zu einem Viertel Aborigine, geboren in Perth in Australien, aber aufgewachsen in England. Sie hatte in Cambridge studiert, war geschieden und promovierte nun im Rahmen eines Austauschprogramms an der Maardamer Universität. Als sie Reinhart Mitte November im Jazzclub Vox kennenlernte, war sie gerade 39 Jahre alt geworden. Reinhart war 49. Er brachte sie nach Hause, und sie liebten sich (mit kleinen Unterbrechungen) vier Tage lang, aber danach war es – zur beiderseitigen Verwunderung und ganz entgegen ihren bisherigen Erfahrungen – nicht zu Ende. Sie trafen sich weiterhin. Hier und dort: auf Konzerten, in Restaurants, im Kino und vor allem – natürlich – im Bett. Bereits Anfang Dezember begriff Reinhart, daß an dieser braunhaarigen, intelligenten Frau etwas Besonderes war, und als sie während der Weihnachtsferien nach England fuhr, fühlte er eine Sehnsucht, die er seit fast dreißig Jahren nicht mehr gespürt hatte. Plötzlich hatte er Angst, sie zu verlieren.

Dieses Gefühl versetzte ihm einen Schreck, zweifellos, das war eine Warnung, aber als sie nach drei Wochen zurückkam, konnte er es sich nicht verkneifen, sie vom Flughafen abzuholen. Er stand mit Rosen und weit aufgerissenen Armen da, und seitdem waren sie natürlich wieder zusammen.

Dieser Montag war das fünfte – oder vielleicht auch das sechste – Mal seit damals, und wenn er nachrechnete, mußte er feststellen, daß kaum mehr als zehn Tage seitdem vergangen waren. Verflucht, das schien was Ernsteres zu sein.

»Warum bist du Polizist geworden?« fragte sie ihn, als sie hinterher nebeneinander im Bett lagen. »Du wolltest es mir mal erzählen.«

»Das ist ein Trauma«, sagte er nach kurzer Bedenkzeit.

»Ich bin ein Mensch«, sagte sie.

»Was meinst du damit?«

Sie antwortete nicht, aber nach einer Weile bildete er sich ein, sie zu verstehen.

»Allright«, sagte er. »Es war eine Frau. Oder ein Mädchen. Zwanzig Jahre alt.«

»Was ist passiert?«

Er zögerte und nahm zwei Züge aus seiner Zigarette, bevor er ansetzte.

»Ich war 21. Habe an der Uni Philosophie und Anthropologie studiert, weißt du. Wir waren seit zwei Jahren zusammen. Wollten heiraten. Sie studierte Sprachen ... eines Abends ging sie von einer Vorlesung nach Hause und wurde von einem Wahnsinnigen im Wollerimspark niedergestochen. Sie starb im Krankenhaus, noch bevor ich dorthin kam. Die Polizei brauchte sechs Monate, um den Täter zu fassen, da hatte ich schon angefangen.«

Wenn sie jetzt klug genug ist, nichts zu sagen, dann will ich mit ihr zusammenleben, dachte er plötzlich.

Winnifred Lynch legte ihm ihre Hand auf die Brust. Streichelte ihn vorsichtig ein paar Sekunden, dann stand sie auf und ging ins Badezimmer.

Damit wäre die Sache entschieden, stellte Reinhart verwundert fest.

Später, als sie wieder nebeneinanderlagen und sich berührten, konnte er nicht umhin, eine Frage zu stellen.

»Was hältst du von einem Mörder, der auf das Opfer zwei Schüsse in den Unterleib abfeuert, wenn es schon tot daliegt?«

Sie überlegte eine Weile.

»Und das Opfer ist ein Mann?«

»Ja.«

»Dann glaube ich, der Mörder ist eine Frau.«

Verflucht noch mal, dachte Reinhart.

9

Der Aufenthalt am stürmischen Meer das Wochenende über hatte offenbar eine erfrischende Wirkung auf Polizeirat Hiller gehabt. Als er am Montag morgen wieder im Büro war, gab er umgehend Befehl zum sogenannten vollen Einsatz im Mordfall Malik.

Im Klartext bedeutete das, daß alle sechs Kriminalbeamten, mit Van Veeteren an der Spitze, sowie sämtliches Fußvolk, das nur aufzutreiben war, rund um die Uhr an dem Fall arbeiten sollten. Eigentlich hatte Van Veeteren gegen die starke Besetzung nichts einzuwenden. Das Problem war nur, daß es nicht viel gab, womit man sich beschäftigen konnte. Über Spitzel und Verbindungsmänner in der Unterwelt etwas über die Mordwaffe herauszubekommen, war reine Sisyphusarbeit. Das würde ewig dauern.

Blieb die Ehefrau. Der Hauptkommissar teilte Moreno und Heinemann dazu ein, rund um die Uhr im Krankenhaus zu sein. Man konnte ja nie wissen, und wenn in dieser Geschichte etwas herauskommen sollte, dann durch sie.

Blieb noch übrig, die Netze auszuwerfen. Das konnte man immer tun. Leute aufsuchen, die irgendeine Verbindung mit Malik hatten – Nachbarn, Geschäftsbekanntschaften, alte und neue Freunde... und Fragen stellen, gemäß der bewährten Devise der Trüffelschweine, daß man nur Geduld haben und lange und hartnäckig genug im Dreck wühlen muß, um früher oder später auf irgend etwas Eßbares zu stoßen.

Für diesen wenig begehrten Job schaute Van Veeteren sich Rooth und Reinhart aus. Dann machte Van Veeteren sich trotz einer ziemlich beschwerlichen Erkältung auf, mit Münster Tennis zu spielen.

Als die Mannschaft am Freitag aufgrund eines bewaffneten Überfalls mit tödlichem Ausgang im Vorort Borowice verkleinert wurde, war man noch keinen Schritt vorangekommen.

Ilse Malik war langsam wieder in die Wirklichkeit zurückgekehrt. Ab und zu überfielen sie zwar noch hysterische Weinattacken, aber sie konnte sich relativ zusammenhängend an den Mordtag erinnern. Ihr Sohn Jacob war fast die ganze Zeit bei ihr, und wenn es stimmte, was Moreno angedeutet hatte – daß er sich vielleicht etwas übereilt von seiner Mutter losgerissen hatte –, so schien er in gewisser Weise diese Revolte nunmehr zu sühnen. Aber eigentlich blieb ihm auch kaum etwas anderes übrig, als sich in sein Los zu fügen.

Am Donnerstag vormittag tauchte ein neuer Punkt in Ilse Maliks Erinnerungen auf. Zwar behauptete der Sohn sofort, es sei paranoides Gerede, dem die Polizei keinen Glauben schenken durfte. Doch Ilse Malik blieb bei ihrer Behauptung, daß bereits in der Woche vor dem schicksalsträchtigen Freitag jemand ihrem Mann nach dem Leben getrachtet hätte. Zum einen waren da diese sonderbaren Telefonanrufe gewesen – zweimal, am Dienstag und am Donnerstag, wenn sie sich richtig erinnerte. Eine unbekannte Person hatte angerufen, ohne ein Wort zu sagen – nur Musik war zu hören gewesen, obwohl sie in den Hörer gerufen und gewartet hatte, besonders beim letzten Mal. Was für Musik das war und was das Ganze zu bedeuten hatte, darüber konnte Ilse Malik nichts sagen, aber sie glaubte zumindest, daß es sich beide Male um dieselbe Melodie gehandelt hatte.

Ob ihr Ehemann gleiche Anrufe bekommen hatte, das wußte sie nicht. Er hatte ihr zumindest nichts davon gesagt.

Die zweite Verschwörung gegen Ryszard Maliks Leben konnte etwas mit einem weißen Mercedes zu tun haben. Damit hatte man versucht, ihn auf dem Nachhauseweg umzubringen. In Ermangelung anderer Möglichkeiten wurde auch diese Auskunft überprüft, aber in Hinblick auf die relativ geringen Schäden an Maliks Auto entschieden Heinemann und Moreno einhellig, daß dieser Verdacht hinfällig war. Der Besitzer des besagten Mercedes war ein 62jähriger Limnologieprofessor aus Genf, und wie die Schweizerische Polizei bestätigte, gab es keinerlei Hinweise darauf, daß er mörderische Absichten gehegt hatte, als er auf Maliks Heckpartie rutschte.

»Haben Sie eine Idee, wie wir weitermachen sollen?« erdreistete Münster sich zu fragen, als sie am frühen Freitag abend bei Andenaar's saßen und ein Bier tranken.

»Überhaupt keine«, knurrte Van Veeteren und blinzelte zum Regen hinaus, der gegen das Fenster schlug. »In diesem verfluchten Monat habe ich nie gute Ideen. Wir müssen abwarten.«

»Ja, das denke ich auch«, sagte Münster. »Jedenfalls eine merkwürdige Geschichte. Reinhart geht davon aus, daß das eine Frau gemacht hat.«

»Gut möglich«, seufzte der Hauptkommissar. »Es ist immer schwieriger, eine Frau zu finden... ich persönlich habe es mein ganzes Leben lang versucht.«

So etwas aus Van Veeterens Mund und bei so einer Gelegenheit zu hören, war schon fast als heldenhafter Witz anzusehen. Münster war gezwungen, sein Lachen wegzuhusten.

»Jedenfalls machen wir übers Wochenende frei«, sagte er. »Nur gut, daß wir um den Bankräuber herumgekommen sind.«

»Kann sein. Nur gut für ihn, daß er um uns herumgekommen ist.«

»Die kriegen ihn schon«, meinte Münster und nahm einen Schluck. »Es gibt ja Zeugen. Ich muß jetzt nach Hause. Synn hat angefangen zu arbeiten, und der Babysitter wird nach Stunden bezahlt.«

»Ach ja«, seufzte Van Veeteren. »Immer ist irgendwas.«

Am Montag zeigte sich, daß Münsters Prophezeiung eingetroffen war. Der Bankräuber – ein arbeitsloser, ehemaliger Parkwächter – war am frühen Sonntag morgen von Rooth und Heinemann gefaßt worden. Der entscheidende Hinweis kam von einer Frau, die am Samstag abend in einem der besten Restaurants der Stadt außergewöhnlich gut bewirtet worden war.

Im Fall Malik war im Laufe des Wochenendes nichts geschehen, abgesehen davon, daß Jacob Malik wieder nach München zurückgekehrt war. Seine Mutter wohnte bis zur Beerdigung, die für Samstag, den 3. Februar angesetzt worden war, bei ihrer Schwester. Aus der Bevölkerung waren ungefähr zwanzig Hinweise eingegangen, von denen jedoch keiner irgendwelche Relevanz für die Ermittlungen zu haben schien. Bei der üblichen Lagebesprechung im grünen Dienstzimmer des Polizeichefs wurde deshalb beschlossen, daß der Einsatz ab jetzt auf ein eher routinemäßiges Niveau herabgeschraubt werden sollte.

Ryszard Malik war inzwischen seit fast zehn Tagen tot, und die Polizei tappte immer noch im dunklen.

Es gab null und nichts.

Und der Januar schritt voran.

10

Die Befriedigung war größer, als sie erwartet hatte. Tiefgreifender und nachhaltiger, als sie es sich hatte vorstellen können. Zum ersten Mal in ihrem erwachsenen Leben fühlte sie sich ausgeglichen und zufrieden – bildete sie sich jedenfalls ein. Schwer zu sagen, was es eigentlich war, aber es war im Körper zu spüren. Auf der Haut und in der Entspannung der Muskeln war es zu spüren, eine Art Rausch, der sich wie schäumende, sanfte Blasen in die Nervenbahnen ausbreitete und der sie auf einem konstant erhöhten Bewußtseinsniveau hielt, in einer souveränen Ruhe mit dem gleichzeitigen Gefühl, high zu sein. Ein Orgasmus, dachte sie aufgekratzt, ausgedehnt in eine absurde Unendlichkeit. Der sehr langsam endete und angenehm ausebbte, während sie lässig auf die nächste Tat wartete. Und die übernächste.

Zu töten.

Diese Menschen zu töten.

Vor einigen Jahren hatte sie ein religiöses Erlebnis gehabt; fast wäre sie in eine dieser Sekten eingetreten, die heutzutage wie Pilze aus dem Boden schossen (wie Schimmel aus den Tanks, hatte mal jemand gesagt), und sie erinnerte sich an den Zustand von damals. Der Unterschied bestand nur darin, daß es damals vorübergegangen war. Drei, vier Tage ekstatische Verzückung hatten sich in Reue und Kater verwandelt, wie bei jedem anderen Rausch.

Aber jetzt nicht. Nicht dieses Mal. Nach zehn Tagen war es immer noch da. Sie war voller Kraft, entschlossen, wieder zu töten. Zu töten und wieder zu töten. Und damit langsam den Kreis zu schließen, der aus der Geschichte ihrer Mutter und ihrem eigenen Leben bestand. Ihre Aufgabe. Einen Punkt hinter alles zu setzen, endlich.

Sie las über ihren ersten Einsatz in den Zeitungen. Kaufte sich das Neuwe Blatt, den Telegraaf und einige andere, saß in ihrem Zimmer und ging interessiert die Berichte durch. Die große Aufmerksamkeit überraschte sie. Wieviel würde man dann erst beim nächsten Mal schreiben? Und beim übernächsten Mal? Es ärgerte sie ein wenig, daß sie keinen Fernseher hatte, sie spielte mit dem Gedanken, sich einen kleinen Apparat anzuschaffen, beschloß dann aber, es sein zu lassen. Oder es zumindest nicht zu überhasten; vielleicht konnte sie ja beim nächsten Mal der Versuchung nicht widerstehen, von sich selbst in den Nachrichten zu hören und zu sehen, aber die Zeit würde es schon zeigen. Natürlich hätte sie sich auch in ein Café setzen und fernsehen können, aber das reizte sie nicht. Das war nicht privat genug.

Denn wie immer es auch war – schließlich handelte es sich um eine private Geschichte. Eigentlich eine zwischen ihr und ihrer Mutter.

Sie, ihre Mutter und die Namen auf der Liste.

Jetzt hatte sie einen durchgestrichen. Einen roten Kreis

um den gemalt, der als nächster an der Reihe war. Spät am Montag abend beschloß sie, daß die Vorbereitungszeit nun zu Ende wäre. Der Plan war fertig. Zeit, wieder zur Tat zu schreiten. Zuerst die Präludien und dann der Akt selbst.

Das Töten.

Ein Gefühl von Wohlbehagen verbreitete sich unter ihrer Haut, und als sie die Augen schloß, konnte sie durch das gelbe, abflauende Flimmern das Gesicht ihrer Mutter sehen. Deren müden, aber unabweisbaren Blick.

Handle, meine Tochter.

IV

30. Januar – 1. Februar

11

Als Rickard Maasleitner am Dienstag morgen aufwachte, klangen ihm noch die Worte des Rektors im Ohr, und es gab natürlich guten Grund für den Verdacht, daß er alles nur geträumt hatte.

»Du verstehst vielleicht, daß du nicht nur wegen deiner Allergie krankgeschrieben bist. Ich gebe dir eine gewisse Bedenkzeit. Ich möchte, daß du dir überlegst – dir gründlich überlegst –, ob du deine Tätigkeit bei uns wirklich fortsetzen willst!«

Er hatte seine Brille auf die Nasenspitze geschoben und sich über den Schreibtisch vorgebeugt, während er sprach. Hatte versucht, dabei so verflucht väterlich und verständnisvoll auszusehen, obwohl sie fast gleichaltrig waren und sich seit der Zeit kannten, als sie beide neu an die Schule kamen. »Laß dir Zeit«, hatte er hinzugefügt und dabei kurz seinen Arm um Rickards Schulter gelegt. Als er das Zimmer verließ, hatte der Rektor noch irgendwas von Idealismus und Erziehung gemurmelt. Widerlich.

Hatte er Zeit?

Er drehte sich um und schaute auf den Wecker im Bücherregal.

Viertel vor zehn.

Viertel vor zehn an einem Dienstag morgen im Januar. Noch im Bett. Ein merkwürdiges Gefühl, gelinde gesagt. Für drei Wochen wegen einer Allergie krankgeschrieben. Ja, vielen Dank – im Klartext hieß das, daß er vom Unterricht befreit war, weil er einen frechen Fünfzehnjährigen auf den Flur geschickt und ihm zugerufen hatte, er möge sich doch zum Teufel scheren. Und einem anderen ein paar Ohrfeigen verpaßt hatte.

Und das nicht bereut hatte.

Das war der Punkt. Er hatte nicht um Entschuldigung gebeten. Hatte sich geweigert, zu Kreuze zu kriechen. Beide Vorfälle hatten sich während der hektischen Prüfungstage Anfang Dezember ereignet, und seitdem hatten die Mühlen zu mahlen begonnen.

Schülerproteste. Elternrat. Ein paar Zeilen in den Zeitungen. Die ganze Zeit war eine Tür offen gewesen, das war ihm natürlich ganz klar – ein Ausweg. Alle Beteiligten waren bereit, einen Strich unter die Sache zu ziehen, wenn er nur die Schuld auf sich nahm und um Entschuldigung bat.

Es bereute, wie gesagt.

Und alle erwarteten, daß so die Lösung aussehen würde. Natürlich. Maasleitner sollte Vernunft annehmen, den Kopf voller Scham senken und nachgeben. Wenn nicht vorher, dann zumindest während der Weihnachtsferien. Eine Selbstverständlichkeit ... die kranke Blässe des Nachdenkens, und eins würde das andere ergeben.

Aber daraus war also nichts geworden. Er war statt dessen an das Ende des Wegs gelangt. Bereits in einem sehr frühen Stadium hatte er gewußt, daß er dieses Mal gar nicht daran dachte, zurückzuweichen. Wie er es früher gemacht hatte, die Schuld auf sich nehmen und um Entschuldigung für Dinge bitten, obwohl er im Innersten seines Wesens fest davon überzeugt war, daß er doch eigentlich nur getan hatte, was richtig war.

Dieses Mal war es so sonnenklar wie noch nie. In beiden Fällen. Diese beiden jungen Machos, die er sich gehörig vorgenommen hatte, hatten nur einen Bruchteil dessen bekommen, was sie eigentlich verdient hatten. Zumindest einmal eine Spur von Gerechtigkeit. Und jetzt war er vom Dienst suspendiert, mehr oder weniger. Bisher zwar unter einem Deckmantel und mit Lohnfortzahlung, aber es war natürlich nur eine Frage der Zeit, wann das Ganze einen offizielleren Stempel bekommen würde. Sang- und klanglose Verabschiedung sozusagen.

Drei Wochen, genau gerechnet. Rickard Maasleitner kannte die Spielregeln. Er begriff sie, und sie gefielen ihm nicht. Hatten ihm noch nie gefallen. Ein Sicherheitsnetz für Kretins und Schweinehunde. Verfluchte Scheiße, dachte er und trat die Decke fort. Gerechtigkeit!

Er war kaum aus dem Bett, als das Telefon klingelte. Wenn das jemand aus der Schule ist, lege ich auf, beschloß er. Aber es war niemand aus der Schule. Es war eine Frauenstimme. Eine ziemlich leise und ein wenig heisere Frauenstimme.

»Erkennst du die Melodie wieder?« fragte sie.

Sonst nichts. Dann begann die Musik. Irgendwas Instrumentales. Oder aber ein langes Intro. Offensichtlich mit einigen Jahren auf dem Buckel. Schöne Melodie.

»Hallo«, rief er, nachdem er zehn Sekunden zugehört hatte, »ist das ein Quiz?«

Keine Antwort. Die Musik lief weiter.

Er hielt den Hörer etwas vom Ohr weg und überlegte eine Weile. »Wenn Sie glauben, Sie könnten mich mit solchem Quatsch aus der Fassung bringen, dann möchte ich Ihnen nur sagen: Da irren Sie sich aber gewaltig!« sagte er schließlich und legte auf. Abschaum, dachte er. Was, zum Teufel, wird nur aus dieser Gesellschaft werden?

Dann zog er sich seinen Bademantel über und ging in die Küche, um zu frühstücken.

Im weiteren Verlauf des Tages kamen mindestens noch acht weitere Anrufe – irgendwann am frühen Nachmittag verlor er den Überblick.

Dieselbe Musik. Ein Instrumental aus den Sechzigern wahrscheinlich – an das er sich vage zu erinnern meinte, das er aber nie genau identifizieren konnte. Weder die Gruppe, die da spielte, noch den Titel.

Natürlich überlegte er mehrmals, den Stecker herauszuziehen und so Schluß mit dem Blödsinn zu machen, aber aus irgendwelchen Gründen ließ er es doch sein. Unterbrach statt dessen jedesmal, wenn das Telefon klingelte, seine Lektüre oder seine Arbeit mit dem Lehrbuchindex. Antwortete, wartete und hörte zu, schaute über das Häuserdach und die kahlen, schwarzen Bäume, während er überlegte, was, verflucht noch mal, dahinter stecken konnte. Er selbst äußerte nach dem dritten Anruf kein einziges Wort mehr. Anfangs war er überzeugt davon, daß es etwas mit der Schule zu tun haben mußte, daß irgendein Schüler dahintersteckte, aber je länger das dauerte, um so stärker zweifelte er daran.

Sonderbarerweise schien ihn auch im Laufe der Zeit die Irritation zu verlassen... verließ ihn und verwandelte sich in etwas anderes, das vermutlich zu gleichen Teilen aus Neugier und einer anderen Zutat bestand, die er sich selbst nicht eingestehen wollte. Er wollte nicht zugeben, daß es sich hierbei um Angst handelte. Denn irgendwie hatte das Ganze etwas Unangenehmes an sich. Etwas, das er nicht so recht zu packen bekam und nicht verstand. Eine Überinterpretation, ganz einfach? Die weibliche Stimme des ersten Anrufs tauchte nicht wieder auf, die ganze Zeit war nur die Musik zu hören. Nichts sonst. Derselbe instrumentale Popsong... ganz gute Musiker, zweifellos, und, wie gesagt, aus der Zeit Anfang der Sechziger, wenn er sich nicht irrte.

Aber auch wenn die Stimme nicht wieder auftauchte, erinnerte er sich doch daran, was sie gefragt hatte:

»Erkennst du die Melodie wieder?«

Da war etwas, an das er sich erinnern sollte. Hatte sie das gemeint? Die Musik bedeutete etwas, und es ging natürlich darum, daß er darauf kommen sollte, was sie bedeutete. So war das doch wohl gemeint, oder?

Scheiße, murmelte er, als er den Hörer zum fünften oder

sechsten Mal aufgelegt hatte. Was war eigentlich der Sinn dabei? Aber es sollte noch eine Weile dauern, bis Rickard Maasleitner sich darüber vollkommen im klaren war. Dafür war es dann jedoch absolut eindeutig.

12

Enso Faringer war nervös. Daran bestand kein Zweifel. Kaum hatte er sich am üblichen Tisch bei Freddy's niedergelassen, rutschte er schon hin und her und kratzte sich an seinem häßlichen Hautausschlag am Hals, den er immer im Winter bekam. Er trank hastig sein Bier und hatte bereits zwei Zigaretten geraucht, bevor das Essen kam.

Die Unterhaltung verlief im Kreis, und Maasleitner begriff, daß sein Kollege nicht so recht wußte, auf welchem Bein er stehen sollte. Oder, besser gesagt, auf welchem Stuhl er sitzen sollte. Er hatte bereits am Dienstag abend versucht, sich mit ihm zu treffen, aber nur eine ziemlich fadenscheinige Ausrede als Antwort bekommen – daß ein alter Freund zu Besuch käme oder so etwas. Als ob Enso Faringer Freunde hätte. Maasleitner hatte bereits, als er ihn am Telefon hatte, nicht übel Lust, ihn zu bitten, ein bißchen mehr von dem Besuch zu erzählen. Doch er hatte die Lüge dann mit guter Miene geschluckt. War ja auch egal. Jetzt spielte er mit dem Gedanken, ihm zuzusetzen, ließ es aber bleiben. Er wollte nicht eklig sein. Faringer war zumindest noch ein Kontakt. Eine Person, die Einblick darin hatte, was eventuell in der Schule vor sich ging, auch wenn er kaum in der Lage war, selbst seine Schlüsse daraus zu ziehen. Oder Sachen und Geschehnissen die eine oder andere Wendung zu geben.

Außerdem gab es ja sonst kaum jemanden. Niemanden, auf den er sich verlassen konnte. In einer Situation wie dieser mußte man natürlich das nehmen, was man kriegte, und sich damit zufriedengeben.

Sie aßen Schaschlik, wie immer, und Faringer plapperte vorsichtig von gemeinsamen Schülern und von Kollegen, von denen er wußte, daß Maasleitner sie nicht mochte. Auch ein wenig von seinem Aquarium und von seinem Vater, der seit vielen Jahren in einem psychiatrischen Krankenhaus lag, der aber nicht starb, obwohl er schon über fünfundneunzig war. Enso pflegte ihn durchschnittlich viermal die Woche zu besuchen. Dieses uferlose Geplapper war natürlich auch ein Zeichen für seine Nervosität. Faringers Mund lief sozusagen im Leerlauf, als spräche er mit seinen Fischen oder hielte einen Vortrag vor seinen Schülern, bei dem er nicht mehr nachzudenken brauchte, was er eigentlich sagte. Maasleitner spürte, daß er bereits nach zehn Minuten dieser Gesellschaft überdrüssig war.

»Auf wessen Seite stehst du?« fragte er, als Faringer gerade sein drittes Bier bekommen und an ihm genippt hatte.

»Was meinst du damit?«

»Das weißt du genau.«

»Nein ... doch, vielleicht ja. Nein. Das mußt du schon genauer erklären. Ich verstehe es nicht ganz.«

»Ich werde in drei Wochen verabschiedet ... genau gerechnet in zweieinhalb. Was hältst du davon?«

Faringer schluckte.

»Das ist doch nicht dein Ernst? Das kann doch nicht sein. Da muß ich mal mit jemandem reden ...«

Er verstummte.

»Mit wem denn?«

»Ich weiß nicht. Aber du hörst doch nicht auf? Es ist doch klar, daß sich das irgendwie regeln lassen wird.«

»Rede keinen Quatsch. Und erzähl bloß nicht, daß du die Situation nicht kennst. Es ist doch alles sonnenklar, verflucht noch mal.«

»Nun ja ...«

»Ich werde rausgeschmissen, weil ich diesen bescheuerten Bengeln das gegeben habe, was sie verdienen, kapierst du das nicht? Was ist das für eine blöde Art, hier herumzudrucksen und so zu tun, als wüßtest du nicht, worum es geht?«

Die Wut stieg viel schneller in ihm auf, als er erwartet hatte, und er sah, daß Faringer Angst bekam. Er versuchte, das etwas zu kaschieren.

»Es muß doch im Kollegium irgendeine Reaktion geben. Will man das einfach seinen üblichen Gang gehen lassen, oder habe ich... habe ich irgendwelche Unterstützung zu erwarten? Was sagen sie? Das ist eigentlich alles, was ich wissen will.«

»Ach so.«

Faringer sah erleichtert aus.

»Daß du dich ein wenig umhörst. Ein bißchen aufpaßt, mehr nicht... du kannst doch gut die Stimmung einschätzen, wenn es darum geht. Hast einen besseren Durchblick als gewisse andere, nun ja, das ist doch nichts, womit man hinterm Berg halten muß...«

Das war ein reichlich zusammengeschustertes Kompliment, aber er sah, daß es geschluckt wurde. Enso Faringer lehnte sich zurück und zündete eine Zigarette an. Zog die Augen zu zwei schmalen Schlitzen zusammen und versuchte auszusehen, als überlege er angestrengt.

Vielleicht tut er das sogar, dachte Maasleitner.

»Du willst, daß ich die Lage ein wenig sondiere?«

Maasleitner nickte.

»Vielleicht auch so eine kleine Kampagne in die Wege leite?«

»Nun ja...«

Offensichtlich schien jetzt das Bier im wirren Hirn des Kollegen seine Wirkung zu tun, und mit einem Mal wurde Maasleitner klar, wie nutzlos das Ganze schien. Daß er von jemandem wie Enso Faringer Hilfe erwarten konnte! Daß er hier saß und sich Unterstützung von diesem allgemein verachteten und übersehenen Hanswurst erbat. *Herr Fräulein*, wie die Schüler ihn nannten.

Außerdem wußte er gar nicht genau, was er sich davon versprach. Er hatte wahrscheinlich in erster Linie nur das Bedürfnis, sich Luft zu verschaffen... seine Wut und sein Gefühl, übergangen zu werden, kundzutun. Ein rechthaberischer Klugscheißer, sollte er als solcher enden? Langsam, aber unerbittlich spürte er den Würgegriff der Müdigkeit und Sinnlosigkeit, und als er sah, wie der kleine Deutschlehrer seine Stirn runzelte und einen Kugelschreiber aus der Innentasche hervorzog, glaubte er, in einem absurden Theaterstück gelandet zu sein.

In einer Farce.

Wollte der jetzt etwa Strategien auf der Serviette skizzieren? Oder ein Pamphlet oder ein Manifest entwerfen? Einen Aufruf? Verdammter Scheiß, dachte Maasleitner. Mit was für Leuten habe ich eigentlich Umgang?

Oder sind sie alle so, wenn man nur ein bißchen an ihrem Äußeren kratzt?

Das war keine neue Frage. Und außerdem kaum eine Frage. Nur eine Feststellung.

Mehr Bier, dachte er. Auch egal, wenn die Konturen etwas verwischen. Abstumpfung, schließ mich in deine Arme!

Als sie sehr viel später aus dem kleinen Kellerrestaurant wankten, war die Stimmung deutlich ausgelassener. Maasleitner war gezwungen, seinem Kollegen die Treppe hinaufzuhelfen, die zur Straße hochführte. Faringer verfehlte eine Stufe, hielt sich am Eisengeländer fest und lachte aus vollem Halse, und als es kurze Zeit später endlich gelungen war, ein Taxi anzuhalten, stellte sich heraus, daß er seine Brieftasche unten auf dem Tisch vergessen hatte. Maasleitner ging zurück, sie zu holen, während Faringer halb auf dem Rücksitz lag und dem bescheiden lauschenden, aber offensichtlich abgeklärten Fahrer ein unanständiges Lied vorsang.

Als Maasleitner die Rücklichter des Autos hinter der Ecke der Druckerei verschwinden sah, fragte er sich, wie, um alles in der Welt, Enso Faringer es wohl schaffen würde, am nächsten Morgen das Pult zu erklimmen.

Er war diese Sorge ja los, und kraft der lieblichen Süße des Alkohols in seinen Adern fühlte er sich mit einem Mal trotz allem ganz zufrieden mit der Situation. Ein langer, schöner Morgen im Bett lag vor ihm und dann vielleicht ein kleiner Ausflug... nach Weimarn? Warum nicht? Wenn nur das Wetter einigermaßen mitmachte.

Gerade im Augenblick war es gar nicht so schlecht. Der Regen hatte aufgehört. Ein lauer, leichter Wind strich durch die Stadt, und als Maasleitner langsam durch die vertrauten, engen Gassen wanderte, um nach Hause in die Weijskerstraat zu kommen, hatte er das deutliche Gefühl, daß es gar keinen Grund gab, sich so große Sorgen um die Zukunft zu machen.

Wie eine Bestätigung dieses Gefühls löste sich ungefähr gleichzeitig eine Gestalt aus den dunklen Schatten der Keymerkirche ein Stück weit die Straße runter. Sie folgte ihm mit ungefähr dreißig Schritten Abstand, leise und taktvoll – über das rundgeschliffene Kopfsteinpflaster, über die Wilhelmsgracht und bis in die Weijskerstraat, sogar bis an die Tür, vor der Maasleitner etwas verwundert feststellen mußte, daß sie offenstand und sich anscheinend jemand am Schloß zu schaffen gemacht hatte. Trotz seines leicht euphorischen Zustands blieb er stehen und grübelte eine Weile darüber nach – während die Person, die ihm folgte, ruhig in einem anderen Hauseingang schräg gegenüber abwartete. Dann zuckte Maasleitner mit den Schultern, trat ein und nahm den Fahrstuhl bis in den dritten Stock.

Er war noch nicht lange in seiner Wohnung, hatte sich noch nicht einmal ausgezogen, als es an der Tür klingelte. Die Uhr über dem Herd in der Küche zeigte ein paar Minuten nach zwölf, und als er ging, um zu öffnen, überlegte er, wer um alles in der Welt denn um diese Zeit etwas von ihm wollte.

Dann beschloß er, daß das natürlich Enso Faringer war, der in seinem überdrehten Zustand irgendeine verrückte Idee hatte, und deshalb öffnete er die Tür mit einem toleranten Lächeln auf den Lippen.

Ungefähr sechzehn Stunden später öffnete seine 17jährige Tochter dieselbe Tür, und wenn die Umstände nicht so grotesk gewesen wären, wäre es ihr sicher möglich gewesen, immer noch eine Spur dieses Lächelns zu entdecken.

V

1.–7. Februar

13

»Also kein Zweifel?« fragte Heinemann.

»Kaum«, entgegnete Münster. »Die gleiche Munition – 7,65 Millimeter. Die Techniker sind sich so gut wie sicher, daß es sich auch um die gleiche Waffe gehandelt hat, aber das bekommen wir definitiv erst morgen bestätigt.«

»Zwei Schüsse in die Brust, zwei in den Unterleib«, sagte Rooth und deutete auf die Fotos, die vor ihm auf dem Tisch lagen.

»Verflucht, das ist ja genau das gleiche. Wie bei Ryszard Malik.«

»Es war wohl auch derselbe Täter«, sagte Moreno. »Schließlich hat in den Zeitungen nichts von den Unterleibsschüssen gestanden.«

»Ganz richtig«, murmelte Van Veeteren. »Manchmal klappt es sogar mit dem Maulkorb bei den Journalisten.«

Er schaute von dem Papier auf, das er in den Händen hielt und gerade gelesen hatte. Es war ein sehr vorläufiger Arztbericht, den Frau Katz ihm hereingereicht hatte. Er besagte, daß Rickard Maasleitner wahrscheinlich in der Nacht zum Donnerstag irgendwann zwischen elf und zwei Uhr nachts gestorben war, und daß die Todesursache eine Kugel gewesen war, die den Herzmuskel durchschlagen hatte. Die übrigen Schüsse waren nicht unmittelbar tödlich, jedenfalls nicht für sich genommen, möglicherweise alle zusammen und mit Hinblick auf den Blutverlust.

»Herzschuß«, sagte Van Veeteren und reichte das Blatt weiter an Münster, der ihm am nächsten saß.

»Er hat Freddy's erst kurz nach halb zwölf verlassen«, erklärte Moreno. »Man braucht zu Fuß mindestens eine Viertelstunde bis zur Weijskerstraat. Der Mörder kann nicht vor zwölf Uhr zugeschlagen haben.«

»Also dann zwischen zwölf und zwei«, stellte Rooth fest. »Nun ja, wir müssen herauskriegen, ob ihn jemand gesehen hat.«

»Oder gehört«, sagte Heinemann.

Rooth schob sich einen Zeigefinger in den Mund und zog ihn mit einem Plopp wieder heraus.

»Hast du gehört?« fragte er. »Ungefähr soviel Lärm entsteht, wenn man einen Schalldämpfer benutzt. Und er muß einen gehabt haben, sonst wäre das ganze Haus auf den Beinen gewesen.«

»OK«, sagte Heinemann, »dann sagen wir eben gesehen.«

Van Veeteren brach einen Zahnstocher ab und schaute auf die Uhr.

»Gleich Mitternacht«, stellte er mit einem tiefen Seufzer fest. »Wir sollten besser nach Hause fahren und uns schlafen legen. Aber morgen ist es verdammt noch mal allerhöchste Zeit, daß wir etwas herauskriegen. Wir haben hier einige Fäden, die wir ziehen müssen, und es gibt keinen Grund, ins Hintertreffen zu geraten. Je eher wir den Fall hier lösen, um so besser.«

Er machte eine kleine Pause, aber keiner nahm die Gelegenheit wahr, etwas zu sagen. In den Gesichtern seiner Kollegen konnte er ungefähr die gleiche Mischung aus angestrengter Konzentration und Müdigkeit erkennen, die er in seinem eigenen Kopf spürte. »Morgen gehen wir folgendermaßen vor«, fuhr er fort. »Reinhart und deBries machen mit den Nachbarn weiter. Den ganzen Block, wenn ihr es schafft. Es reicht ja schon, wenn jemand was gesehen hat ... der Mörder muß schließlich zweimal dort gewesen sein, zum Teufel. Einmal, um an dem Schloß herumzufummeln, und einmal, um zu töten. Das kann natürlich auch unbemerkt passiert sein, aber wir werden sehen... Heinemann.«

»Ja.«

»Du kümmerst dich um den persönlichen Hintergrund des Toten. Find heraus, ob Maasleitner und Malik sich kannten. Es muß irgendeinen Zusammenhang geben.«

»Wollen wir's hoffen«, meinte Heinemann.

»Münster und Rooth kümmern sich um die Familie... ich meine, die ehemalige Familie. Ich habe die Liste hier. Moreno und Jung fahren in die Schule...«

»Ach du meine Güte«, sagte Jung. »Ich bin ja da zur Schule gegangen...«

Van Veeteren zog die Augenbrauen hoch.

»Wann denn?« fragte er.

Jung rechnete nach.

»Vor achtzehn Jahren«, sagte er. »Nur ein Halbjahr in der siebten Klasse, wir sind im Frühling dann umgezogen. Ich erinnere mich kaum noch an einen Lehrer. Jedenfalls hatte ich nicht Maasleitner.«

»Schade«, sagte Van Veeteren. »Redet mit dem Rektor und irgendwelchen Kollegen, aber seid ein wenig vorsichtig. Diese Halbgelehrten sind verflucht empfindlich. Und laßt diesen Faringer in Ruhe. Den will ich mir selbst vorknöpfen.«

»Merkwürdiger Typ«, sagte Münster.

»Natürlich«, murmelte Van Veeteren. »Das macht der Beruf. Wer nicht schon von Anfang an sonderlich ist, wird es mit den Jahren.«

Er wühlte in seiner leeren Brusttasche herum und schaute in die Runde.

»Noch Fragen?«

Rooth gähnte, aber niemand sagte etwas.

»Nun gut«, konstatierte der Hauptkommissar und schob seine Papiere zusammen. »Wir sehen uns morgen nachmittag um drei Uhr. Schaut, daß ihr etwas herausbekommt. Diesmal müssen wir ihn schnappen.«

»Oder sie«, sagte Münster.

»Ja, ja«, räumte Van Veeteren ein. »Cherchez la femme, wenn du unbedingt willst.«

Als er nach Hause gekommen und ins Bett gegangen war, spürte er, daß die Müdigkeit noch nicht endgültig die Anspannung in seinem Gehirn besiegt hatte. Immer noch tauchten die Bilder von Rickard Maasleitners durchschossenem Körper in regelmäßigen Abständen auf seiner Netzhaut auf, und nach zehn Minuten vergeblicher Anstrengungen einzuschlafen, gab er auf und ging in die Küche. Er holte aus dem Kühlschrank ein Bier und ließ sich mit einer Decke um die Beine und Dvořák aus den Lautsprechern im Sessel nieder. Ließ sich so von der Dunkelheit einhüllen, aber statt des Unbehagens und der Abscheu, die er bei dem Gedanken an die beiden unaufgeklärten Morde, mit denen er sich herumquälen mußte, haben sollte, beschlich ihn ein ganz anderes Gefühl.

Ein Gefühl der Erregung. Der Jagd, genauer gesagt. Das Treiben war jetzt in Gang, und das Wildbret befand sich irgendwo dort draußen im Gewirr der Stadt. Es würde nur eine Frage der Zeit sein, wann er es zu fassen bekam. Den Mörder packte.

Verdammt noch mal! dachte er und nahm einen vorsichtigen Schluck Bier. Langsam habe ich die Dinge nicht mehr im Griff. Wenn ich nicht bei der Polizei wäre, wäre ich vermutlich selbst ein Mörder geworden.

Das war natürlich nur ein flüchtiger Gedanke, aber irgendwo, in irgendeiner obskuren Windung seines Gehirns, begriff er, daß dieser Gedanke mehr Bedeutung enthielt, als zuzugeben gut war. Da war etwas dran an der Jagd ...

Zumindest anfangs.

Eigentlich nur anfangs. Irgendwann im Laufe der Zeit kam immer der Wendepunkt, der Umschwung, und wenn er dann allmählich – oft erst viel, viel später – mit der Beute, dem Täter, dastand, gab es nur noch das Gefühl von Abscheu und Ekel, das sich seiner bemächtigte.

In Gedanken ging er zurück zu den Ereignissen des Nachmittags. Der Alarm war genau in dem Moment eingegangen, als er nach Hause gehen wollte. Um 16.30 Uhr. Er selbst und Münster waren eine Viertelstunde später in der Weijskerstraat an Ort und Stelle gewesen, fast gleichzeitig mit dem Spurendienst und dem Notarzt. Rickard Maasleitner hatte ganz genauso dagelegen wie Ryszard Malik damals... wie lange war das eigentlich her? Knapp zwei Wochen? Ja, das stimmte.

Daß hier derselbe Täter am Werk gewesen war, davon war er bereits beim ersten Augenschein überzeugt gewesen. Und daß die Vorgehensweise dieselbe gewesen war. Klingeln an der Tür und unmittelbares Losfeuern, sobald die Tür aufging.

Gute Methode, hatte Rooth gesagt.

Zweifellos. Wenn's vorbei war, mußte man nur noch die Tür zumachen und weggehen. Wie lange dauerte so ein Mord? Zehn Sekunden? Vermutlich reichte das aus. Vier Schüsse mit einer Berenger abschießen, das konnte man in der Hälfte der Zeit, wenn es denn sein mußte.

Er leerte sein Glas.

Und seitdem?

Ja, seitdem war die Sache natürlich am Laufen. Absperrung, Durchsuchung und sich um die arme Tochter kümmern, die ihn gefunden hatte. Fragen über Fragen.

Aber wenn man das Ganze näher betrachtete, dann gab es einen großen Unterschied zwischen den beiden Morden. Draußen bei Malik war die Chance, entdeckt zu werden, für den Täter äußerst gering gewesen. Bei der gestrigen Tat hätte es genügt, wenn jemand seinen Müll runtergebracht oder nur mal durch den Türschlitz geguckt hätte.

Sicher, es war Nacht gewesen, aber dennoch.

Ergo: Entweder es gab einen Zeugen. Oder es gab auch hier keinen. Vielleicht, und das war nur zu hoffen, hatte also jemand (oder mehrere) den Mörder bei einer der beiden Gelegenheiten, als er das Haus aufgesucht haben mußte, bemerkt – beim Fummeln am Schloß oder in Zusammenhang mit der Tat selbst. Als er dorthin ging oder von dort kam.

Oder irgendwo stand und wartete?

Entweder – oder, also. Wenn Reinhart und deBries ihren Job gut machten, wußte man es morgen. Und auch wenn dabei nichts herauskam, war noch nicht alles verloren. Gegen zehn Uhr war eine Pressemitteilung hinausgeschickt worden, die in allen wichtigen Zeitungen und in den Morgennachrichten von Rundfunk und Fernsehen wiederzufinden sein würde. Alle, die glaubten, irgend etwas gesehen zu haben, oder die sich auch nur am Mittwoch abend gegen Mitternacht in der Nähe der Weijskerstraat aufgehalten hatten, wurden aufgefordert, sich umgehend bei der Polizei zu melden.

Es gab also Hoffnung.

Als Van Veeteren in seinen Überlegungen soweit gekommen war, gab er nach und zündete eine Zigarette an. Es war an der Zeit, sich mit der Hauptfrage zu beschäftigen. Verflucht noch mal, welchen Grund gab es, einfach herumzulaufen, an der Tür zu klingeln und denjenigen, der öffnete, niederzuschießen?

Was war das Motiv?

Was hatten Ryszard Malik und Rickard Maasleitner gemeinsam? Und weiter: Was wäre passiert, wenn jemand anderes die Tür geöffnet hätte? Konnte der Mörder mit hundertprozentiger Sicherheit wissen, wer öffnete? War das alles das Ergebnis eines minutiösen Plans, oder war es eher Zufall?

Es gibt keine Zufälle, hatte Reinhart gesagt, und das war sicher an und für sich auch richtig. Aber es gab einen himmelweiten Unterschied zwischen bestimmten Gründen und anderen. Zwischen einem Motiv und dem anderen.

Warum waren ausgerechnet Malik und Maasleitner Opfer des Mörders geworden?

Die Musik verstummte, und Van Veeteren spürte die Müdigkeit. Er drückte die Zigarette aus und zog sich aus dem Sessel hoch. Dann stellte er den CD-Player ab und ging ins Bett. Die blutroten Digitalziffern auf seinem Radiowecker zeigten 02.21, und er mußte feststellen, daß er weniger als fünf Stunden Schlaf vor sich hatte.

Nun ja, er hatte schon Schlimmeres erlebt, und vermutlich würde es auch noch schlimmer kommen.

Als Kriminalkommissar Reinhart in seinem großen Messingbett unter die Decke gekrochen war, hatte die Nacht bereits zwanzig rote Minuten weggetickt, aber dennoch überlegte er, ob er nicht Winnifred anrufen sollte, um sie zu fragen, ob sie Lust hätte, herüberzukommen.

Oder um zumindest ein paar Worte zu wechseln und sie daran zu erinnern, daß er sie liebte. Doch etwas – was nach seiner festen Überzeugung sicher mit seinem guten Charakter und seiner Erziehung zu tun hatte – hielt ihn zurück, und statt dessen blieb er eine Weile nur liegen und dachte über die Befragung der Nachbarn nach. Wie wenig Gewissen die Leute doch hatten.

Oder war es vermutlich nur Dummheit?

Mangelnde Aufmerksamkeit in allen Bereichen. In dem alten, gut erhaltenen Dreißigerjahregebäude in der Weijskerstraat, in der der ermordete Rickard Maasleitner seine Wohnung gehabt hatte, wohnten insgesamt nicht weniger als 73 Personen. In dem betreffenden Treppenaufgang – 26B – waren außer dem Opfer selbst siebzehn Mieter zum Zeitpunkt des Mordes zu Hause gewesen. Mindestens acht von ihnen waren noch wach, als der Mörder seine Schüsse abfeuerte. Fünf hatten sich im selben Stockwerk befunden. Einer war zehn vor zwölf nach Hause gekommen. Keiner hatte auch nur das Geringste bemerkt.

Was das Schloß der Haustür betraf, das der Mörder außer Betrieb gesetzt hatte, indem er ein flaches Metallstückchen zwischen Riegel und Zylinder geschoben hatte, so hatten mindestens drei Personen festgestellt, daß etwas nicht stimmte, aber keiner von ihnen hatte irgendwelche Schlußfolgerungen daraus gezogen.

Verfluchte Dummköpfe! dachte Reinhart.

Gleichzeitig wußte er natürlich, daß das kein besonders gerechtes Urteil war. Was ihn selbst betraf, so hatte er nicht die geringste Ahnung, was seine Nachbarn des Abends trieben – er wußte kaum, wie sie hießen –, aber nach sieben Stunden Befragungen und bei so vielen mutmaßlichen Zeugen konnte man wohl das Recht haben, ein etwas besseres Ergebnis zu erwarten.

Oder genauer gesagt, überhaupt ein Ergebnis.

Aber so war es nun mal nicht.

Was hingegen ziemlich klar war, war das Zeitschema selbst. Die Haustür der Weijskerstraat 26 fiel jeden Abend um 22 Uhr automatisch ins Schloß. Um das Schloß in der Form zu sabotieren, wie der Mörder es gemacht hatte, mußte er (oder sie, wie Winnifred Lynch behauptete) bis zu diesem Zeitpunkt gewartet haben, vermutlich irgendwo in dem Gebäude ... um sodann, nachdem der Mechanismus in Funktion getreten war, in aller Ruhe die Tür öffnen zu können und das kleine Metallteil hineinzuschieben. Die Alternative war, daß der Mörder irgendwo in den Büschen beim Eingang versteckt gewesen war und den Moment abgepaßt hatte, wenn einer der Mieter hinein- oder hinausging. Eine ziemlich schwierige und deshalb nicht besonders wahrscheinliche Methode, darin waren deBries und Reinhart sich einig gewesen.

Womit sich der Mörder in der Zwischenzeit beschäftigt hatte, das war natürlich unmöglich zu sagen, aber als Maasleitner gegen zwölf von seinem Kneipenbesuch mit seinem Kollegen Faringer nach Hause kam, hatte er (sie) offensichtlich nicht besonders lange abgewartet. Allen Anzeichen nach war Maasleitner erst wenige Minuten vorher nach Hause gekommen, als es an der Tür klingelte.

Und dann also vier Schüsse. Zwei in die Brust, zwei in den Unterleib. Exakt wie beim letzten Mal. Tür zu und Abgang. Und keine Zeugen.

Scheiße, dachte Reinhart und erschauerte. Das war so einfach, daß man sich im Dunkeln fürchten konnte.

Trotzdem streckte er seinen Arm aus und löschte das Licht. Erinnerte sich gleichzeitig daran, daß es dennoch ein paar Strohhalme gab, an die sie sich klammern konnten. Zwei der Mieter in dem betreffenden Aufgang waren am Mordabend zu Hause gewesen, waren aber während der Befragungen nicht angetroffen worden. Einer von ihnen war ein Herr Malgre, der Wand an Wand mit Maasleitner wohnte, und in Ermangelung anderer Möglichkeiten beschloß Reinhart, seine größten Erwartungen an die am kommenden Morgen bevorstehende Befragung gerade dieses Herrn zu knüpfen. Sie war für zwölf Uhr angesetzt, wenn Malgre von einer Konferenz in Aarlach zurück sein sollte, und es war deBries, dem er zugeteilt worden war.

Wenn Malgre so einer war, der zu Konferenzen fuhr, dachte Reinhart, dann handelte es sich bei ihm sicher um einen intelligenten Menschen. Kein üblicher Hohlkopf. Mit einem schweren Seufzer drehte Reinhart sich auf die Seite und schlief ein.

Dem Minutenzeiger war es in der Zwischenzeit gelungen, bis 03.12 weiterzuticken. Noch hatte er keine Sekunde über das Motiv nachdenken können.

Das mußte bis morgen warten.

Heute hatte er gearbeitet. Morgen würde er seinen Kopf benutzen.

14

Baushejm lag nur einen Steinwurf von Münsters eigenem Vorort entfernt, und deshalb fuhr er am Freitag morgen direkt dorthin. Und sei es nur, um Zeit zu sparen. Wanda Piirinen (gesch. Maasleitner) arbeitete als Sekretärin in einer der renommiertesten Kanzleien der Stadt, und trotz des Mords an ihrem Ex-Gatten wollte sie sich nicht länger freinehmen, als notwendig war. Genauer gesagt einen halben Tag.

Den Kindern – drei an der Zahl im Alter von 17 (das Mädchen, das seinen Vater am Vortag tot aufgefunden hatte), 13 und 10 – war zumindest ein etwas verlängertes Wochenende zugestanden worden. Als Münster in das gepflegte Reihenhaus eingelassen wurde, waren sie gerade von einer Tante abgeholt worden, um wenigstens zwei Tage bei ihr und den Kusinen draußen in Dikken zu verbringen.

»Wir sind vor acht Jahren geschieden worden«, erklärte Wanda Piirinen. »Es war keine gute Ehe, und unsere Beziehung ist seitdem nicht gerade besser geworden. Ich weiß gar nichts, obwohl mir klar ist, daß ich es eigentlich sollte.«

»Sie haben schließlich drei gemeinsame Kinder«, warf Münster ein und widmete seinen eigenen beiden einen hastigen Gedanken. Sie nickte und deutete mit der Hand auf die Kaffeekanne auf dem Tisch. Münster schenkte sich ein.

»Das ist auch der einzige Grund, daß wir immer noch Kontakt miteinander haben... hatten, sollte ich wohl lieber sagen.«

Münster schnupperte am Kaffee und betrachtete sie verstohlen über den Rand der Kaffeetasse hinweg. Eine Frau mit Stil, kein Zweifel. Wahrscheinlich so um die fünfundvierzig, gut gebaut und trotz der Jahreszeit braungebrannt, aber auch mit einem Zug von Härte, den sie nur schwer vertuschen konnte.

Vielleicht will sie das auch gar nicht, überlegte Münster. Ihr gefällt es möglicherweise, wenn ihre Selbständigkeit und Kraft sofort zu spüren sind.

Damit die Kerle gar nicht auf irgendwelche dummen Gedanken kommen oder sich Freiheiten herauszunehmen versuchen. Das dicke, aschblond gefärbte Haar war in einem kunstvollen Zopf hochgesteckt und das Make-up sparsam und sorgfältig aufgetragen. Er ging davon aus, daß die Morgentoilette so ihre Zeit gedauert hatte. Ihre Fingernägel waren lang und gepflegt, und es war nicht so leicht, sich vorzustellen, daß sie wirklich mit ihren eigenen Händen drei

Kinder aufzog und die Verantwortung für sie hatte. Andererseits war das natürlich genau das Erscheinungsbild, das in ein Anwaltsbüro paßte... die Effektivität und die gutkanalisierte Energie standen wie eine Aura um sie, und ihm war klar, daß er es mit einer Person zu tun hatte, die Reinhart als die moderne Frau schlechthin bezeichnen würde.

Oder vielleicht postmodern?

»Ja, bitte?« fragte sie, und ihm wurde klar, daß er sich etwas in Beobachtungen und Gedanken verloren hatte.

»Beschreiben Sie ihn!« sagte er.

»Rickard?«

»Ja bitte.«

Sie betrachtete ihn nachdenklich.

»Ich glaube, dazu habe ich keine Lust.«

»Warum nicht?«

»Weil ich nur negative Dinge zu sagen hätte. Es scheint mir nicht der richtige Zeitpunkt zu sein, meine Gefühle gegenüber meinem ehemaligen Mann aufzudecken, der gerade vor kurzem umgebracht wurde. Sie müssen schon entschuldigen.«

Münster nickte.

»Ich verstehe. Wie war der Kontakt zu den Kindern? Zwischen ihm und den Kindern, meine ich.«

»Schlecht«, antwortete sie nach kurzem Zögern. »Anfangs wohnten sie ab und zu bei ihm... jedes zweite Wochenende und manchmal auch in der Woche. Wir leben ja in derselben Stadt. Da sollte so etwas eigentlich möglich sein. Aber nach einem Jahr habe ich eingesehen, daß es am besten für die Kinder ist, wenn sie die ganze Zeit bei mir wohnen. Sie brauchen ein Zuhause, nicht zwei.«

»Hat er dagegen protestiert?« fragte Münster.

»Eigentlich nicht. Ein wenig, um den Schein zu wahren. Er fand es wohl eher anstrengend, wenn sie bei ihm waren. Er hat... hatte diese Einstellung ziemlich vielen Menschen gegenüber.«

»Was meinen Sie damit?«

»Das werden Sie schon verstehen. Wenn Sie seine Kollegen fragen, wird es Ihnen bestimmt klarwerden. Oder seine Freunde, falls er welche hat ...«

»Das werden wir natürlich tun«, sagte Münster.

Er schaute sich in der modern eingerichteten Küche um. Es gab kaum Spuren davon, daß vier Menschen hier vor kurzem gefrühstückt haben mußten. Alles eine Sache der Organisation und Routine, nahm er an.

Warum bin ich so aggressiv? – wunderte er sich etwas überrascht über sich selbst. Was ist los mit mir?

Schließlich hatte er es noch geschafft, mit Synn zu schlafen, zu duschen und zu frühstücken, bevor er ging. Also sollte es keine Empfindlichkeiten in ihm geben. So gefährlich war sie doch wohl nicht?

»Was halten Sie davon?« fragte er.

»Vom Mord?«

»Ja.«

Sie lehnte sich zurück und schaute aus dem Fenster.

»Ich weiß nicht«, sagte sie und erschien zum ersten Mal etwas unsicher. »Natürlich gibt es viele, die Rickard nicht mögen, aber daß jemand ihn erschießen würde ... nein, das hätte ich nicht gedacht.«

»Warum mochten ihn die Leute nicht?«

Sie überlegte eine Weile und suchte nach den richtigen Worten. »Er hat immer nur sich selbst gesehen«, sagte sie. »Verächtlich allem und allen gegenüber, die ihm nicht gefielen. Oder nicht in seine Art zu denken paßten ...«

»Wie war die?«

»Entschuldigung?«

»Seine Art zu denken.«

Sie zögerte wieder kurz.

»Ich glaube, das lag in seiner Kindheit begründet«, erklärte sie. »Er war seit seinem zehnten Lebensjahr Einzelkind ... er hatte einen älteren Bruder, der mit vierzehn ertrunken ist. Danach förderten die Eltern Rickard, wo sie nur konnten, aber sie waren seinen Fehlern und Mängeln gegenüber vollkommen blind.«

»Warum haben Sie ihn geheiratet?« Münster war sich nicht sicher, ob diese Frage vielleicht zu aufdringlich war.

Aber statt dessen lachte sie daraufhin zum ersten Mal.

»Der weibliche Defekt«, sagte sie. »Er war nett, und ich war jung.« Sie trank von ihrem Kaffee und blieb ein paar Sekunden mit der Tasse in der Hand sitzen.

»Er lief nahezu über vor männlichen Attributen«, sagte sie dann. »Zu Anfang ist das herrlich. Ab vierzig sollte es verboten sein. Wenn Sie entschuldigen?«

»Aber gewiß doch«, sagte Münster. »Ich bin dreiundvierzig. Aber darüber wollten wir nicht reden. Sie haben also keinerlei Verdacht?«

Sie schüttelte den Kopf.

»Er hat nie etwas angedeutet?«

»Nein. Aber wir haben nur wenig miteinander geredet, wie gesagt. Vielleicht ein Telefongespräch in der Woche. Er hat sein Leben gelebt.«

»Was wollte denn Ihre Tochter dort? Ich meine, als sie ihn gefunden hat.«

»Ein paar Bücher holen. Sie war diejenige, die am meisten Kontakt zu ihm hatte. Ich glaube, die beiden konnten miteinander reden, und ihre Schule liegt nur zwei Häuser von der Weijskerstraat entfernt. Sie ist manchmal hingegangen, um zu pauken. In Freistunden und so.«

»Sie hatte einen Schlüssel?«

Wanda Piirinen nickte.

»Ja. Für sie ist es zweifellos am schlimmsten. Das wird seine Zeit brauchen ... schrecklich, daß ausgerechnet sie ihn finden mußte.« Sie biß sich auf die Lippen.

»Ich hoffe, Sie behandeln sie behutsam, wenn Sie sie noch mal befragen wollen. Sie hat letzte Nacht nicht besonders viel geschlafen.«

Münster nickte.

»Wir haben gestern schon eine Weile mit ihr gesprochen. Ein kluges Mädchen.«

Plötzlich hatte Wanda Piirinen Tränen in den Augen, und ihm war klar, daß er sie doch falsch eingeschätzt hatte. Außerdem merkte er, daß es an der Zeit war, sich zurückzuziehen.

»Nur noch eins«, sagte er. »Ryszard Malik, kennen Sie den Namen?«

»Das ist derjenige, der letztes Mal erschossen wurde, nicht wahr?«

»Ja.«

Sie schüttelte den Kopf.

»Nein«, sagte sie. »Ich habe nie von ihm gehört, das kann ich Ihnen versichern.«

»Ja gut, dann erst mal vielen Dank«, sagte Münster und stand auf. »Ich hoffe, wir hören von Ihnen, falls Ihnen irgend etwas einfällt, von dem Sie glauben, es könnte für uns von Bedeutung sein.«

»Natürlich.«

Sie brachte ihn hinaus. Stand aus irgendeinem Grund noch in der Tür, als er in sein Auto gestiegen war. Während er den Motor startete, hob sie die Hand in einer Art unsicherem Abschiedsgruß und verschwand dann im Haus.

Das war's also, dachte Münster. Noch ein Einblick in noch ein Leben. Und plötzlich, während er durch die ausgestorbenen Vorortstraßen fuhr, spürte er, wie etwas Dunkles, Finsteres ihn packte.

»Verflucht noch mal«, murmelte er. »Das ist diese beschissene Jahreszeit...«

»Entlassen!« rief Jung. »Kannst du dir vorstellen, daß er kurz vor seiner Entlassung stand. Und ich habe gedacht, es wäre praktisch unmöglich, einen Lehrer zu feuern!«

Sie saßen im Auto, auf dem Rückweg ins Polizeipräsidium. Der Besuch in der Neuen Elementarschule hatte über drei

Stunden in Anspruch genommen, aber das Ergebnis war gar nicht so schlecht. Nach einem kurzen, einführenden Gespräch mit Rektor Greitzen hatten sie den größten Teil der Zeit mit dem Personalrat der Schule zusammengesessen – drei Frauen und drei Männer –, und das Bild des Rickard Maasleitner hatte zweifellos an Schärfe gewonnen.

Sie hielten ihn für einen dieser Pädagogen, der lieber einen anderen Beruf hätte wählen sollen. Eine Arbeit, bei der er seine Machtposition nicht so einfach ausnutzen konnte. Ausnutzen und mißbrauchen. Die Vorfälle im Dezember waren nicht die ersten dieser Art gewesen. Ganz im Gegenteil. Maasleitners fünfundzwanzigjährige Lehrertätigkeit hatte eine Reihe ähnlicher Intermezzi vorzuweisen. Korpsgeist, mißverstandene Kollegialität, die Intervention durch die Schulleitung und andere hatten ihn ein ums andere Mal auf dem Katheder gehalten, aber es gab gleichzeitig keinen Zweifel, daß viele seiner überdrüssig waren. Um nicht zu sagen: alle.

»Es gibt zwei Sorten von Lehrern«, hatte ein gebeugter, kettenrauchender Schulpsychologe erklärt. »Diejenigen, die Konflikte lösen, und diejenigen, die erst welche schaffen. Maasleitner gehörte leider zu letzteren.«

»Gehörte dazu?« hatte eine leicht ironische, aber vertrauenerweckende Sprachlehrerin eingeworfen. »Er war ihr ungekrönter König. Er konnte doch kaum über den Schulhof gehen, ohne in Schwierigkeiten zu kommen ... auch wenn nur die Fahnenstange draußen war.«

Moreno wollte wissen, ob Maasleitner denn nicht irgendeine Form von Unterstützung im Kollegium gefunden hätte, und wie die Sache mit seinem Ausschluß denn so vor sich hätte gehen sollen, ob man sich denn nicht irgendwie hätte einigen können. Doch die Kollegen wollten sich nicht in die Sache einmischen. Maasleitner sollte selbst schauen, wie er aus dieser selbstverschuldeten Zwickmühle wieder herauskam. Was zweifellos einiges über die Situation sagte. Und über Maasleitner.

»Aber er muß doch irgendwelche Verbündete gehabt haben?« hatte Jung es noch einmal versucht.

Doch nicht ein Name konnte genannt werden. Vielleicht war das die Art, wie sie eine geschlossene Front zeigten, überlegte Jung hinterher. Was vielleicht ganz normal wäre. Aber gleichzeitig auch etwas merkwürdig. Maasleitner war schließlich ermordet worden... nichts Böses über die Toten und so weiter. Hier war es fast umgekehrt.

Traurig, konstatierte er. Wenn die Menschen, mit denen man täglich zusammenarbeitete – mit einigen von ihnen bereits seit mehr als zwanzig Jahren –, nichts als Scheiße auf einen warfen, wenn man am Boden lag, ja, dann war man wirklich nicht besonders beliebt gewesen.

Sie hatten auch mit einigen Schülern gesprochen und waren schließlich zu Rektor Greitzen zurückgekehrt, der ihnen Kaffee angeboten hatte. »Ich kann mir beim besten Willen niemanden vorstellen, der ihn aus dem Weg räumen wollte. Nein, und ich gehe davon aus, daß Sie nicht nach irgendeinem jugendlichen Täter suchen. Unsere ältesten Schüler sind sechzehn Jahre alt. Aus dem Kollegium kommt ebenfalls niemand in Frage... nein, das ist ausgeschlossen. Er war nicht beliebt, aber ihn deshalb umbringen...!«

»Was hältst du davon?« fragte Moreno später, als sie wieder im Wagen saßen.

»Nun ja«, antwortete Jung. »Jedenfalls möchte ich nicht in der Haut des Rektors stecken, der am Sarg ein paar Worte sagen muß.«

»Nicht schön, in der Kirche zu lügen«, sagte Moreno.

»Genau.«

»Und Malik hatte anscheinend keine Verbindung zur Schule. Nein, ich glaube, wir können die dort in Ruhe weiterbüffeln lassen.«

Jung schwieg eine Weile. »Wollen wir nicht irgendwo was essen?« fragte er, als sich das Polizeigebäude vor ihnen abzeichnete. »Es sind noch zwei Stunden bis zur Lagebesprechung.«

Ewa Moreno zögerte.

»OK«, sagte sie dann. »Dann rennen wir ihnen jedenfalls nicht zwischen den Beinen rum.«

DeBries schaltete das Tonbandgerät ein, nachdem Alwin Malgre auf dem Besucherstuhl Platz genommen hatte.

deB: Herr Malgre. Ich möchte Ihnen ein paar Fragen stellen, den vergangenen Mittwoch abend betreffend.

M: Das ist mir klar.

deB: Sie heißen also Alwin Malgre und wohnen in der Weijskerstraat 26B?

M: Ja.

deB: Gut. Sie wissen, daß irgendwann zwischen zwölf und ein Uhr Mittwoch nacht in Ihrem Haus ein Mord verübt wurde?

M: Maasleitner, ja. Das ist ja schrecklich.

deB: Und Sie sind sein direkter Nachbar. Können Sie mir sagen, was Sie vorgestern abend gemacht haben?

M: Hm. Ja, natürlich. Ich war zu Hause und habe gelesen.

deB: Sie wohnen allein in Ihrer Wohnung?

M: Ja, natürlich.

deB: Und es war niemand bei Ihnen?

M: Nein.

deB: Bitte fahren Sie fort.

M: Ich war also zu Hause und habe den ganzen Abend gelesen... gelernt, sollte ich wohl besser sagen. Ich sollte ja zu diesem Seminar fahren, weil Van Donck keine Zeit hatte...

deB: Wer ist Van Donck?

M: Mein Chef, natürlich.

deB: Was arbeiten Sie, und was für eine Konferenz war das? Zu der sind Sie also gestern gefahren?

M: Ja, nach Aarlach. Ich arbeite im Briefmarkenzentrum. Van Donck ist mein Chef... nun ja, nur er und ich arbeiten dort. Ich bin sein Assistent, kann man so sagen...

deB: Sie verkaufen Briefmarken?

M: Und kaufen. Haben Sie Interesse an Philatelie, Herr...?

deB: DeBries. Nein. Was für eine Konferenz war das?

M: Eher ein Seminar. Ein Seminar und eine Auktion. Über die Probleme nach dem Zusammenbruch des Sowjetimperiums. Dieses Mal haben wir vor allem die Ausgaben der baltischen Staaten diskutiert. Ich weiß nicht, ob Sie sich vorstellen können, welches Chaos alle diese neuen Staatsgründungen für die Philatelie bedeuten... natürlich auch Goldgruben für Spekulanten.

deB: Natürlich. Nun gut, das müßten wir ein andermal besprechen. Der Mittwoch abend, wenn ich bitten darf.

M: Ja, ja, ich weiß gar nicht, was ich da sagen soll. Ich bin gegen halb sieben nach Hause gekommen, so ungefähr. Habe zu Abend gegessen und dann angefangen zu lesen. Gegen halb zehn habe ich Tee getrunken, glaube ich... ach ja, dann habe ich die Neunuhrnachrichten im Fernsehen angeguckt... ja, und dann war ich wohl so bis halb zwölf auf.

deB: Sind Sie um halb zwölf eingeschlafen?

M: Nein, ich habe noch bis ungefähr Viertel vor eins gelesen. Dann aber im Bett. Van Donck hatte am gleichen Nachmittag zwei Bücher besorgen können, und ich wollte ja nicht unvorbereitet in Aarlach erscheinen. Natürlich hatte ich auch noch etwas Zeit im Zug, aber...

deB: Haben Sie irgend etwas bemerkt?

M: Was?

deB: Haben Sie im Laufe des Abends irgend etwas Ungewöhnliches bemerkt?

M: Nein.

deB: Sie haben nichts gehört, so gegen zwölf?

M: Nein... nein, da lag ich ja schon im Bett. Das Schlafzimmer geht zum Hof hinaus.

deB: Sie haben nicht gehört, wie Maasleitner nach Hause kam?

M: Nein.

deB: Oder irgendwas anderes um die Zeit?

M: Nein.

deB: Hören Sie sonst manchmal was aus Maasleitners Wohnung?

M: Nein, unser Haus ist sehr gut isoliert.

deB: Das haben wir auch schon gemerkt. Kannten Sie Ihren Nachbarn näher?

M: Maasleitner?

deB: Ja.

M: Nein, gar nicht. Wir haben uns nur auf der Treppe gegrüßt.

deB: Ich verstehe. Gibt es sonst irgend etwas, das Sie gehört oder gesehen haben, was in irgendeinem Zusammenhang mit dem Mord stehen könnte?

M: Nein.

deB: Nichts, was Ihnen aufgefallen ist und von dem Sie meinen, wir sollten davon wissen?

M: Nein, was sollte das sein?

deB: Ganz gleich, was. Vielleicht etwas Ungewöhnliches, was in der letzten Zeit passiert ist?

M: Nein ... nein, mir fällt einfach nichts ein.

deB: Sie wissen nicht, ob Maasleitner in den letzten Tagen Besuch hatte?

M: Nein, ich habe keine Ahnung. Es ist sicher besser, wenn Sie die anderen Nachbarn fragen. Ich bin bei so was nicht besonders aufmerksam ...

deB: Nun ja, das kann man vielleicht auch nicht verlangen. Vielen Dank, Herr Malgre. Und wenn Ihnen noch etwas einfällt, dann nehmen Sie bitte umgehend mit uns Kontakt auf.

M: Ja, natürlich. Vielen Dank. Das war sehr interessant.

Außerordentlich ergiebig, stellte deBries fest, als Malgre aus der Tür war. Er zündete sich eine Zigarette an, stellte sich ans Fenster und blickte über die Straße.

Dreihunderttausend Menschen, dachte er. Und zwischen ihnen scheinen ziemlich hohe Mauern zu stehen. Während der eine erschossen wird, liegt sein Nachbar zehn Meter entfernt im Bett und betrachtet estnische Briefmarken.

Obwohl es wohl das ist, was mit dem Begriff Integrität bezeichnet wird.

Van Veeteren brauchte ungefähr eine Minute, um festzustellen, daß das Treffen in der Kneipe, sozusagen die Rekonstruktion des Mittwoch abend, keine besonders gute Idee war. Als er durch die niedrige Tür in Freddy's Kneipe trat, saß Enso Faringer bereits am besagten Tisch, und seine Nervosität war durch das ganze Lokal hindurch zu spüren.

Van Veeteren setzte sich und bot ihm eine Zigarette an, die Faringer annahm und gleich auf den Boden fallen ließ.

»Nun ja«, begann der Kommissar. »Wenn wir schon hier sitzen, können wir ja auch was essen.«

»Man dankt.«

»Also hier haben Sie den Mittwoch abend verbracht?«

Faringer nickte und schob seine Brille zurecht, die offensichtlich dazu neigte, den glatten Nasenrücken hinunterzurutschen.

»Sie sind Deutschlehrer?«

»Ja«, sagte Faringer. »Irgend jemand muß das ja auch machen.« Van Veeteren war sich nicht sicher, ob das als Witz gemeint gewesen war.

»Kannten Sie Maasleitner gut?«

»Nun ... nein.«

»Aber Sie hatten Kontakt mit ihm?«

»Sehr sporadisch. Wir haben manchmal ein Bier zusammen getrunken.«

»Wie am Mittwoch?«

»Ja, wie am Mittwoch.«

Van Veeteren saß eine Weile stumm da, um Faringer die Gelegenheit zu geben, etwas aus eigener Kraft zu sagen, aber das war sinnlos. Dessen Blick flackerte hinter den dicken Brillengläsern, er rutschte hin und her und zupfte an seinem Krawattenknoten.

»Warum sind Sie so unruhig?«

»Unruhig?«

»Ja, ich habe den Eindruck, daß Sie sich vor irgendwas fürchten.«

Faringer lachte ganz kurz auf.

»Nein, so bin ich immer.«

Van Veeteren seufzte. Die Kellnerin kam mit der Karte, und sie brauchten ein paar Minuten, um sich für das Tagesgericht zu entscheiden.

»Worüber haben Sie am Mittwoch geredet?«

»Daran kann ich mich nicht mehr erinnern.«

»Wie bitte?«

»Es fällt mir nicht mehr ein. Wir haben ein bißchen zuviel getrunken, und danach habe ich ab und zu Gedächtnislücken.«

»Aber an irgend etwas können Sie sich doch noch erinnern?«

»Ja, ich weiß noch, daß Maasleitner mich gefragt hat, wie es in der Schule steht… er war da ja in einer kleinen Verlegenheit. Er hat mich um Hilfe gebeten.«

»Und wie?«

Faringer kratzte sich am Hals, wo er eine Art Ausschlag hatte. »Ich weiß nicht. Die Augen irgendwie offenhalten… nehme ich an.«

»Er wollte nicht, daß Sie eingreifen?«

»Eingreifen? Nein, wie sollte ich denn eingreifen?«

Nein, dachte Van Veeteren. Das war natürlich ausgeschlossen. Enso Faringer war nicht der Typ, der so etwas tat.

Das Essen dauerte fünfundvierzig Minuten, obwohl Van

Veeteren sowohl Dessert als auch Kaffee zu sich nahm, und als er wieder draußen im Wagen saß, war er zumindest von einer Sache überzeugt: Faringer hatte die Wahrheit gesagt. Dem kleinen Deutschlehrer fiel ganz einfach nicht mehr ein, welche weltbewegenden Probleme Maasleitner und er am Mordabend gewälzt hatten. Van Veeteren hatte sich außerdem beim Personal von Freddy's umgehört, und es gab niemanden, der es auch nur im geringsten sonderbar fand, daß »der kleine Deutsche« keine Erinnerung mehr hatte. Ganz im Gegenteil.

Das war eben so ein Abend gewesen, ganz einfach.

Jaha, das war's dann also, dachte Van Veeteren. Im tiefsten Inneren verspürte er auch ein Quentchen Dankbarkeit – auf Enso Faringers Bericht konnte er liebend gern verzichten.

Als er ungefähr auf halbem Weg zum Präsidium war, kam er auf andere Gedanken. Der Regen hatte wieder eingesetzt, und ihm war klar, daß etwas passieren würde, wenn er nicht bald diese verfluchten Scheibenwischer austauschen würde. Gleichzeitig wußte er natürlich, daß in dem Moment, wenn er so ein lächerliches Detail austauschen würde, irgend etwas anderes in die Brüche ginge.

So war das Auto nun einmal, ganz einfach.

Es erinnerte ihn ein wenig an das Leben selbst.

15

»Warum hast du ausgerechnet Heinemann beordert, etwas über Maasleitners Vorleben herauszufinden?« fragte Reinhart. »Der ist doch eine langsame Schnecke!«

»Kann schon sein«, sagte Van Veeteren. »Zumindest ist er gründlich. Wir fangen ohne ihn an. Schenk Kaffee ein, Frau Katz wird noch was bringen«, versprach er.

»Ausgezeichnet«, sagte Rooth.

»Fangen wir mit den Ergebnissen der Obduktion und der

Spurensicherung an«, fuhr der Hauptkommissar fort und reichte eine Fotokopie herum. »Da gibt es keine sensationellen Neuigkeiten, will ich mal behaupten.«

Die sieben Anwesenden lasen die kurzen Berichte. Sie enthielten nur die Bestätigung dessen, was man insgesamt schon wußte – Todesursache, Zeitpunkt (nunmehr präzisiert auf den Zeitraum 23.45–01.15), Waffe (eine 7,65-Millimeter Berenger, mit 99prozentiger Sicherheit die gleiche Waffe, wie sie beim Mord an Ryszard Malik benutzt wurde). Fingerabdrücke waren nicht gefunden worden, keine Spur von irgend etwas Außergewöhnlichem, das Metallstückchen, das benutzt worden war, um das Schloß offenzuhalten, war aus rostfreiem Stahl, ein sogenanntes Tablett, das es überall zu kaufen gab und dessen Herkunft unmöglich zurückzuverfolgen war.

»Wir haben ebenfalls nichts herausgefunden, was uns weiterbringt«, erklärte deBries. »Wir haben über siebzig Personen vernommen in Nr. 26A und im mittleren Gebäude. Niemand hat irgendwas gesehen oder gehört. Die Lampe über der Tür zu 26B war auch noch kaputt, also wäre es sowieso schwierig, eine Personenbeschreibung zu bekommen.«

»Hat er die auch kaputtgemacht?« fragte Moreno.

»Vermutlich nicht, ist aber schwer zu sagen. Sie war schon seit sechs Tagen kaputt.«

»Und sonst nichts?« fragte Van Veeteren.

»Nein«, antwortete Reinhart. »Die Vernehmungsprotokolle stehen zu eurer Verfügung, wenn ihr am Wochenende garantiert todlangweilige Lektüre haben wollt.«

»In Ordnung«, sagte Van Veeteren. »Gute Arbeit.«

»Danke«, sagte deBries.

Die Lagebesprechung verlief auch weiterhin hauptsächlich in der gleichen Tonart. Bezüglich des Charakters und der allgemeinen Beliebtheit des Verstorbenen wurden eine Reihe gleichlautender Kommentare abgegeben. Rickard Maasleitner war ein Stinkstiefel gewesen. Offenbar ein Tyrann und arroganter Besserwisser allerschlimmsten Kalibers. Dennoch war es schwer zu verstehen, daß jemand einen direkten Grund gehabt haben sollte, ihn umzubringen. Soweit bekannt war, hatte er keine Frauengeschichten, es war sogar höchst zweifelhaft, ob er seit seiner Scheidung vor acht Jahren überhaupt eine neue Beziehung gehabt hatte. Vielleicht ging er manchmal zu Prostituierten, aber das war nur eine Vermutung, die niemand bestätigen oder dementieren konnte. Er hatte keine Schulden. Stellte keine Forderungen. Machte keine dubiosen Geschäfte.

Und niemand hatte ihm nahegestanden.

Seine frühere Ehefrau hatte kein gutes Wort über ihn verloren, und sonst auch niemand. Die Kinder waren natürlich etwas schockiert, aber sie würden mit dem Tod ihres Vaters schon irgendwie zurechtkommen.

Rickard Maasleitners Eltern waren beide tot, und die Vermutung lag nahe, daß der letzte wirklich von Herzen ihm zugetane Mensch vor gut drei Jahren mit seiner Mutter ins Grab gelegt worden war.

»Ein richtiges Prachtarschloch!« faßte Reinhart den Charakter des Opfers zusammen. »Fast könnte man es bedauern, ihn nicht kennengelernt zu haben.«

Zehn Minuten später traf Heinemann ein. »Entschuldigung«, sagte er und sank auf den freien Stuhl nieder. »Ich habe mich ein bißchen verspätet.«

»Wirklich?« fragte Reinhart.

Heinemann legte vor sich auf den Tisch einen großen Umschlag.

»Was hast du da?« fragte Münster.

»Die Verbindung«, erklärte Heinemann.

»Was meinst du damit?« fragte Rooth.

»Ich sollte doch nach einer Verbindung suchen, oder?«

»Ich freß ’nen Besen«, stieß deBries aus.

Heinemann zog die Lasche auf und zog ein vergrößertes Foto hervor. Er gab es Van Veeteren.

Der Kommissar musterte es verblüfft mehrere Minuten lang. »Schieß los.«

Heinemann nickte und nahm seine Brille ab. »Das Foto zeigt die Abgangsklasse der Militärstabsschule von 1965. Der dritte Mann von links in der untersten Reihe heißt Ryszard Malik. Der zweite von rechts in der mittleren Reihe ist Rickard Maasleitner.«

Es wurde still im Raum. Van Veeteren gab das Foto mit 35 aufrechten jungen Männern in graugrünen Uniformen mit unerschrockenem Blick seinem Nachbarn.

»1965 hast du gesagt?« fragte Münster, als es die Runde gemacht hatte.

»Exakt«, sagtc Heinemann. »Sie sind im April 1964 eingezogen worden und haben Ende Mai 1965 ihren Dienst beendet. Tja, das ist es, was ich rausgekriegt habe ... abgesehen davon, daß sie die gleichen Initialen haben natürlich, aber das ist euch sicher auch schon aufgefallen?«

»Was?« wunderte Rooth sich. »Ja, natürlich, verflucht noch mal ...«

»R. M.«, sagte Reinhart. »Nun, das hat sicher nichts zu bedeuten.«

»Hast du die Namen von allen?« fragte Van Veeteren.

Heinemann grub in seinem Umschlag und holte einen Zettel heraus. »Nur Namen und Geburtsdatum bisher, aber Krause und Willock sind dabei ... das dauert eben eine Weile, wie ihr euch denken könnt.«

»Hauptsache, man ist genau«, erklärte Reinhart.

Es wurde wieder still. Münster erhob sich, stellte sich ans Fenster, mit dem Rücken zu den anderen. Van Veeteren lehnte sich zurück und sog die Wangen ein. Moreno betrachtete das Foto noch einmal.

»Tja«, sagte deBries nach einer Weile. »Das müssen wir uns erst mal durch den Kopf gehen lassen, wie ich annehme.«

»Vermutlich«, sagte Van Veeteren. »Wir machen eine Pause, ich muß drüber nachdenken. Kommt in einer halben Stunde zurück, dann werden wir sehen, wie wir weiter vorgehen... deBries, kannst du mir 'ne Zigarette leihen?«

»Wo liegt diese Militärschule eigentlich?« fragte Moreno, als sie wieder zusammenkamen.

»Jetzt oben in Schaabe«, erklärte Heinemann. »Ist Anfang der Siebziger von Maardam weggezogen. War vorher in Löhr.«

»Andere Verbindungen hast du nicht gefunden?« fragte Münster.

»Nein, bisher nicht. Aber ich glaube, die hier ist die richtige. Wenn es weitere gibt, liegen sie vermutlich noch weiter zurück.«

»Was sollen wir tun?« fragte Rooth.

Van Veeteren schaute von der Namensliste auf.

»Folgendes«, sagte er und zählte schnell die Versammelten durch. »Wir sind acht. Jeder von uns übernimmt vier Namen und versucht, die Leute übers Wochenende ausfindig zu machen... mindestens zwei von den vieren müßten drin sein. Ihr kriegt die Adressen bei Krause und Willock. Am Montag morgen will ich einen vollständigen Bericht haben, und wenn ihr inzwischen auf irgendwas stoßt, dann meldet euch verflucht noch mal. Und seid vorsichtig! Es ist ja nicht ausgeschlossen, daß es einer von denen hier ist, nach dem wir suchen. Vergeßt das nicht!«

»Sollen wir das der Öffentlichkeit mitteilen?« fragte Münster.

Van Veeteren überlegte drei Sekunden lang.

»Ich glaube, wir sollten uns davor hüten, das zu tun«, meinte er dann. »Denkt daran, wenn Fragen gestellt werden... erzählt nicht zuviel. Hiller wäre sicher nicht begeistert, wenn plötzlich dreiunddreißig Leute zu ihm kommen und um Polizeischutz rund um die Uhr bitten.«

»Wäre eigentlich doch ganz lustig, sein Gesicht zu sehen«, grinste Reinhart.

»Ja, das stimmt«, sagte Van Veeteren.

Russisch Roulett? dachte Münster, als er eine Stunde später mit seinen Kindern auf dem Schoß vor dem Kinderprogramm des Fernsehens saß. Warum taucht die ganze Zeit das Wort ›Russisch Roulett‹ in meinem Kopf auf?

Kann natürlich auch ein Zufall sein, dachte Van Veeteren, als er sich mit einer Kerze auf dem Toilettendeckel und einem Bier in Reichweite in die Badewanne gelegt hatte. Reiner Zufall, wenn Reinhart diesen Ausdruck nicht verboten hätte. Zwei Menschen in derselben Stadt können schon mal auf einem Foto zusammenkommen, ob sie nun wollen oder nicht.

War es genaugenommen nicht sogar ziemlich wahrscheinlich?

Weiß der Teufel, dachte Van Veeteren. Wie immer es auch sei, es würde sich schon zeigen.

16

Samstag, der 3. Februar, begann mit lauwarmen Südwestwinden und einem trügerisch hohen, klaren Himmel. Van Veeteren hatte eigentlich schon vorher beschlossen, auf Ryszard Maliks Beerdigung zu gehen, aber als er gegen neun Uhr durch die offene Balkontür die Wetterlage betrachtete, hatte er das Gefühl, daß auch die Wettergötter auf seiner Seite waren.

Während er noch dort stand, fragte er sich, warum es für ihn so wichtig war, der Zeremonie draußen auf dem Ostfriedhof beizuwohnen. Hatte wohl etwas mit einem alten Film zu tun. Oder eher mit mehreren. Genauer gesagt mit der klassischen Eingangsszene, in der eine Gruppe schwarzgekleideter Menschen sich um einen Sarg sammelt, der langsam in die Erde gesenkt wird. Und dann die zwei etwas abseits stehenden Kriminalbeamten in ihren zerknitterten Trenchcoats, die die Trauernden beobachten. Sie haben den Kragen hochgeschlagen und flüstern sich zu, wer wohl wer sei... wer nur die halb abgewendete Frau mit Schleier sein könnte, warum die Witwe nicht weine und wer, zum Teufel, nur eine Kugel durch den Kopf des steinreichen Lord Schlagmichtot-Pym gejagt haben könnte.

Welch Beweggründe! dachte Van Veeteren und zog die Balkontür zu. Die reine Perversion. Obwohl – was tut man nicht alles?

Auf dem windigen Friedhof schien es hingegen von möglichen Mördern ziemlich dünngesät zu sein. Derjenige, der sich zweifellos am sonderbarsten verhielt, war ein großgewachsener Mann in grünem Regenmantel, mit roten Gummistiefeln, aber den hatte der Kommissar selbst dorthin beordert.

Klaarentoft war bekannt als bester Fotograf der Truppe, und sein Auftrag bestand hier darin, so viele Fotos zu schießen, wie er nur konnte. Van Veeteren wußte, daß er die Anregung dazu aus einem anderen Film hatte, nämlich aus *Blow up*. Die Idee, die dahintersteckte, war, daß sich unter all den Gesichtern, die später im Fotolabor des Polizeipräsidiums langsam zum Vorschein treten würden, auch das des Mörders befände.

Ryszard Maliks und Rickard Maasleitners Mörder.

Er erinnerte sich daran, daß er den Film – der ansonsten aus einem ziemlich jämmerlichen Mischmasch bestand – dreimal gesehen hatte, nur um immer wieder mitzuerleben, wie das Gesicht eines Verbrechers aus der grünen Pracht eines englischen Parks herausvergrößert wurde.

Auch das eine Art Perversion, natürlich, und Klaarentoft hatte offenbar den Film nie gesehen. Er sauste zwischen den Gräbern herum und fotografierte nach Herzenslust, vollkommen unbekümmert von Van Veeterens Ermahnung, er solle versuchen, so wenig Aufmerksamkeit wie möglich zu erwecken. Daß er schließlich auch noch nicht weniger als zwölf Bilder von dem seine Arbeit verrichtenden Priester machte, konnte nicht anders gedeutet werden, als daß er den eigentlichen Grund seines Einsatzes nie richtig begriffen hatte.

Andererseits war es natürlich eine ziemlich spärliche Schar, die Ryszard Malik zu seiner letzten Ruhe geleitete. Van Veeteren zählte vierzehn Personen – sich selbst und Klaarentoft eingeschlossen –, und im Verlauf der Zeremonie konnte er alle identifizieren, abgesehen von zwei Kindern. Er konnte auch keine taktvollen Zuschauer in gebührendem Abstand entdecken. Als der Regen einsetzte, gab er Klaarentoft ein Zeichen, daß er verschwinden konnte.

Eine gute Stunde später saß Van Veeteren endlich in der Bar bei Kraus und trank ein Glas Glühwein. Die Erkältung, die er in den letzten Tagen erfolgreich bekämpft hatte, hatte jetzt wieder Aufwind bekommen.

So schnell kriegt mich niemand mehr auf eine Beerdigung, gelobte er sich.

»Heute ist Samstag. Mußt du das ausgerechnet heute machen?« hatte er gefragt.

»Heute oder morgen. Findest du nicht auch, daß es besser ist, wenn ich es so schnell wie möglich hinter mich bringe?«

»Ja, sicher«, hatte er genickt und sich im Bett umgedreht. »Wir sehen uns heute abend.«

Das war kein besonders ungewöhnliches Gespräch. Und auch kein unerwartetes. Während sie im Bus saß, dachte sie darüber nach. Sie war jetzt seit fünfzehn Monaten mit Claus Badher zusammen ... vielleicht sogar schon seit sechzehn, das kam darauf an, welchen Maßstab man setzte, und vermutlich war es die beste Beziehung, die sie jemals gehabt hatte. Ja, zweifellos verhielt es sich so. Es gab Liebe und gegenseitige Achtung, gemeinsame Wertschätzungen und Interessen und alles, was man so erwarten konnte.

Frieden und Freude. Glück noch dazu. Alle ihre Freunde waren der Meinung, sie sollten weitermachen. Richtig zusammenziehen und so weiter. Das fand Claus auch.

Wäre da nicht diese kleine Irritation gewesen. Dieses kleine Körnchen, was sie abschreckte. Das vielleicht trotz allem anderen seine Wurzeln in einer Verachtung hatte und in diesem Fall dazu verflucht war, zu wachsen und zu gedeihen. Sie wußte es nicht. Verachtung für ihren Beruf... er achtete natürlich ganz genau darauf, sie nicht offen zu zeigen; wußte vermutlich nicht einmal selbst davon, aber dann und wann konnte sie sie nicht übersehen. Wie beispielsweise bei solchen kleinen Schlagabtauschen, die natürlich für sich allein gar nichts bedeuteten... von denen sie aber ahnte, daß sie mit den Jahren unheilverkündende Tragweite bekommen könnten.

Claus Badher arbeitete als Devisenhändler bei einer Bank und war auf dem Weg nach oben. Sie selbst arbeitete als Kriminalbeamtin und war auf dem Weg... ja, wohin? Sie seufzte. Im Augenblick zu einer Villa draußen in Dikken, wo sie einen 52jährigen Juristen treffen und ihn befragen sollte, was er beim Bund gemacht hatte.

Absurd? Natürlich war das absurd. Es war keine Frage, manchmal war sie auch der Meinung, daß Claus im Recht war. Vorausgesetzt, daß er wirklich so dachte...

Sie stieg aus dem Bus und ging die knapp hundert Meter zur Villa. An der Pforte wurde sie von zwei eifrig bellenden Boxerwelpen begrüßt. Sie blieb auf dem Kiesweg stehen, um sie zu streicheln. Dann schaute sie zur zweigeschossigen Villa mit den dunkelbraunen englischen Ziegeln und den grünen Fensterläden hinüber. Hinter einem Giebel war ein Swimmingpool zu sehen und ein Netz, das vermutlich einen Tennisplatz umspannte.

Nicht schlecht, dachte sie. Wenn man mich zwingen würde, dann würde ich es hier wohl aushalten.

»Ewa Moreno, Kriminalassistentin. Entschuldigen Sie die Störung. Ich möchte Ihnen nur ein paar Fragen stellen.«

»Aber bitte. Ich stehe Ihnen zur Verfügung.«

Jan Tomaszewski trug etwas, das wohl eine Hausjacke war

und eigentlich aussah, als gehöre sie in eine andere Zeit. Oder in einen Film. Sein dunkles Haar war tadellos mit Pomade nach hinten gekämmt, sein schmächtiger Körper hatte etwas unbestreitbar Aristokratisches an sich. Leslie Howard? dachte sie schnell. Er beugte sich über den rauchgrauen Glastisch und schenkte ihr Tee aus einer anmutig ziselierten Silberkanne ein.

»Wie gesagt, geht es um Ihre Militärzeit in Löhr. Sie waren dort von 1964 bis 1965?«

Er nickte.

»Das stimmt. Wieso interessieren Sie sich dafür?«

»Ich kann leider nicht näher darauf eingehen. Außerdem muß ich Sie bitten, über unser Gespräch nichts verlauten zu lassen... vielleicht können wir zu einem späteren Zeitpunkt darauf zurückkommen, wenn Sie mehr wissen möchten.«

Das war eine Formulierung, die sie sich bereits im Vorweg zurechtgelegt hatte, und sie sah, daß sie auf fruchtbaren Boden fiel.

»Ich verstehe.«

»In erster Linie interessieren uns zwei Ihrer Kameraden. Ryszard Malik und Rickard Maasleitner.«

Sie zog das Foto aus der Tasche und reichte es ihm.

»Können Sie sie mir zeigen?«

Er lachte und holte eine Brille aus seiner Brusttasche. Betrachtete das Foto eine halbe Minute lang.

»Maasleitner finde ich«, sagte er. »Wir haben fast die ganze Zeit auf derselben Stube gewohnt. Bei Malik bin ich mir nicht ganz sicher, aber ich glaube, das ist der da.«

Er zeigte. Moreno nickte.

»Stimmt. Können Sie mir erzählen, an was Sie sich bezüglich der beiden noch erinnern?«

Tomaszewski nahm die Brille ab und lehnte sich im Stuhl zurück.

»Bei Malik fällt mir fast nichts ein«, sagte er nach einer Weile. »Wir waren nie in einer Gruppe zusammen und verkehrten in der Freizeit nicht miteinander... ein wenig verschlossen, glaube ich. Ja, nun, ich will ja nicht so tun, als wüßte ich nicht, was geschehen ist.«

Moreno nickte.

»Sie glauben also, daß er hier liegt? Der Zusammenhang zwischen den beiden, meine ich.«

»Wir ermitteln in verschiedenen Richtungen«, erklärte Moreno. »Diese ist nur eine von mehreren. Wir müssen natürlich alle denkbaren Möglichkeiten untersuchen.«

»Natürlich, ja. An Maasleitner kann ich mich jedenfalls ein bißchen besser erinnern. Wir waren oft während der Ausbildung zusammen... Telegraphie, allgemeine Stabsarbeit und so. Ich mochte ihn nicht besonders. Ein wenig dominant, wenn Sie verstehen...«

»In welcher Form?« fragte Moreno.

»Tja...« Tomaszewski breitete die Arme aus. »Große Klappe. Jung und übermütig. Ein wenig unausgewogen, aber das war letztendlich wahrscheinlich nicht so schlimm.«

»War er allgemein unbeliebt?«

Tomaszewski überlegte.

»Ich glaube ja. Nicht, daß das ein Problem war. Er hatte einfach so eine Art, die anstrengend sein konnte. Aber in einer großen Gruppe muß es auch so jemanden geben.«

»Haben Sie in der Freizeit etwas zusammen gemacht?«

Tomaszewski schüttelte den Kopf.

»Nie.«

»Wissen Sie, ob Malik und Maasleitner zusammen waren?«

»Da habe ich keine Ahnung. Ich denke nicht, aber ich kann es natürlich nicht beschwören.«

»Wissen Sie, ob ihnen jemand anders nahegestanden ist? Ich meine, jemand von denen hier.«

Tomaszewski betrachtete erneut das Foto. Moreno holte die Namensliste heraus und gab sie ihm. Sie trank ein wenig Tee und nahm einen Schokoladenkeks, während er überlegte. Betrachtete die weißgekalkten Wände, an denen sich bunte, abstrakte Bilder drängten, fast Rahmen an Rahmen. Offenbar war ihr Gastgeber ein Sammler, und sie überlegte vage, wieviel Geld hier drinnen wohl an den Wänden hing. So alles zusammen. Vermutlich nicht gerade wenig.

»Nein«, sagte er schließlich. »Ich fürchte, ich bin Ihnen keine große Hilfe. Ich finde keinerlei Verbindungsglied zwischen den beiden. Was Malik betrifft, so kann ich ihn überhaupt mit niemandem in Verbindung bringen. Maasleitner hing manchmal ein wenig mit denen hier zusammen, glaube ich.«

Er deutete auf zwei Gesichter in der obersten Reihe.

»Mit Van Der Heukken und Biedersen?« las Moreno von der Liste ab.

Tomaszewski nickte.

»Zumindest soweit ich mich erinnern kann. Sie berücksichtigen hoffentlich, daß das mehr als dreißig Jahre her ist?«

Moreno lachte.

»Ja«, sagte sie. »Das werde ich berücksichtigen. Aber ich dachte, die Militärzeit hinterließe bei allen jungen Männern unauslöschliche Spuren.«

Tomaszewski verzog den Mund.

»In gewisser Weise stimmt das wohl«, sagte er. »Aber die meisten von uns versuchen, sie so schnell wie möglich zu vergessen.«

Angenehm, dieses Wort hinterließ der Besuch bei Tomaszewski in ihrem Kopf. Der diskrete Charme der Bourgeoisie, erinnerte sie sich, und überhaupt war nichts dagegen einzuwenden, eine Stunde an einem Samstag vormittag auf diese Art und Weise zu verbringen. Daß ihr Besuch in Dikken für die Ermittlungen selbst Substantielles ergeben würde, hatte sie gar nicht erwartet, und das gleiche galt für den nächsten Namen auf ihrer Liste, Pierre Borsens.

Als sie in der Stadt wieder aus dem Bus stieg, hatte sie zumindest die finsteren Gedanken des Morgens verdrängt und beschlossen, noch in die Saluhalle zu gehen und für den

Abend leckeren Käse zu kaufen. Pierre Borsens' Adresse war nur einen Häuserblock davon entfernt, und die Uhr zeigte erst halb eins.

Der Mann, der sich am Tisch niederließ, hatte einen Geruch an sich, den Jung nicht so recht identifizieren konnte. Er hatte die gleiche strenge Säuresättigung wie Katzenpisse, aber es gab darin außerdem noch einen unverkennbaren Hang zum Meer. Vermoderter Tang, der in der Sonne trocknet, oder so etwas. Vermutlich war es eine Kombination beider Ingredienzen. Und noch vieles mehr. Jung schob schnell seinen Stuhl einen halben Meter zurück und zündete sich eine Zigarette an.

»Sind Sie Calvin Lange?« fragte er.

»Ja, klar«, sagte der Mann und streckte eine schmutzige Hand quer über den Tisch. Jung beugte sich vor und ergriff sie.

»Im Augenblick ist es bei mir zu Hause ein bißchen unordentlich«, erklärte der Mann. »Deshalb habe ich gedacht, hier ist es besser.«

Er lachte und entblößte zwei Reihen brauner, zerfressener Zähne. Jung fühlte eine rasche Dankbarkeit für diese Rücksichtnahme. Er hatte keinerlei Lust, diese Unordnung näher in Augenschein zu nehmen.

»Wollen Sie ein Bier?« fragte er rhetorisch.

Lange nickte hustend. Jung winkte mit zwei Fingern zur Bar. »Und eine Zigarette?«

Lange nahm eine. Jung seufzte diskret. Ihm war klar, daß er sich beeilen mußte. Es war ziemlich umständlich, die Auslagen für Bier und Zigaretten zurückzubekommen. Da hatte er bereits schlechte Erfahrung gemacht.

»Kennen Sie das?«

Lange nahm das Foto und begann es zu betrachten, während er gierig an der Zigarette sog.

»Da bin ich«, sagte er und legte einen schmutzigen Zeigefinger auf das Gesicht eines jungen, hoffnungsvollen Mannes in der obersten Reihe.

»Das wissen wir«, sagte Jung. »Erinnern Sie sich, wie die beiden hier heißen?«

Er zeigte mit dem Stift auf sie.

»Einer nach dem anderen«, sagte Lange.

Die Kellnerin kam mit zwei Biergläsern.

»Prost«, sagte Lange und leerte das eine.

»Prost«, sagte Jung und deutete erneut auf das Foto.

»Jetzt wollen wir mal sehen«, sagte Lange und blinzelte kurzsichtig. »Nein, zum Teufel. Und welcher war der andere?«

Jung zeigte mit dem Stift auf Maasleitner.

»Kommt mir irgendwie bekannt vor«, sagte Lange und kratzte sich unter der Achsel. »Doch, natürlich erkenne ich ihn wieder, aber ich weiß nicht mehr, wie er heißt.«

Er rülpste und schaute finster in sein leeres Glas.

»Erinnern Sie sich an die Namen Malik und Maasleitner?«

»Malik und ...?«

»Maasleitner.«

»Maasleitner?«

»Ja.«

»Nein, ist das der hier?«

Er schob seinen Finger auf Malik.

»Nein, das ist Malik.«

»Ach, Scheiße. Und was haben die gemacht?«

Jung drückte seine Zigarette aus. Das läuft ja phantastisch, dachte er.

»Erinnern Sie sich noch an irgend etwas aus Ihrer Militärzeit?«

»Militärzeit? Warum fragen Sie danach?«

»Das kann ich leider nicht sagen. Wir sind nämlich an diesen beiden Personen interessiert aus der ... Stabsschule von 1965, da war es doch, oder?«

Er deutete von neuem aufs Bild.

»Ach, verfluchte Scheiße«, sagte Lange und hustete. »Aus der Stabsschule ist das. Und ich habe gedacht, das war aus dem Handballverein... nur daß es ein paar zu viele sind.«

Jung überlegte drei Sekunden lang. Dann schob er das Foto wieder in die Tasche und stand auf.

»Vielen Dank«, sagte er. »Sie können mein Bier auch noch haben.«

»Wenn Sie's mir aufdrängen«, sagte Lange.

Mahler schob einen Bauern vor, und Van Veeteren nieste.

»Wie geht's dir? Wieder etwas kränklich?«

»Ein bißchen, ja. Habe heute nachmittag zu lange im Regen auf dem Friedhof gestanden.«

»Wie dumm«, meinte Mahler.

»Ich weiß«, seufzte Van Veeteren. »Ich konnte einfach nicht weggehen. Dazu bin ich etwas zu zartfühlend.«

»Ja, das kenne ich«, sagte Mahler. »Das war wohl dieser Malik, nicht wahr? Wie läuft denn die Jagd nach dem Mörder? In den Zeitungen steht ja so einiges.«

»Schlecht«, erwiderte Van Veeteren.

»Habt ihr schon einen Zusammenhang gefunden?«

Van Veeteren nickte.

»Aber ich bin mir nicht sicher, daß es der richtige ist... doch, eigentlich schon, aber er besagt nicht besonders viel. Als ob ich einen Pflasterstein suchte und einen ganzen Marktplatz finde.«

»Was?« fragte Mahler.

Van Veeteren nieste erneut.

»Ach, Mist«, sagte er. »Einen Stern, und ich finde eine Galaxis, klar? Ich dachte, du wärest ein Dichter?«

Mahler lachte in sich hinein.

»Ich verstehe«, sagte er. »Aber ist es nicht eigentlich ein bestimmtes Ereignis, das du suchst?«

Van Veeteren nahm seinen weißen Läufer auf und blieb einige Sekunden mit ihm in der Hand sitzen.

»Ein Ereignis?« fragte er und stellte den Läufer auf c4. »Doch, das ist vermutlich gar keine so dumme Vermutung. Das Problem ist nur, daß ja so verflucht viel passiert.«

»Die ganze Zeit«, stimmte ihm Mahler zu.

17

Von den drei Personen, die Münster zugefallen waren, wohnte eine ganz zentral in Maardam, eine in Linzhuisen knapp dreißig Kilometer entfernt und eine mehr als zweihundert Kilometer weit weg in Groenstadt. Am Samstag nachmittag setzte Münster sich ans Telefon und führte ein kurzes Gespräch mit dem letzteren – einem gewissen Werner Samijn, der als Elektroinstallateur arbeitete und weder über Malik noch über Maasleitner besonders viel zu sagen hatte. Er hatte mit Malik auf einer Stube gewohnt und erinnerte sich an ihn als ziemlich netten, etwas zurückgezogenen jungen Mann. Maasleitner hielt er für einen eher hochnäsigen Typ, aber sie hatten nie etwas zusammen gemacht und hatten einander nie näher kennengelernt.

Was Nummer zwei auf seiner Liste betraf, Erich Molder in der Guyderstraat, so bekam Münster trotz mehrfacher Versuche keine Antwort, und mit dem dritten, Joen Fassleucht, machte er aus, daß er ihn bei sich daheim in Linzhuisen am späten Sonntag nachmittag treffen würde.

Dagegen protestierte vor allem sein Sohn Bart, siebeneinhalb, und nach zähen Verhandlungen beschloß er, daß Bart mitkommen könnte, wenn er nur verspräche, auf dem Rücksitz zu warten. Es konnte ja das Monstercomicheft anschauen, solange sein Vater seinen Pflichten nachging.

Es war das erste Mal, daß Münster ein derartiges Arrangement mitmachte, und während er im Wohnzimmer der Fassleuchts saß und Kekse aß, wurde ihm klar, daß es gewiß keine besonders positive Auswirkung auf sein Konzentrationsvermögen hatte. Aber das war hier vielleicht gar nicht so wichtig. Es handelte sich kaum um ein wichtigeres Verhör, redete er sich selbst ein.

Fassleucht hatte zwar während seiner Militärzeit einiges mit Malik zu tun gehabt – sie gehörten beide damals zu einer Gruppe von vier, fünf Männern, die ab und zu etwas zusammen unternahmen. Ins Kino gingen, Karten spielten oder einfach in der Kantine am selben Tisch saßen und fernsahen. Nach ihrer Entlassung gab es jedoch keinerlei Kontakt mehr, und was Maasleitner betraf, so konnte Fassleucht nur im großen und ganzen das gleiche Urteil fällen, wie Samijn es am Tag zuvor getan hatte:

Dominierend und etwas überheblich.

Münster hatte sich natürlich seine Gedanken gemacht, und als er nach einer knappen halben Stunde zum Auto kam, sah er sofort, daß Bart verschwunden war.

Ein panischer Schreck packte ihn für einige Sekunden, während er auf dem Bürgersteig stand und überlegte, was, zum Teufel, er tun sollte, und das war ja Sinn des Ganzen gewesen. Barts wuscheliger Kopf tauchte plötzlich hinter der Heckscheibe auf – er hatte versteckt unter der Matte auf dem Boden gelegen, und sein breit grinsendes Gesicht ließ keinen Zweifel, daß er es für einen ungewöhnlich geglückten Streich hielt.

»O Mann, hast du erschrocken ausgesehen!« stellte er zufrieden fest.

»Du kleiner Satansbraten«, sagte Münster. »Willst du einen Hamburger?«

»Und 'ne Coca Cola«, antwortete Bart.

Münster fuhr Richtung Zentrum und beschloß im stillen, daß sein Sohn mindestens ein paar Jahre älter werden mußte, bis er ihn zu seinem nächsten Termin mitnehmen würde.

»In der Allgemeinen steht heute ein gründlich recherchierter Artikel über den Fall«, berichtete Winnifred Lynch. »Hast du den gelesen?«

»Nein«, antwortete Reinhart. »Warum sollte ich?«

»Die versuchen, ein Täterprofil zu erstellen.«

Reinhart schnaubte.

»Man kann nur ein Täterprofil erstellen, wenn es sich um einen Serienmörder handelt. Und selbst dann ist es eine ziemlich zweifelhafte Methode... obwohl es sich natürlich in der Presse gut macht. Die können über Mörder schreiben, die es gar nicht gibt. Für jede Phantasie den passenden. Was genaugenommen sehr viel lustiger ist als die Wirklichkeit.«

Winnifred faltete die Zeitung zusammen.

»Ist es denn kein Serienmörder?«

Reinhart betrachtete sie über den Rand seines Buches hinweg. »Wenn wir in die Badewanne gehen, werde ich das ein wenig ausführen.«

»Nur gut, daß du eine so große Badewanne hast«, stellte Winnifred zehn Minuten später fest. »Wenn ich mich für dich entscheide, dann vor allem wegen der Badewanne. Nur, daß du dir nichts Falsches einbildest. Also?«

»Der Mörder?«

»Ja.«

»Nun ja, ich weiß nicht«, begann Reinhart und sank tiefer in den Schaum. »Natürlich kann es sich um einen Serientäter handeln, aber das ist nach nur zwei Morden fast nicht zu sagen.«

»Und diese Militärkameraden, haben sie etwas gebracht?«

Reinhart schüttelte den Kopf.

»Das glaube ich nicht. Jedenfalls nicht die, mit denen ich gesprochen habe. Obwohl da noch was kommen kann. Es ist ja so verflucht einfach, etwas zu verheimlichen, wenn man es will. Wenn es etwas gibt, was man nicht gerne bekanntgeben will, dann hält man einfach die Klappe. Schließlich ist es dreißig Jahre her...«

Er lehnte seinen Kopf gegen den Badewannenrand und überlegte eine Weile.

»Es wird fürchterlich schwierig sein, überhaupt jemanden zu fassen. Wenn es bei den beiden Morden bleibt. Ganz gleich, wieviel Arbeitseinsatz wir zeigen, würde ich mal sagen.«

»Was meinst du damit?«

Reinhart räusperte sich.

»Rein hypothetisch gesehen. Sagen wir mal, ich würde mir vornehmen, jemanden umzubringen, ganz gleich, wen. Ich mache mich in der Nacht von Montag auf Dienstag um drei Uhr auf den Weg. Ich ziehe mich dunkel an, verberge mein Gesicht, gehe raus, stelle mich an einen günstigen Platz und warte. Dann schieße ich den ersten, der vorbeikommt, nieder und gehe nach Hause.«

»Mit Schalldämpfer.«

»Mit Schalldämpfer. Oder ich steche ihn mit einem Messer nieder. Was meinst du, wie groß die Chancen sind, daß ich gefaßt werde?«

»Gering.«

»Verflucht gering. Und wenn ich es also tue – was glaubst du, wie viele Arbeitsstunden das die Polizei kostet? Verglichen mit der einen Stunde, die ich gebraucht habe.«

Winnifred Lynch nickte. Schob ihren rechten Fuß in Reinharts Achselhöhle und begann mit den Zehen zu wippen.

»Ich glaube, das ist eine gekränkte Frau«, sagte Winnifred nach einer Weile.

»Ich weiß.«

Er überlegte eine halbe Minute.

»Könntest du diese zwei letzten Schüsse abgeben?«

Sie überlegte.

»Nein. Jetzt nicht. Aber ich denke, das ist nicht unmöglich. Eine Frau kann dazu getrieben werden. Es ist ja wohl kaum unerklärlich, wenn man es recht überlegt. Ganz im Gegenteil.«

»Eine verrückte Frau läuft rum und schießt allen Männern die Schwänze ab? Und das mit gutem Grund?«

»Aus gewissen Gründen«, sagte Winnifred Lynch. »Nicht

mit gutem Grund, das ist was anderes. Und nicht irgendwelche Schwänze.«

»Vielleicht also gar nicht verrückt?« fragte Reinhart weiter.

»Das hängt davon ab, wie man die Sache sieht. Gekränkt, wie gesagt. Vielleicht entwürdigend behandelt... nein, jetzt laß uns von was anderem reden, das deprimiert mich zu sehr.«

»Mich auch«, meinte Reinhart. »Soll ich mir das andere Bein vornehmen?«

»Ja, tu das«, sagte Winnifred Lynch.

Van Veeteren hatte verabredet, Renate am Sonntag nachmittag zu treffen, aber als er aus dem Fahrstuhl stieg, stellte er zu seiner Freude fest, daß die Entwicklung seiner Erkältung einen ausreichenden Grund bot, die Verabredung abzusagen. Alle Luftwege schienen verschleimt zu sein, und nur wenn er den Mund sperrangelweit offen hatte, konnte er überhaupt atmen. Dies war einer jener Tage, an denen er seine Mitmenschen nicht mit seiner Gegenwart behelligen durfte.

Nicht einmal seine ehemalige Ehefrau.

Es war schlimm genug, mit sich selbst kämpfen zu müssen, und der Tag schleppte sich mühsam dahin wie eine Robbe in der Wüste. Gegen zehn Uhr abends sank er über dem Küchentisch zusammen. Seine Füße steckten in einem brausenden Fußbad, und um den Kopf hatte er ein dickes Frotteehandtuch gewickelt – in der nichtigen Hoffnung, daß die Dämpfe eines aromatischen Sammelsuriums in einem Topf sich gnädig des Schleims in den frontalen Höhlungen annehmen würden.

Da klingelte das Telefon.

Van Veeteren erinnerte sich seines morgendlichen Gesprächs mit Reinhart und verfiel in ein äußerst schnelles und äußerst logisches Abwägen.

Wenn ich keine Anrufe haben wollte, hätte ich den Stecker rausziehen können.

Ich habe den Stecker nicht rausgezogen, also muß ich abnehmen.

»Hallo. Hier ist Enso Faringer.«

Einige Sekunden lang hatte er keinerlei Ahnung, wer, zum Teufel, Enso Faringer war.

»Wir haben uns bei Freddy's getroffen und über Maasleitner gesprochen.«

»Ja, natürlich. Was wollen Sie?«

»Sie haben mir doch gesagt, daß ich mich melden soll, wenn mir was einfällt.«

»Ja, und?«

»Mir ist was eingefallen.«

Van Veeteren nieste.

»Wie bitte?«

»Nichts. Was ist Ihnen eingefallen?«

»Nun ja, mir ist eingefallen, daß Maasleitner über eine bestimmte Musik geredet hat.«

»Welche Musik?«

»Jemand hat ihn öfters angerufen und ihm eine Melodie im Telefon vorgespielt, anscheinend ...«

»Eine Melodie?«

»Ja.«

»Und warum?«

»Das weiß ich nicht. Jedenfalls hat ihn das irritiert.«

Van Veeteren glaubte, sich schwach an etwas erinnern zu können.

»Warten Sie. Was für eine Musik war das?«

»Das weiß ich nicht. Das hat er nicht gesagt ... ich glaube, er wußte es selbst nicht.«

»Und warum hat diese Person angerufen? Was war der Grund?«

»Das wußte er nicht. Das war es ja, was ihn aufgeregt hat.«

»War es ein Mann oder eine Frau?«

»Ich glaube, davon hat er nichts gesagt ... außerdem spielte ja die ganze Zeit nur diese Musik.«

Van Veeteren überlegte.

»Und wann soll das gewesen sein?«

Faringer zögerte.

»Ich glaube am gleichen Tag, als wir zu Freddy's gegangen sind. Als er erschossen wurde. Oder vielleicht am Tag davor.«

»Und er ist mehrmals angerufen worden?«

»Ja, wahrscheinlich ...«

»Hat er nicht versucht, irgendwas dagegen zu tun?«

»Das weiß ich nicht.«

»Und er wußte nicht, wer dahintersteckte?«

»Ich glaube nicht ... nein, er war vor allem deshalb so wütend, weil er nicht wußte, was das Ganze sollte.«

Van Veeteren überlegte erneut.

»Herr Faringer«, sagte er schließlich. »Sind Sie sich sicher, daß alles, was Sie sagen, stimmt? Sie haben sich das Ganze doch nicht ausgedacht, oder?«

Ein mehrmaliges Husten war im Hörer zu vernehmen, und als die Stimme des kleinen Deutschlehrers wiederkam, klang sie zweifellos ein wenig beleidigt.

»Ich weiß, daß ich etwas betrunken war, aber an das mit den Anrufen kann ich mich noch ganz genau erinnern.«

»Ich verstehe«, sagte Van Veeteren. »Ist Ihnen sonst noch was eingefallen?«

»Bisher nicht«, antwortete Faringer. »Aber dann melde ich mich.«

»Gut«, entgegnete der Kommissar und legte den Hörer auf.

So, und was, zum Teufel, bedeutete das nun? dachte er, während er Fußbad und Kräuterbrühe in den Abfluß kippte. Und was fiel dem Trottel als nächstes ein?

18

Es zog sich bis zum späten Dienstag nachmittag hin, bis endlich alle 35 Stabsunteroffiziere (so lautete ihr offizieller militärischer Rang) des Jahrgangs 1965 ausfindig gemacht worden waren. Von der ganzen Gruppe waren 31 noch am Leben, der jüngste nunmehr 50 Jahre alt, der älteste 56. Fünf wohnten im Ausland, vierzehn lebten innerhalb des Maardamer Polizeibezirks, die restlichen zwölf an anderen Orten des Landes.

Es war Heinemann, der die Fäden in der Hand hielt und die Ergebnisse der Befragungen zusammentrug. Als er Van Veeteren gegen halb sieben Uhr abends seine Zusammenstellung übergab, benötigte er eine ganze Weile, um dem Kommissar alle kryptischen Zeichen und Abkürzungen zu erklären, aber schließlich erkannten beide das Sinnlose dieses Vorhabens. »Berichte es lieber morgen auf der Lagebesprechung mündlich«, entschied Van Veeteren. »Es ist besser, wenn alle die Informationen gleichzeitig bekommen.«

Es hatte das vage Gerücht gegeben, daß der Polizeichef selbst die Absicht hatte, bei dieser Besprechung dabeizusein, die auf zehn Uhr am Mittwoch angesetzt war, aber als es schließlich soweit war, war er leider verhindert. Wieweit es sich dabei um irgendwelche Verpflichtungen handelte oder nur um das Umtopfen von Topfpflanzen in seinem Dienstzimmer, das konnte niemand genau sagen.

»Acht kluge Köpfe sind eine gute Zahl«, meinte Reinhart. »Wenn wir auch noch Hillers gehabt hätten, wären es nur noch sieben. Jetzt aber los!«

Heinemanns Zusammenfassung brauchte – mit Fragen, Unterbrechungen und Hinweisen – fast eine Stunde, obwohl es keine entscheidenden Zusammenhänge oder direkte Verdachtsmomente vorzuweisen gab.

Die Urteile über Ryszard Malik waren im großen und ganzen gleichlautend. Ein ziemlich schweigsamer, etwas zurückhaltender Mann. Freundlich, umgänglich, ohne weiter auffallende Charakterzüge oder Interessen. Er hatte damals mit vier, fünf Kameraden engeren Kontakt gehabt, aber auch unter diesen gab es keinen, der für die Ermittlungsarbeit interessante Tips geben konnte.

Auch bei Maasleitner kam man keinen Zentimeter weiter.

»Es muß auch noch hervorgehoben werden, daß keiner der Befragten irgendeinen Zusammenhang zwischen Malik und Maasleitner finden konnte, was unsere Hypothesen fraglos abschwächt. Eigentlich müßten wir uns zwei Fragen stellen: Erstens: Hat die Tatsache, daß die beiden vor einunddreißig Jahren in dieselbe Militärschule gingen, etwas mit dem Mord zu tun?«

Er machte eine Pause. Van Veeteren putzte sich die Nase mit einem Papiertaschentuch, das er danach auf den Boden unter den Schreibtisch warf.

»Zweitens: Wenn wir die erste Frage mit ja beantworten; worin besteht der Zusammenhang? Es gibt zwei Möglichkeiten. Entweder ist der Mörder einer der anderen auf diesem Foto...« Er klopfte mit seinem Brillenbügel auf das Foto.

»... oder es ist ein Außenstehender, der irgendeine Beziehung zu der Gruppe hat.«

»Der plant, alle fünfunddreißig umzubringen«, überlegte Rooth.

»Es sind nur noch einunddreißig übrig«, wies deBries hin.

»Na gut«, sagte Rooth.

Heinemann wartete auf Kommentare.

»Also, damit haben wir es eingekreist«, sagte Reinhart und faltete seine Hände im Nacken. »Und wie kommen wir nun weiter?«

Van Veeteren räusperte sich und beugte sich über den Tisch vor, indem er den Kopf auf die Handknöchel stützte.

»Hat einer von euch irgendeine verfluchte Idee? Nur so eine kleine Ahnung... ihr wißt schon, was ich meine... wie unlogisch und irrational sie auch immer sein mag. Dann spuckt sie verdammt noch mal aus!«

Er schaute sich am Tisch um. Niemand sagte etwas. Jung machte einen Ansatz, hielt sich dann aber wieder zurück. DeBries schwieg, obwohl ihn offensichtlich etwas beschäftigte. Moreno schüttelte den Kopf.

»Nein«, sagte Reinhart schließlich. »Normalerweise erkenne ich einen Mörder, aber hier tappe ich völlig im dunkeln.«

»Vielleicht sollten wir diese Gruppe, die Maasleitner etwas näher kannte, noch mal durchgehen«, sagte Van Veeteren. »Schaden kann es ja wohl kaum. Und wenn der Mörder eine außenstehende Person ist – die dennoch eine Verbindung zu dieser Gruppe hatte –, ja, dann gibt es natürlich verschiedene Möglichkeiten. Ich denke, wir sollten versuchen herauszubekommen, ob es irgendein Ereignis gab, das... ja, das in irgendeiner Art und Weise traumatisch gewesen sein kann...«

»Traumatisch?« fragte Rooth nach.

»Das hätte doch bei unseren Befragungen auftauchen müssen, wenn es so was gegeben hätte«, sagte deBries.

»Schon möglich«, nickte Van Veeteren. »Aber man weiß ja nie. Wir müssen sowieso noch ein paar Leute befragen. Ich habe noch einen alten Oberst und ein paar Kompanieoffiziere auf meiner Liste stehen.«

»Und wo?« fragte deBries.

»Einer hier«, antwortete Van Veeteren. »Die anderen in Schaabe, leider.«

»Ich kenne ein Mädchen in Schaabe«, sagte Rooth.

»Okay«, sagte Van Veeteren. »Dann kannst du dahin fahren.«

»Danke«, sagte Rooth.

»Und diese Musik?« fragte deBries.

»Ja«, seufzte Van Veeteren. »Das klingt bescheuert, aber es scheint so, als hätten sowohl Malik als auch Maasleitner kurz vor der Tat merkwürdige Telefonanrufe bekommen. Von jemandem, der kein Wort gesagt, nur eine Melodie gespielt hat...«

»Was für eine Melodie?« fragte Jung.

»Das wissen wir nicht. Frau Malik hat offensichtlich zwei Anrufe entgegengenommen, das hat sie ja erzählt, als sie noch im Krankenhaus lag, aber wir haben sie nicht ganz ernst genommen. Ich habe gestern mit ihr gesprochen – sie wohnt immer noch bei ihrer Schwester, und ich denke, sie wird dort auch noch eine ganze Weile bleiben. Sie war fest davon überzeugt, daß es so war, aber sie hatte keinerlei Ahnung, um welche Musik es sich handelte oder was es bedeuten könnte.«

»Hm«, überlegte Reinhart. »Und Maasleitner?«

»Bekam offensichtlich am Mordtag oder einen davor eine ganze Menge Anrufe ... er hat das dem kleinen Deutschzwerg erzählt, aber der war ja bis zum Halskragen abgefüllt, deshalb erinnert er sich nicht mehr an besonders viel.«

»Jedenfalls muß es die gleiche Musik gewesen sein«, sagte Münster.

»Ja«, knurrte der Kommissar. »Davon können wir ausgehen.«

»Wäre nur interessant, zu wissen, warum.«

Es wurde still am Tisch.

»Haben die beiden das auch nicht gewußt?« fragte Jung.

Van Veeteren schüttelte den Kopf.

»Scheint nicht so. Jedenfalls nicht Maasleitner. Wir wissen ja nicht, ob Malik auch derartige Anrufe entgegengenommen hat. Er hat seiner Frau nichts diesbezügliches gesagt, aber das wäre ja nur zu verständlich.«

»Äußerst verständlich«, bestätigte Rooth.

Reinhart holte seine Pfeife heraus und betrachtete sie eine Weile. »Wenn sie selbst nicht den Grund wußten, dann weiß ich nicht, wie, zum Teufel, wir ihn herausfinden könnten«, erklärte er. »Obwohl das ja etwas zeigt. Es handelt sich hier um geplante Taten, keine Zufallstreffer. Verflucht genau geplant ...«

Er stopfte seine Pfeife.

»Es scheint so, als hätten wir es dieses Mal mit einem vollwertigen Gegner zu tun, meint ihr nicht auch?«

Van Veeteren nickte mürrisch.

»Zweifellos. Jedenfalls plane ich nicht, das mit der Telefonmusik den Journalisten mitzuteilen ... zumindest noch nicht. Aber wir müssen natürlich die übrigen einunddreißig warnen.«

»Die noch am Leben sind«, sagte deBries.

»Münster kann einen Brief entwerfen, den wir ihnen schicken. Achte genau auf die Formulierungen, ich will ihn dann noch mal sehen.«

»Klar«, sagte Münster.

»Die restliche Arbeit verteilen wir nach der Kaffeepause«, meinte der Kommissar und putzte sich zum zwanzigsten Mal in der Stunde die Nase.

»Alles zu seiner Zeit«, bemerkte Rooth und stand auf.

Reinhart setzte sich dem Kommissar gegenüber und rührte mit dem Löffel in seinem Kaffee.

»Ziemlich beunruhigend«, sagte er.

Van Veeteren nickte.

»Meinst du, es werden noch mehr?«

»Ja.«

»Ich auch.«

Eine Weile sagten beide nichts.

»Vielleicht auch gut so«, erklärte Reinhart. »Sonst lösen wir den Fall nie.«

Der Kommissar sagte nichts. Er wischte sich nur die Nase mit der Serviette ab und atmete schwer. Rooth kam mit einem wohlgefüllten Tablett und setzte sich zu ihnen.

»Was ist besser?« fuhr Reinhart fort. »Zwei Opfer und ein Mörder, der davonkommt? Oder drei Opfer und ein Mörder, der gefaßt wird?«

»Oder vier?« fragte Van Veeteren weiter. »Oder fünf? Irgendwo gibt es immer eine Grenze.«

»Zumindest muß man eine ziehen«, sagte Reinhart. »Das ist nicht das gleiche.«

»Am besten wäre es doch, wenn wir gar kein Opfer hätten«, flocht Rooth ein. »Und somit auch keinen Mörder.«

»Utopien«, schnaubte Reinhart. »Hier halten wir uns an die Wirklichkeit.«

»Nun ja«, sagte Rooth.

Als Van Veeteren sich abends in seinem Sessel zurechtsetzte, in zwei Decken gewickelt, und Händel aus den Lautsprechern erklang, dachte er noch einmal an das Gespräch in der Kantine. Ihm war klar, daß seit dem Mord an Rickard Maasleitner genau eine Woche vergangen war. Seit dem ersten Mord bereits knapp drei.

Und ihm war klar, daß man auf diese Art und Weise kaum Lorbeeren ernten konnte. Hätte er nicht zumindest irgendeine Form von Bewachung anordnen müssen? Hätte er nicht doch intensiver nach der Waffe suchen lassen müssen? Hätte er nicht...?

Er zog das Foto hervor und schaute es zum tausendsten Mal an, seit Heinemann damit angekommen war. Sein Blick wanderte langsam von dem einen zu dem anderen dieser aufrechten jungen Männer.

Fünfunddreißig erwartungsvolle Jünglinge auf dem Weg ins Leben. Jeder einzelne zielsicher weit in die Zukunft blickend, wie es schien.

Die Zukunft? dachte er.

War noch jemand an der Reihe?

Er nahm es an. Wer?

VI

8.–14. Februar

19

Als der Anruf endlich kam, hatte Karel Innings bereits seit sechs Tagen darauf gewartet.

Seitdem er an diesem Morgen die Zeitung in der Hand gehabt und die entsetzlichen Schlußfolgerungen gezogen hatte, wußte er, daß er kommen würde.

Irgendwas mußte schließlich getan werden. Zweimal hatte er selbst versucht, Kontakt zu bekommen, aber Biedersen war verreist gewesen. Auf dem Anrufbeantworter hatte er mitgeteilt, er würde am siebten zurück sein, aber als er es am siebten wieder versuchte, war immer noch die gleiche Nachricht zu hören.

Es war natürlich auch am logischsten, daß Biedersen den ersten Schritt tat. Ohne weiter darüber nachzudenken, wußte er, daß es so war. Die Beziehung war ganz einfach so gewesen – Biedersen und Maasleitner, Malik und Innings. Wenn man überhaupt von Beziehungen sprechen konnte.

Das zweitnatürlichste wäre gewesen – und in jeder Stunde, die an diesen bedrohlichen, grauen Februartagen verging, spürte er, daß er sich dieser Lösung immer weiter näherte –, sich der Polizei anzuvertrauen. Der schüchterne Kriminalkommissar, der ihn aufgesucht hatte, hatte ihm Wärme und Vertrauen vermittelt, und ihm war klar, daß er in einer anderen Lage kaum gezögert hätte, alles zu erzählen.

Vielleicht war ihm aber auch klar, daß das nur eine Ausflucht war, das mit der anderen Lage. Denn es gab immer etwas, was einen hinderte. Man befand sich immer in Schwierigkeiten. Rücksichtnahmen – falsche wie echte – tauchten immer auf, und Unbequemlichkeiten konnte man nie ganz aus dem Weg gehen. Welche Lebenssituation wäre denn jemals die richtige, daß in ihr derartiges zu Tage kommen könnte? Eine schreckenerweckende Leiche, die nach dreißigjährigem Schweigen plötzlich aus dem Schrank polterte.

Vermutlich keine. Wenn er nachts wach lag und Ulrikes warmen Körper neben sich spürte, wußte er jedenfalls, daß es gerade jetzt einfach unmöglich wäre.

Das sollte sie nicht erleben.

Und es war natürlich nicht nur die Rücksicht auf Ulrike, auch wenn sie den größten Teil seiner Überlegungen einnahm. Sein ganzes neues Leben, dieses wunderbar sanfte und harmonische Dasein, das nunmehr bereits das zweite Jahr anhielt, mit Ulrike und ihren drei Kindern – sein eigenes und ihre beiden –, ja, es würde sicher auch Belastungen aushalten, aber nicht diese hier. Nicht diese alte widerwärtige Schwärze.

Die sich offensichtlich dazu entschlossen hatte, ihn noch einmal zu verfolgen. Die nie aufgab und nie wirklich gesühnt war. Dieser zweischneidige Schrecken lag während der Stunden des Wachseins unterschwellig auf der Lauer. Auf der einen Seite die Furcht vor der Entdeckung – und auf der anderen Seite das, was natürlich noch schlimmer war. Tagsüber erlaubte er seinen Gedanken kaum einen Augenblick der Ruhe. Er war gespannt wie eine Feder, wenn er in der Redaktion saß und sich auf seine Arbeit zu konzentrieren versuchte, die er seit mehr als fünfzehn Jahren in- und auswendig kannte. Sah man es ihm an? überlegte er in immer kürzeren Intervallen. War es zu spüren?

Offensichtlich nicht. In der täglichen Hetze und dem Streß konnte ein Mitarbeiter sogar unter seinen persönlichen Problemen zusammenbrechen, ohne daß irgend jemand es merken würde, das wußte er. Das war sogar schon passiert. Schlimmer war es natürlich mit Ulrike und den Kindern.

Man lebte eng zusammen, und man achtete aufeinander. Er konnte es auf seinen kaputten Magen schieben, und das tat er auch. Schlaflose Nächte bedeuteten nicht gleich ernsthafte Probleme.

Bisher ging es noch. Aber die Steigerung war unausweichlich, und als er Biedersens rauhen Dialekt am Donnerstag nachmittag im Hörer vernahm, spürte er mit einem Mal, daß er in letzter Minute anrief. Viel länger hätte das nicht mehr gehen können. Viel länger hätte er es nicht mehr ausgehalten.

Auch wenn es nicht einfach war, das Ganze ernst zu nehmen, hatte er mit dem Gedanken gespielt, ob sein Telefon wohl abgehört wurde, und das hatte Biedersen offensichtlich auch. Er meldete sich nicht einmal mit Namen, und ohne Erwartung des Anrufs und den charakteristischen Dialekt hätte Innings kaum eine Möglichkeit gehabt, die Stimme zu erkennen.

»Gruezi«, sagte er nur. »Wollen wir uns morgen abend treffen?«

»Ja«, antwortete Innings. »Das ist wohl besser.«

Biedersen schlug ein Restaurant und eine Uhrzeit vor, und dann war das Gespräch beendet.

Erst als Innings den Hörer aufgelegt hatte, wurde ihm klar, daß es in diesem quälenden Spiel noch eine weitere unbeantwortete Frage gab:

Was brachten diese Überlegungen, die er gemeinsam mit Biedersen anstellen wollte, eigentlich mit sich?

Und als er später des Nachts in seinem Bett lag, im Grenzland zwischen Schlaf und Wachen, sah er es plötzlich vor sich. Das neue Sinnbild seiner Angst. Einen Dreizack.

20

Rooth war früh losgefahren und somit bereits um zwölf Uhr in Schaabe. Da das erste Gespräch erst zwei Stunden später angesetzt war, gönnte er sich ein ausgedehntes, opulentes Mittagsmahl im Bahnhofsrestaurant, bevor er weiterfuhr zur Stabsschule.

Hauptmann Falzenbucht war ein dünner kleiner Herr mit einer eigenartig leisen, knarrenden Stimme. (Er hatte wohl zu lange auf dem Kasernenhof gestanden und herumgeschrien, wie Rooth vermutete.) Er hatte die Sechzig bereits vor ein paar Jahren hinter sich gelassen und sollte eigentlich seinen wohlverdienten Ruhestand genießen, aber – wie er mehrfach betonte – solange die Schule seine Dienste brauchte, war es natürlich seine Pflicht, anzutreten. Als guter Soldat. Als Mann. Als Mitbürger.

Als Mensch? überlegte Rooth.

Sicher, natürlich konnte er sich an die Abgangsklasse von 1965 erinnern. Das war seine zweite Truppe als Unteroffizier gewesen, und als Rooth das Foto herausholte, begann er ohne zu zögern mehrere Männer mit Namen zu benennen.

Er hat jedenfalls seine Hausaufgaben gemacht, dachte Rooth, dessen militärische Karriere an so einem Tag in keinem besonders hellen Licht dastand. Übrigens auch an einem anderen Tag nicht. »Also, es sind in erster Linie Malik und Maasleitner, für die wir uns interessieren. Können Sie sie mir zeigen?«

Falzenbucht tat das.

»Sie wissen sicher, was vorgefallen ist?«

»Natürlich«, knarrte Falzenbucht. »Ermordet. Böse Geschichte.«

»Wir haben mit allen anderen bereits gesprochen«, sagte Rooth.

»Leben die alle noch?« wunderte Falzenbucht sich.

»Nein, aber wir haben die aufgespürt, die noch leben. Keiner kann irgendeinen Zusammenhang zwischen Malik und Maasleitner sehen, und keiner hat auch nur die geringste Idee, was dahinterstecken könnte.«

»Ich verstehe«, sagte Falzenbucht.

»Fällt Ihnen irgendwas ein?«

Falzenbucht sah aus, als würde er intensiv nachdenken.

»Hmm. Wundert mich nicht, daß keiner eine Idee hatte. Das hier hat nichts – auch nicht das geringste – mit der Schule oder der Ausbildung zu tun. Das würde ich sagen.«

»Wie können Sie das wissen?« fragte Rooth.

»Dann hätten wir was gemerkt.«

Rooth dachte einige Sekunden über diese militärische Logik nach.

»Was man nicht sieht, das gibt es nicht?« fragte er dann.

Falzenbucht antwortete nicht.

»Was meinen Sie, worum es geht?«

»Keine Ahnung. Aber Sie werden es schon herausbekommen.«

»Deshalb bin ich hier.«

»Ja, sicher. Hrrrm.«

Einen kurzen Moment lang spielte Rooth mit dem Gedanken, härtere Bandagen anzulegen. Am liebsten hätte er diesen kleinen, knurrenden Feuerhaken ins Auto gestopft und ihn in so einer stinkigen Zelle auf dem Polizeirevier von Schaabe verhört, aber seine gute Urteilskraft siegte und ließ es ihn bleibenlassen.

»Gibt es etwas«, fragte er statt dessen, »irgend etwas, was Sie mir sagen können und von dem Sie glauben, es könnte uns bei unseren Ermittlungen helfen?«

Falzenbucht strich sich mit Daumen und Zeigefinger über seinen gepflegten Schnurrbart.

»Das war keiner aus der Gruppe«, sagte er. »Das sind alle feine Jungs. Der Mörder kommt von außen.«

Der böse Feind vielleicht? dachte Rooth. Er seufzte diskret und schaute auf die Uhr. Es war noch mehr als eine halbe Stunde bis zum nächsten Termin. Er beschloß, höchstens noch fünf Minuten für Falzenbucht zu opfern, um noch Zeit für eine Tasse Kaffee zu haben, die er sich in der Kantine der Stabsschule genehmigte.

Major Straade wies ungefähr den doppelten Körperumfang von Falzenbucht auf und besaß außerdem ein eher ziviles Auftreten, aber für die Ermittlungen war seine Aussage genauso wertlos. Wie der Hauptmann neigte er zu der Ansicht, daß das Motiv außerhalb der Kasernenmauer zu finden sei – also der nunmehr geschlossenen Kaserne in Löhr am Rande von Maardam.

Irgendwas, das außerhalb des Unterrichts passierte. In der Freizeit der Rekruten. In der Stadt. Wenn es denn überhaupt einen diesbezüglichen Zusammenhang gab. Wußte man das so genau? War das sicher? Wieso bildete man sich eigentlich ein, daß die Stabsschule damit etwas zu schaffen hatte?

Das waren Fragen, auf die Straade immer wieder zurückkam.

Als Rooth wieder in seinem Auto auf dem Parkplatz saß, versuchte er diese Mutmaßungen und Meinungsäußerungen zu bewerten, aber es war natürlich nicht einfach zu entscheiden, worauf sie sich wirklich begründeten.

Gesunde und auf Erfahrung basierende Intuition? Oder nur eine ängstliche und stockdumme Angst um den guten Ruf und Namen der Militärschule?

Schwierigkeiten mit dem militärischen Ehrenkodex hatte er auf jeden Fall, und die Feststellung, daß der Ausflug nach Schaabe ihn keinen Schritt weitergebracht hatte, lag fast auf der Hand. Zumindest, was die Mordgeschichte betraf.

Er schaute auf die Uhr und breitete auf dem freien Sitz neben sich den Stadtplan aus.

Van Kuijperslaan, so hieß es doch, oder?

Sie öffnete die Tür, und er sah sofort, daß ihr warmes Lachen sich in all den Jahren nicht verändert hatte. Die gleiche schöne Uleczka, dachte er.

Er fummelte am Papier und überreichte ihr den Blumenstrauß. Sie lachte noch breiter, als sie ihn entgegennahm. Ließ ihn in den Flur eintreten und umarmte ihn herzlich. Er beantwortete diese Begrüßung bereitwillig und mit soviel Nachdruck, wie er es in einem so frühen Stadium für angemessen ansah, aber dann sah er aus den Augenwinkeln einen dunkelhaarigen Mann – ungefähr in seinem Alter – mit einer Weinflasche in der Hand aus der Küche kommen.

»Wer, zum Teufel, ist das denn?« zischte er ihr ins Ohr.

Sie ließ ihn los und wandte sich dem Mann zu. »Das ist Jean-Paul«, sagte sie fröhlich. »Mein Freund. Nur gut, daß er auch zu Hause ist, dann lernt ihr euch gleich kennen.«

»Wie witzig«, sagte Inspektor Rooth und versuchte auch zu lachen.

21

Als Innings gerade das Le Bistro betreten wollte, wurde er in der Tür von einem Portier zurückgehalten, der ihm einen Umschlag gab und ihn bat, wieder hinauszugehen. Verblüfft tat er, was ihm gesagt worden war, öffnete den Umschlag und fand darin die Adresse eines anderen Restaurants.

Es lag drei Häuserblocks weiter zur Kirche hin, und während Innings dorthin ging, wurde ihm zumindest klar, daß Biedersen ernste Absichten hatte und nichts dem Zufall zu überlassen gedachte. Er versuchte, selbst genauer darüber nachzudenken und zu irgendeiner Art eigenem Entschluß zu kommen, aber als er angekommen war und Biedersen in einer ziemlich abgeschiedenen Ecke entdeckt hatte, spürte er in erster Linie Erleichterung – und den großen Wunsch, alles in die Hände eines anderen zu legen.

Es schien auch gar keinen Zweifel zu geben, daß Biedersen bereit war, ihm diesen Gefallen zu tun.

»Lange nicht gesehen«, sagte er. »Du bist Innings, oder?« Innings nickte und setzte sich. Bei näherem Hinschauen hatte er das Gefühl, daß Biedersen sich weniger verändert hatte, als er erwartet hatte. Das letzte Mal, daß sie sich gesehen hatten, so vor zehn Jahren, war es reiner Zufall gewesen. Genaugenommen hatten sie sich seit diesen Junitagen 1976 nicht wiedergesehen. Die gleiche kräftige, untersetzte Gestalt. Ein großes Gesicht, dünnes, rötliches Haar und Augen, die irgendwie immer stechend aussahen. Ein Blick, der nie ruhte. Ihm fiel ein, daß es Leute gegeben hatte, die Angst davor gehabt hatten.

Vielleicht hatte er selbst zu ihnen gehört.

»Ja, also«, sagte er. »Ich habe schon ein paarmal versucht, dich zu erreichen. Ich meine, bevor du angerufen hast.«

»Ist dir klar, was da vor sich geht?« fragte Biedersen.

Innings zögerte.

»Ja, ich weiß nicht ...«

»Die anderen beiden sind umgebracht worden.«

»Ja.«

»Irgend jemand hat sie getötet. Was meinst du, wer das ist?«

Innings stellte fest, daß es Biedersen gelungen war, gleich zum Kern der Sache zu kommen.

»Sie«, antwortete er. »Das war sie wohl ...«

»Sie ist tot.«

Biedersen stellte das im gleichen Augenblick fest, in dem ein Kellner auftauchte, um ihre Bestellungen entgegenzunehmen, und es dauerte eine Weile, bis er die Gelegenheit hatte, diese Feststellung weiter auszuführen.

»Sie ist tot, wie ich gesagt habe. Das muß jemand gewesen sein, der es für sie gemacht hat. Ich glaube, es ist ihre Tochter.«

Zu seiner Überraschung merkte Innings, daß sich in Biedersens Stimme eine Spur von Angst befand.

»Die Tochter?« fragte er.

»Ja, die Tochter. Ich habe versucht, sie aufzuspüren.«

»Und?«

»Sie ist nicht zu finden.«

»Nicht zu finden?«

»Ich kann sie nicht erreichen. Sie hat Mitte Januar ihre Wohnung in Stamberg verlassen, und niemand weiß, wo sie hin ist...«

»Du hast nachgeforscht?«

»Ein bißchen.« Er beugte sich über den Tisch. »Diese verdammte Hündin wird uns nicht erwischen!«

Innings schluckte.

»Hast du auch solche Musikanrufe gekriegt?«

Innings schüttelte den Kopf.

»Ich aber«, erklärte Biedersen. »Meine Fresse. Aber du hast den Brief von der Polizei gekriegt?«

»Heute morgen«, antwortete Innings. »Dann bist du also an der Reihe.«

Das rutschte ihm heraus, bevor er es zurückhalten konnte, ihm war aber sofort klar, daß die Erleichterung, die er für einen Augenblick spürte, ein äußerst vorübergehendes Phänomen war. Zuerst Biedersen. Dann er selbst. So war es gedacht.

»Kann sein«, erwiderte Biedersen. »Aber fühl dich nicht zu sicher. Wir müssen zusehen, daß wir ihr einen Riegel vorschieben, deshalb sitzen wir ja hier.«

Innings nickte.

»Wir müssen sie fertigmachen, bevor sie uns fertigmacht. Da sind wir uns doch einig?«

»Ja...«

»Zögerst du?«

»Nein... nein, ich überlege nur, wie wir das anstellen sollen.«

»Darüber habe ich bereits nachgedacht.«

»Aha. Und wie?«

»Mit dem gleichen Mittel. Unterm Tisch steht eine Tasche, fühlst du sie?«

Innings tappte mit den Füßen herum und spürte etwas hinten an der Wand.

»Ja und?« fragte er.

»Deine Waffe liegt da drin. Kostenpunkt: achthundert.«

Innings spürte, wie ihm plötzlich schwindelig wurde.

»Du ... du hast nicht ... über irgendeine Alternative nachgedacht?«

Biedersen schnaubte.

»Und wie soll die aussehen?«

»Ich weiß nicht ...«

Biedersen zündete sich eine Zigarette an. Es vergingen ein paar Sekunden.

»Sollen wir sie ausfindig machen?« fragte Innings. »Oder nur dasitzen und warten?«

»Verflucht noch mal!« zischte Biedersen. »Wir wissen ja nicht mal, wie sie aussieht! Aber wenn du nach Stamberg fahren und ein Foto von ihr auftreiben willst, bitteschön. Nur ... wer, zum Teufel, sagt dir, daß sie nicht 'ne Perücke benutzt? Und mehr. Du weißt doch wohl selbst, wie scheißeinfach es für eine Frau ist, ihr Aussehen zu verändern!«

Innings nickte.

»Heute abend kann es soweit sein, ist dir das klar? Oder morgen. Die nächste Person, die an deiner Tür klingelt, das kann sie sein. Kapierst du das?«

Innings antwortete nicht. Der Kellner kam mit ihrem Essen, und schweigend begannen sie zu essen.

»Diese Musik ...«, fragte Innings nach einer Weile und wischte sich die Mundwinkel sauber.

Biedersen legte sein Besteck ab.

»Zweimal«, erklärte er. »Ein paarmal hat jemand angerufen und wieder aufgelegt, als meine Frau sich gemeldet hat. Jedenfalls ist es diese Scheißmusik ... ich komme nicht mehr drauf, wie sie heißt, aber wir haben sie die ganze Zeit gedudelt. Na ja, ich brauche dich wohl nicht dran zu erinnern... du warst schließlich ziemlich nüchtern.«

»Ich war nicht nüchtern«, widersprach Innings. »Du weißt genau, daß ich das nicht war, sonst hätte ich nie...«

»Schon gut, das müssen wir nicht jetzt wiederkäuen. Wie hieß die Gruppe noch mal?«

»The Shadows?«

»Ja, genau. Du erinnerst dich ja doch. Ich habe nachgeguckt, aber ich habe die Scheibe nicht mehr.«

»Kann man den Anruf nicht zurückverfolgen?«

»Verflucht noch mal«, widersprach Biedersen. »Du scheinst überhaupt nichts zu begreifen. Natürlich können wir die Polizei einschalten und dann soviel Schutz kriegen, wie wir wollen... aber ich dachte, wir wären uns darüber einig, daß wir das nicht tun?«

»Okay«, sagte Innings. »Einverstanden.«

Biedersen bohrte seinen Blick in ihn.

»Ich weiß nicht, wie es dir geht«, sagte er. »Ich habe jedenfalls seit fünfundzwanzig Jahren eine Familie. Ehefrau, drei Kinder, sogar ein Enkelkind... zum Teufel, meine Welt kann wie ein Kartenhaus zusammenfallen! Aber wenn du Zweifel hast, dann sage es jetzt... ich schaffe das auch allein. Dachte nur, es wäre für uns beide ganz sinnvoll, zusammenzuarbeiten. Und die Verantwortung zu teilen.«

»Ja...«

»Wenn du nicht mitmachen willst, dann sage es nur.«

Innings schüttelte den Kopf.

»Nein, nein, ich mache mit. Entschuldige. Was sollen wir tun?«

Biedersen breitete die Arme aus. »Vielleicht einfach nur warten«, erklärte er. »Mit der Waffe bereitstehen. Du wirst kaum erklären müssen, warum du sie dir besorgt hast... alle werden uns glauben. Schließlich muß man ja verdammt noch mal das Recht haben, sein Leben zu verteidigen.«

Innings dachte nach.

»Ja«, sagte er. »Das ist Notwehr, natürlich...«

Biedersen nickte.

»Klar«, bestätigte er. »Aber es ist nur gut, daß wir Kontakt aufgenommen haben. Wir haben schließlich keine anderen Verbündeten, und es kann eine Lage entstehen, in der es nichts schadet, wenn wir zu zweit sind... zum Beispiel, wenn wir sie entdecken – sie ins Visier nehmen. Malik und Maasleitner haben schließlich nie eine Chance gehabt.«

Innings überlegte.

»Wie?« fragte er. »Ich meine, wie bleiben wir in Verbindung?«

Biedersen zuckte mit den Schultern.

»Per Telefon«, sagte er. »Sie muß doch in unserer Nähe den ersten Schritt tun und... ja, wenn du also merkst, daß du von einer Frau beschattet wirst, dann ruf mich an.«

»Ich brauche zwei Stunden, um zu dir zu kommen, oder?«

»Ungefähr«, nickte Biedersen. »Im besten Fall eindreiviertel. Ja, anscheinend bin ich an der Reihe, also kannst du dich bereit machen, auszurücken.«

Innings nickte. Wieder aßen sie schweigend weiter. Prosteten sich wortlos zu, und als Innings das kalte Bier hinunterkippte, spürte er von neuem für einen Augenblick ein Schwindelgefühl. Vorsichtig stellte er einen Fuß auf die Tasche mit dem harten Inhalt und überlegte, wie, um alles in der Welt, er das Ulrike erklären sollte.

Eine Schußwaffe.

Wenn sie benutzt wurde, mußte bei ihr natürlich die gleiche Geschichte herhalten, die sie der Polizei servieren würden – sie wäre auf jeden Fall bestürzt, aber seine Voraussicht hatte sich als wohlüberlegt erwiesen, also gab es keinen Grund, etwas anderes zu vermuten, oder?

Er beschloß erst mal, bis auf weiteres die Existenz der Waffe geheimzuhalten. Das war natürlich der einfachste Weg. Er hoffte, daß er sie nie gebrauchen müßte. Vertraute darauf, daß Biedersen seine Pflicht tat.

»Ich muß dich noch bezahlen«, sagte er. »Aber ich glaube nicht, daß ich achthundert bei mir habe, nur ...«

»Das regeln wir schon«, wehrte Biedersen ab. »Wenn wir diese Wahnsinnige nur stoppen, dann werden wir uns schon einigen.«

Innings nickte, und eine Weile schwiegen sie beide.

»Es gibt noch eins, was ich überlegt habe und was mich beunruhigt«, sagte Biedersen, als sie Kaffee bekommen und beide ihre Zigaretten angezündet hatten. »Sie hat sich zweimal ganz genau gleich verhalten. Sie kann doch nicht so dumm sein, es noch einmal so zu machen.«

Nein, dachte Innings, als er das Restaurant fünf Minuten nach Biedersen verließ. Das stimmt. So verdammt dumm kann sie natürlich nicht sein.

22

Diese aufdringliche Erkältung – zusammen mit dem einen oder anderen Bier oder Grog zuviel während der letzten Tage – führte dazu, daß aus dem Match nicht viel wurde. Vielleicht hatte es auch damit zu tun, daß er zu wenig Schlaf bekommen hatte.

Während einer Phase im dritten Satz spielte Münster jedenfalls mit dem Gedanken, die Hand zu wechseln und eine Weile mit links zu spielen, und so schlimm war es eigentlich sonst nie. Aber ihm war trotzdem klar, daß diese Maßnahme als eine Schmähung des Gegners verstanden werden könnte, weshalb er es lieber bleibenließ.

Die Satzziffern lauteten jedenfalls 15-5, 15-5, 15-3, und hinterher sah der Hauptkommissar aus, als müßte er an ein Beatmungsgerät angeschlossen werden.

»Ich sollte mir ’nen neuen Schläger kaufen«, röchelte er. »Dieses alte Ungetüm hat einfach keine Spannung mehr.«

Münster sagte nichts darauf und schlenderte mit Van Veeteren in Richtung Umkleideraum.

Frischgeduscht stieg Van Veeteren kurze Zeit später die Treppe zur Rezeption der Badmintonhalle hinauf. Er hatte keine Lust, gleich zum Auto zu gehen, sondern wollte lieber erst noch ein Bier im Café trinken.

Münster hatte natürlich keine Wahl. Er schaute auf die Uhr und seufzte. Dann rief er den Babysitter an, verschob seine Heimkunft und ließ sich gegenüber dem Hauptkommissar nieder.

»Verflucht noch mal«, stellte Van Veeteren fest, nachdem er einen ordentlichen Schluck Bier genommen hatte und seine normale Gesichtsfarbe zurückgekehrt war. »Dieser Fall irritiert mich. Ein Pickel am Hintern, wenn der Herr Kommissar mir den Ausdruck erlaubt. Der sitzt da, und nichts passiert ...«

»Oder er wächst und wächst«, ergänzte Münster.

»Bis er platzt, ja. Und was meinst du, wann es soweit sein wird?«

Münster zuckte mit den Schultern.

»Keine Ahnung«, sagte er. Haben Rooth und deBries nichts Neues herausgefunden?«

»Nicht die Bohne«, sagte Van Veeteren. »Offensichtlich sind sie sehr um das Renommee ihrer Schule besorgt, diese Militäreulen, aber es sieht nicht so aus, als würden sie etwas verheimlichen.«

»Und keiner hat nach dieser Telefonmusik gefragt?«

Van Veeteren schüttelte den Kopf.

»Es haben nur einige um Polizeischutz gebeten.«

»Ja, und?«

»Wir sagen ihnen, wir würden sie unter einer gewissen Beobachtung halten.«

»Aha«, sagte Münster. »Tun wir das denn?«

Van Veeteren knurrte.

»Natürlich halten wir alle Mitbürger unter einer gewissen Beobachtung. Das steht so in den Polizeivorschriften, falls der Kommissar sie kennt.«

Münster nahm einen Schluck.

»Das einzige, was in dieser verfluchten Ermittlung eigentlich passiert«, fuhr Van Veeteren fort und zündete sich eine Zigarette an, »ist, daß Heinemann in irgendeinem Verschlag sitzt und nach Verbindungen sucht.«

»Was für Verbindungen?«

»Natürlich zwischen Malik und Maasleitner. Es scheint, als fühle er sich schuldig, daß die Spur zur Stabsschule so schlechte Ergebnisse gebracht hat. Nun ja, wir werden sehen.«

»Das werden wir«, bestätigte Münster. »Er ist ja jedenfalls ziemlich gut darin, über merkwürdige Sachen zu stolpern. Und was meint der Hauptkommissar?«

Van Veeteren zog heftig an seiner Zigarette und stieß den Rauch durch die Nasenlöcher wieder aus. Wie ein Drache, dachte Münster.

»Ich weiß nicht, was ich glauben soll. Aber ich finde es auf jeden Fall verflucht unangenehm, daß der Mörder noch frei herumläuft. Irgendwas müßte doch mal bald geschehen, das ist ja wohl klar.«

»Wirklich?« fragte Münster.

»Findest du nicht?« entgegnete Van Veeteren und zog verwundert eine Augenbraue hoch. »Du bildest dir doch wohl nicht ein, daß es nach diesen beiden vorbei ist? Malik und Maasleitner. Es muß irgendeinen Zusammenhang geben, und wenn er noch so klein ist.«

Münster dachte eine Weile darüber nach.

»Und welchen?« fragte er schließlich.

»Gute Frage, Herr Kommissar. Ich biete zwei Gulden für eine Antwort.«

Münster trank den Rest seines Biers aus und begann andeutungsweise seine Jacke zuzuknöpfen.

»Ich muß jetzt los«, sagte er. »Ich habe dem Babysitter versprochen, in einer halben Stunde da zu sein.«

»Allright«, seufzte der Hauptkommissar. »Allright, ich komme.«

»Und was sollen wir jetzt tun?« fragte Münster, als sie nach Klagenburg einbogen. »Ich meine, außer zu warten.«

»Hrrm«, knurrte der Hauptkommissar. »Ich denke, wir werden uns noch mal diese Gruppe um Maasleitner vornehmen müssen. In Ermangelung anderer Ideen fürs erste.«

»Also noch mehr Fragen?«

»Noch mehr Fragen«, bestätigte der Hauptkommissar.

»Verdammt viele weitere Fragen und nicht der Schimmer einer guten Antwort.«

»Jetzt wollen wir aber nicht den Mut verlieren«, sagte Münster und bremste ab.

»Au«, stöhnte Van Veeteren, als er sich aus dem Wagen schälte.

»Ich glaube, ich habe mir 'ne Zerrung zugezogen.«

»Wo denn?« fragte Münster.

»Am ganzen Leib«, sagte Van Veeteren.

23

Hinterher wurde ihm klar, daß er sie beim Fußballspiel am Sonntag das erste Mal gesehen hatte.

Er war wie immer mit Rolv dorthin gegangen, und sie hatte schräg hinter ihnen gesessen, zwei Reihen über ihnen – eine Frau mit einer großen, braungetönten Brille und einem bunten Schal, der den größten Teil ihrer Haare verbarg. Auf jeden Fall waren sie dunkel, daran konnte er sich erinnern, ein paar Strähnen hatten herausgeragt. So um die dreißig, das kam hin. Etwas verhärmt, aber er sah nicht viel von dem Gesicht.

Als er sich die Situation später wieder ins Gedächtnis rief

und ihm klar wurde, daß er sich an sie erinnern konnte, fiel ihm auch ein, daß er sich während des Spiels drei-, viermal umgedreht hatte. Weiter oben waren einige Raufbolde gewesen, die herumgegrölt und den Schiedsrichter beschimpft hatten, so daß die Leute entweder lachten oder sie zur Ruhe mahnten. Biedersen hatte nie ausmachen können, wer es genau war, aber bei diesen Gelegenheiten mußte es gewesen sein, daß er sie gesehen hatte.

Nicht bewußt natürlich. Aber er hatte sie registriert und ein Bild von ihr gespeichert.

Im hellen Mantel, genau wie das zweite Mal, als sie wieder auftauchte.

Ansonsten war das meiste verändert. Keine Brille, kein bunter Schal – statt dessen das dunkle Haar in einem Knoten hochgesteckt –, und es war schon verflucht merkwürdig, wieso er so genau wissen konnte, daß sie es war. Und dieses Mal hatte er reagiert. Das neue Bild legte sich auf das alte, und er verstand. Am Montag während der Mittagspause. Er saß wie üblich mit Henessy und Vargas bei Mix. Sie trat durch die Tür ein. Stand eine Weile an der Kasse und schaute sich um. Tat so, als suche sie nach einem freien Platz. Aber er war es, den sie mit ihrem Blick suchte, und als sie ihn entdeckt hatte – was erst gut eine Minute, nachdem er sie schon gesehen hatte, geschah –, blieb sie stehen.

Stand einfach nur da. Schmunzelte vor sich hin, wie es schien, und ließ ihren Blick weiter durch das Lokal schweifen. Ließ ihn ab und zu auf ihm ruhen ... für eine Sekunde oder zwei, und wie lange das eigentlich so ging, das konnte er hinterher schwer sagen. Wahrscheinlich hatte es sich nur um ein paar Minuten gehandelt, aber der kurze Zeitraum zog sich für ihn dahin und erschien ihm hinterher länger als die Mittagspause selbst. Worüber er sich mit Henessy und Vargas unterhalten hatte, davon hatte er nicht den geringsten Schimmer.

Falls es noch irgendwelche Zweifel gab, so wurden sie durch die Ereignisse am Dienstag morgen ausgeräumt.

Es war gegen halb elf, daß er sich zum Postamt am Lindenplejn aufgemacht hatte, um ein Paket abzuholen – und um ein paar Offerten aufzugeben für potentielle Kunden in Oostwerdingen und Aarlach. Frau Kennan lag seit einer Woche mit einer Grippe im Bett, und es gab Dinge, die man nicht länger aufschieben konnte.

Er konnte nicht sagen, wann sie hereingekommen war, es standen ziemlich viele Leute in der Schlange vor den Schaltern, aber mit einem Mal spürte er ihre Anwesenheit – irgendwo hinter sich, wie bei dem Fußballspiel.

Vorsichtig drehte er den Kopf nach hinten und entdeckte sie sofort. In der Schlange neben seiner. Ein paar Meter hinter seinem Rücken, der Abstand konnte nicht mehr als drei, vier Meter betragen. Sie trug wieder den Schal und die Brille, aber statt des Mantels eine braune Jacke. Stand da, ohne ihn anzusehen – zumindest nicht während der Sekunde, die er wagte, sie anzuschauen. Ein leichtes Lächeln spielte um ihren Mund, das er fast wie ein heimliches Signal empfand.

Nachdem er einen Augenblick mit sich selbst gerungen hatte, verließ Biedersen seinen Platz in der Schlange. Ging schnell aus dem Haus, überquerte die Straße und betrat einen Zeitungskiosk auf der anderen Seite. Dort hielt er sich einige Minuten auf, während der er mechanisch mit gesenktem Kopf irgendwelche Pferdezeitungen durchblätterte, woraufhin er wieder zum Postamt ging.

Sie war nicht mehr dort. Die Schlange, in der sie gestanden hatte, war ansonsten unverändert. Die schwarze Lederjacke vor ihr stand noch da. Die junge Einwandererfrau hinter ihr ebenso. Die Lücke zwischen ihnen war geschlossen.

Biedersen zögerte einige Sekunden. Dann beschloß er, seine Besorgungen zu verschieben, und ging statt dessen zurück ins Büro.

Er drehte den Schlüssel zweimal herum und ließ sich hinter seinen Schreibtisch fallen. Dann holte er seinen Notizblock und einen Stift hervor und kritzelte mehr oder weniger symmetrische Figuren darauf – eine Gewohnheit, die er sich bereits während der Schulzeit zugelegt hatte und der er gern nachgab, wenn er über ein Problem nachdachte.

Und während er dort saß, Seite um Seite füllte und abriß, fragte er sich, ob er jemals ein größeres Problem gehabt hätte. Die Einsicht, daß diese Frau ihn wirklich verfolgte – und das mußte sie wohl –, bedeutete ja noch in keiner Weise, daß das Ergebnis damit klar war. Daß er sie entdeckt hatte, hieß doch nur, daß er eine Chance bekommen hatte; eine Trumpfkarte, die es nicht zu verschenken galt. Jetzt durfte er sich ihr gegenüber auf keinen Fall verraten. Ihr nicht zu erkennen geben, daß er wußte, wer sie war und worum es ging. Das war selbstverständlich.

Daß er sie töten mußte, war die zweite Erkenntnis, die ihm kam. Das Unausweichliche dieses Beschlusses wurde ihm um so deutlicher, je länger er darüber nachdachte – als hätte er es nicht schon die ganze Zeit gewußt. Er rief Innings an, bekam aber keine Antwort. Vielleicht war das nur gut so. Er hätte gar nicht gewußt, was er ihm sagen sollte, was er zu tun gedachte.

Besser erst mal auf eigene Faust weitermachen, beschloß er. Jedenfalls den nächsten oder die nächsten beiden Schritte. Aber nichts übereilen, das Ganze war dafür viel zu heikel. Er mußte vor allem einen kühlen Kopf bewahren. Daß er gezwungen war, sie zu töten, bevor sie ihn tötete, bedeutete natürlich nicht, sie einfach so abzuknallen. Auf offener Straße. Bald wurde ihm klar, daß es eigentlich nur zwei akzeptable Varianten gab: entweder machte er es in Notwehr – wartete bis zur letzten Sekunde sozusagen, mit allem, was das an Risiken und Unsicherheiten mit sich brachte. Oder aber ... oder aber er war gezwungen, sie aus dem Weg zu räumen, ohne daß irgendein Verdacht auf ihn fiele.

Sie zu ermorden, kurz gesagt.

Es waren auch nicht sehr viele Überlegungen notwendig, bis sein Entschluß feststand, sich für die letztere Alternative zu entscheiden.

Ganz einfach, ich bin der Mann dafür, dachte er. Und mir bleibt nichts anderes übrig.

Er spürte, wie etwas in ihm zum Leben erwachte, als er zu diesen Entschlüssen kam. Wie eine Stromquelle oder ein neuer Impuls. Eigentlich hatte er es schon die ganze Zeit über gewußt. So mußte es ablaufen. Er zog seine Schreibtischschublade auf und holte die flache Whiskyflasche hervor, die er dort immer liegen hatte. Nahm zwei Schluck und spürte, wie sich der Entschluß in seinem Körper ausbreitete.

Der Entschluß war eigentlich nicht schwer zu treffen gewesen, um so mehr Probleme bereitete natürlich die Frage, wie er es anstellen sollte. Als er gegen vier Uhr nachmittags das Büro verließ, war er jedoch der Meinung, einen Plan zu haben.

Zumindest in groben Zügen.

Biedersen konnte kaum mehr als eine fromme Hoffnung haben, sie noch am gleichen Abend wiederzusehen, und als sie im Regen vorm Kellner's auftauchte, hatte er das Gefühl, als würde etwas in ihm sich kurzschließen. Als würde der neue Puls einen oder zwei Schläge überspringen.

Er zwinkerte hastig und drehte sich um. Hob die Zeitung, um sein Gesicht zu verbergen, und hoffte, daß sie ihn nicht durchs Fenster entdeckt hatte.

Nach kurzer Zeit kam sie durch die Schwingtür herein. Schaute sich in dem ziemlich großen und gut besuchten Lokal um und fand dann einen freien Tisch, der weit von Biedersen entfernt war. Er verrückte seinen Stuhl ein bißchen und lehnte sich zurück, um sie besser beobachten zu können. Offensichtlich wollte sie etwas essen – Biedersen war nur auf ein Bier hereingekommen. Er sah, wie sie ihre Jacke über die Stuhllehne hängte, die Speisekarte lange und gründlich studierte und wie sie dann ziemlich umständlich bei dem indischen Kellner etwas bestellte.

Inzwischen bezahlte Biedersen seine Rechnung, und im gleichen Moment, als der Inder mit ihrem Essen zurückkam, nutzte er die Gelegenheit, mit seiner Tasche auf die Toilette zu verschwinden. Er schloß hinter sich ab und holte den Inhalt aus seiner Tasche hervor – eine Perücke (die er vor zwanzig Jahren bei der Hochzeit eines guten Freundes für eine Unterhaltungseinlage getragen hatte und die seitdem im Keller gelegen hatte), einen amerikanischen Militärparka (den zu tragen er Rolv verboten hatte, als dieser noch bei ihnen wohnte), eine runde Brille unbekannter Herkunft. Sowie die Pistole; eine Pinchman, mit sechs Patronen geladen.

In dem zerkratzten Spiegel konnte er feststellen, daß ein völlig anderer Mann aus ihm geworden war. Es gab keinen Anlaß zur Vermutung, daß dieser überwinterte Hippie identisch sein sollte mit dem in der Stadt gut bekannten, erfolgreichen Geschäftsmann W. S. Biedersen.

Gar keinen Anlaß.

Sicherheitshalber beschloß er, draußen auf dem Markt auf sie zu warten. Eine Stunde lang wanderte er im Wind und dem feinen, durchdringenden Regen auf und ab. Nach einer Weile kaufte er sich am Kiosk Zigaretten und etwas später einen Hamburger. Aus der Telefonzelle rief er Innings an. Bekam ihn auch an die Strippe, beschränkte sich aber darauf, ihm zu erklären, daß möglicherweise etwas am Laufen sei und daß er später wieder von sich hören lassen würde. Wieweit Innings selbst eine Bereicherung oder eine Belastung darstellte, hatte er seit ihrem Treffen am Freitag noch nicht feststellen können, und vielleicht war es ja am besten, ihn ganz rauszuhalten. Zumindest neigte er im Augenblick dazu.

Es waren an einem nassen und windigen Abend wie diesem nicht viele Leute auf der Straße. Sein Aussehen und Verhalten schien keine neugierigen Blicke auf sich zu ziehen. Ihm war klar, daß man ihn einfach für eine dieser verkrachten Existenzen hielt, eine ebenso normale wie beklagenswerte Erscheinung in jeder beliebigen Stadt oder Straße. Die perfekte Tarnung. Einmal wurde er sogar von einem Penner angesprochen – einem übelriechenden älteren Mann mit einem unbegreiflich schmutzigen Verband um die eine Hand –, aber es genügte, ihn zu bitten, sich doch um seine eigenen Angelegenheiten zu kümmern, daß er schnell in Ruhe gelassen wurde.

Die Uhr der Marienkirche hatte gerade neun geschlagen, als sie herauskam. Sie sah sich ein paarmal um, nach rechts und nach links. Dann überquerte sie schnell den Marktplatz – ging an ihm in ein paar Meter Abstand vorbei – und stieg in einen der Busse, die an der Bushaltestelle warteten.

Biedersen zögerte einige Sekunden lang, dann schlug er den gleichen Weg ein und stieg auch in den Bus. Er sah, daß der Bus nach Hengeloo fuhr, und löste eine Fahrkarte bis zur Endstation. Kaum hatte er sich sechs Reihen hinter sie gesetzt, da ruckte der Bus und fuhr los.

Ihm war klar, daß er sie nur mit viel Glück nicht aus den Augen verloren hatte, und beschloß, sich künftig so dicht wie möglich hinter ihr zu halten. Die Fahrt ging nach Westen. Durch Legenbojs und Maas. Anfangs saß noch etwa ein Dutzend Leute im Bus, meistenteils alte Frauen mit vollen Plastiktüten und Einkaufstaschen auf dem Schoß. Ein paar Teenager dösten ganz hinten mit laut aufgedrehtem Walkman, daß die Diskanttöne wie ein schneidendes Surren das dumpfe Dröhnen des Motors übertönten. Hier und da hielt der Fahrer und nahm neue Fahrgäste auf, der eine und andere stieg auch aus, aber nicht viele – bis man nach ungefähr fünfundzwanzig Minuten auf den Marktplatz von Berkinshaam einbog, wo sich die Hälfte der Leute erhob, um den Bus zu verlassen.

Für einen Moment verlor er sie aus dem Blickfeld; als ein paar der betagten Frauen aufstanden und mit ihren Taschen und Tüten herumwuselten, und als sie endlich aus dem Weg waren, sah er zu seiner Überraschung, daß der Platz, auf dem sie gesessen hatte, leer war. Er stand auf und spähte nach vorn, aber es war offensichtlich, daß sie den Bus durch eine der vorderen Türen verlassen haben mußte. Als er versuchte, durch die Seitenfenster hinauszugucken, erblickte er nur sein eigenes, nicht wiederzuerkennendes Gesicht und andere Reflektionen aus dem Businneren.

Mit einem schnell aufsteigenden Gefühl der Panik drängte er nach vorn. Kam auf den schlecht beleuchteten Platz und hatte das Glück, gerade noch ihren Rücken zu sehen – zumindest nahm er an, daß es ihr Rücken war, bevor sie in einer schmalen Gasse zwischen hohen, dunklen Häusergiebeln verschwand.

Er warf sich seine Tasche über die Schulter und eilte ihr nach, und als er an die enge Einmündung kam, konnte er sehen, wie sie ungefähr zwanzig Meter weiter in der Gasse um eine Ecke bog. Er schluckte. Ihm war klar, daß es kaum sinnvoll war, so hinter ihr herzurennen. Es gelang ihm, seine Aufregung zu meistern und seine Schritte zu verlangsamen. Gleichzeitig schob er die Hand in die Tasche und kontrollierte, ob die Pistole noch an ihrem Platz war. Er entsicherte sie und behielt den Finger am Abzug.

Als er bei der schummrigen Straßenlaterne an der Ecke angekommen war, stellte er fest, daß die Straße, in die sie eingebogen war, eine kleine Sackgasse war, die an einer Brandmauer endete. Etwa zwanzig Meter lang. Die hohen Gebäude auf der linken Seite gehörten anscheinend zu einer Fabrik. Ein Tor oder einen Eingang konnte er auf dieser Straßenseite nicht entdecken; das einzige, was in der ganzen Gasse auf die Straße führte, war ein Portal des hohen Gebäudes rechter Hand, in dem vier oder fünf Wohnungen lagen.

Er ging darauf zu und konnte feststellen, daß der Eingangstrakt das ganze Haus durchzog und in eine Art Innenhof zu münden schien, der vom Licht einiger Fenster schwach erleuchtet war.

Biedersen blieb stehen. Machte ein paar Schritte in den

Eingang hinein und blieb wieder stehen. Der Geruch von etwas Unsauberem drängte sich in seine Nasenlöcher. Wie von einem Wasserschaden oder etwas Verrottetem. Er horchte, aber das einzige, was er hörte, war der Regen, der irgendwo dort drinnen auf ein Blechdach trommelte. Und die leisen Geräusche eines Fernsehers, der bei offenem Fenster lief. Wahrscheinlich in einer der oberen Wohnungen, die zur Straße hinaus zeigten. Eine Katze kam angeschlichen und strich ihm zwischen den Beinen hindurch.

So eine Scheiße, dachte er und packte die Pistole fester.

Und ihm war klar, daß das Gefühl, das plötzlich in ihm aufstieg, Angst war und sonst nichts.

Ganz einfach nackte Angst.

24

Nachdem Innings von dem Restaurantbesuch mit Biedersen nach Hause gekommen war, versteckte er sofort die Tasche mit der Waffe draußen in der Garage in einer Kommode voller Gerümpel. Er wußte, daß das Risiko, daß Ulrike oder eines der Kinder sie dort finden würden, eigentlich gleich Null war, und er hegte die Hoffnung, daß sie dort für immer liegen bleiben könnte. Oder bis er sie wieder verschwinden lassen konnte.

Im übrigen hatte er das Gefühl, sein Gehirn sei der Tummelplatz der unterschiedlichsten Gedanken und Ideen. Während er neben Ulrike auf dem Sofa bei einem Fassbinderfilm saß, versuchte er einzuschätzen, wie es wohl weitergehen würde. Dieser Alptraum nahm kein Ende, und ein Ausweg war nicht in Sicht. Seine Überlegungen schwankten von einem Extrem zum anderen wie Schilf im Wind, und nach einer Weile wünschte er sich nur noch, das Ganze aus seinem Gehirn verbannen zu können; jedenfalls für kurze Zeit, einfach um eine gewisse Atempause zu haben.

Was seine Wünsche und Hoffnungen betraf, war die Lage sehr viel klarer. Von allen denkbaren Entwicklungen war die für ihn wünschenswerteste natürlich die, daß Biedersen ganz einfach die Sache in die Hand nehmen würde.

Diese verrückte Frau ausfindig und sie ein für allemal unschädlich machte. Ohne Einmischung von Innings' Seite.

Bei dem Gedanken daran, was im Restaurant herausgekommen war – was etwa die Telefonmusik betraf –, wäre das doch eigentlich nicht so überraschend?

Immer wieder kam Innings zu diesem Ergebnis, aber seine Beurteilung der Lage war voller Hoffen und Bangen. Eigentlich – und das wurde mit der Zeit das einzige, was ihn etwas trösten konnte –, eigentlich gab es nur eine Sache, mit der er zweifellos rechnen konnte.

Daß irgend etwas bald passieren würde.

Diese Wartezeit würde ihr Ende nehmen.

In ein paar Tagen – vielleicht ein paar Wochen – würde sie vorbei sein.

Alles andere war nicht auszudenken.

Angesichts dieser Hoffnungen – die Innings bereits hegte, als er am Freitag abend ins Bett ging – bedeutete es natürlich eine gewisse Belastung, wenn statt dessen gar nichts passierte.

Den Samstag und den halben Sonntag über hatten sie Gäste – Ulrikes Bruder mit Ehefrau und zwei Kindern – und die Bewirtung und die Gespräche lenkten ihn ein wenig ab. Zumindest für eine Weile. Um so schlimmer war es, als die Gäste abgefahren waren und sich am Sonntag nachmittag wieder Ruhe über das Haus senkte.

Und noch sehr viel schlimmer wurde es am Montag, der, wie es schien, in einer Art träger und gleichgültiger Bedrohung dahinfloß. In der Nacht zum Dienstag machte er fast kein Auge zu, und als er gegen vier Uhr nachmittags die Redaktion verließ, hatte er das Gefühl, daß doch der eine oder andere Mitarbeiter sich seine Gedanken machte, was denn nur mit ihm los sei. Ulrike gegenüber hatte er zugegeben, daß er sich aufgrund des Mordes an seinen beiden alten Kameraden etwas beunruhigte, und sie schien das als eine ziemlich logische Erklärung für sein Verhalten aufzunehmen.

Am Dienstag abend kam dann endlich ein Anruf von Biedersen. Irgendwas war los, wie er erklärte, aber es gäbe für Innings keinen Grund, sich Sorgen zu machen. Zumindest noch nicht. Mehr sagte er nicht. Er versprach nur, von sich hören zu lassen, und auch wenn das Mitgeteilte insgesamt Innings' innersten Hoffnungen entsprach, führte das Gespräch zu einer weiteren schlaflosen Nacht.

Natürlich reagierte auch sein empfindlicher Magen, und als er sich am Mittwoch morgen krank meldete, hatte er zumindest eine legitime Entschuldigung.

Möglicherweise empfand er sogar eine Art abgestumpfter Ruhe, als er sich mit der Zeitung hinsetzte, nachdem Ulrike und die Kinder gegangen waren, doch die verließ ihn schon bald wieder. Er mußte zugeben, daß er unbewußt wohl gehofft hatte, in den Schlagzeilen etwas zu finden – daß man eine tote Frau unter mysteriösen Begleitumständen in Saaren gefunden hätte oder etwas Ähnliches –, aber natürlich berichteten sie mit keiner Zeile über derartige Geschehnisse. Und selbstverständlich war es vollkommen undenkbar, daß die Morgenzeitungen so etwas bereits bringen würden. Biedersen hatte gegen halb neun angerufen. Ganz gleich, was danach auch geschehen sein mochte, die Zeitungsleute konnten es noch gar nicht in dieser kurzen Zeit im Blatt haben. Innings arbeitete schließlich selbst seit bald dreißig Jahren bei dem Verein, deshalb müßte er es eigentlich wissen.

Größere Chancen gab es bei den Rundfunksendern. Er stellte das Radio an und versäumte während des ganzen Vormittags keine einzige Nachrichtensendung. Aber nichts. Kein Wort.

Es läuft was, so hatte Biedersen sich ausgedrückt.

Aber was?

Ich lasse von mir hören.

Und wann?

Eine Minute folgte der nächsten. Eine Stunde der nächsten, und erst um fünf nach zwölf klingelte das Telefon.

Es war die Polizei. Eine Sekunde lang ließ ihn diese Tatsache fast die letzte Fassung verlieren. Er war kurz davor, alles auszuspucken, doch dann wurde ihm schnell klar, daß er die erhoffte Nachricht natürlich auf diese Weise erfahren würde. Wenn die Frau wirklich draußen in Saaren erschossen worden war und es auch nur die geringste Anknüpfung zu den früheren Morden gab, dann mußte die Polizei derart reagieren.

Alle einunddreißig aufsuchen und versuchen herauszubekommen, ob sie irgend etwas wußten.

Diese Einsichten kamen ihm noch während des Gesprächs, und als er hinterher dasaß und wartete, war er sicher, sich in keiner Weise am Telefon verplappert zu haben.

Er hatte nur eine gewisse Überraschung gezeigt. Was konnte die Polizei für Gründe haben, ihn noch einmal aufzusuchen? Ach so, ein paar Routinefragen. Na gut.

Aber während er wartete, tauchte auch die zweite denkbare Lösung vor seinem inneren Auge auf.

Es hieß ja nicht automatisch, daß Biedersen die Frau getötet hatte.

Wenn es statt dessen umgekehrt war – wenn Biedersen das Opfer war –, ja, dann war ein Polizeibesuch natürlich sehr begründet. Fraglos begründet. Er spürte, wie sich etwas in ihm zusammenzog.

Und als er kurze Zeit später der weiblichen Kriminalassistentin die Tür öffnete, war er sich ziemlich sicher, den Grund zu wissen, warum Biedersen nichts von sich hatte hören lassen.

Nur den Schein wahren, dachte er. Ganz gleich, was auch passiert ist, ich muß den Schein wahren.

Das erschien ihm wie der letzte Strohhalm, an den er sich klammern konnte. Ein dünner, ausgelutschter Strohhalm, aber ihm war klar, daß dies seine einzige Chance war.

Sie setzte sich aufs Sofa und wartete geduldig mit ihrem Notizblock, bis er mit Tee und Keksen wieder auftauchte. Es sah nicht so aus, als habe sie schreckliche Unglücksmeldungen zu überbringen, und er beruhigte sich ein bißchen.

»Bitteschön.«

Er sank auf dem Sessel ihr gegenüber nieder.

»Danke. Ja, es gibt da also noch ein paar Fragen, auf die ich gerne eine Antwort hätte.«

»Ist was passiert?«

»Warum fragen Sie?«

Er zuckte mit den Schultern. Sie holte ein Aufnahmegerät aus ihrer Tasche.

»Soll das aufgenommen werden?« fragte er unruhig. »Das ist letztes Mal nicht gemacht worden.«

»Wir arbeiten unterschiedlich«, sagte sie und lachte. »Sind Sie bereit?«

Er nickte.

»Gut«, sagte sie und ließ das Band laufen. »Erkennen Sie diese Musik?«

VII

15.–23. Februar

25

Wenn es etwas gab, was Hauptkommissar Van Veeteren verabscheute, dann waren es Pressekonferenzen. Er hatte das Gefühl, auf der Anklagebank zu sitzen, und die Verteidigung, die man meistens zu bieten hatte, erinnerte zweifellos an die Ausflüchte und zweifelhaften Finten eines Schuldigen. Dieses Mal war das Konferenzzimmer im Erdgeschoß bis zum Bersten mit Journalisten und Fotografen voll. Van Veeteren hatte sich mit Hiller hinter einen länglichen Kunststofftisch gepreßt, der vollbepackt war mit Mikrophonen, Kabeln und den obligatorischen Selterflaschen, die aus irgendeinem unerfindlichen Grund jede gefilmte Äußerung der Polizeileitung begleiteten – Reinhart pflegte zu behaupten, daß es sich um eine Art Sponsoring handle, und es war nicht zu leugnen, daß er auch in diesem Fall recht haben könnte.

Reinhart hatte oft recht.

Dahingegen war die Unterstützung, die Van Veeteren von seiten des Polizeipräsidenten bekam, äußerst mager bemessen. Als die Fragen auf sie niederprasselten, begnügte dieser sich wie üblich damit, sich zurückzulehnen, die Arme vor der Brust zu kreuzen und einen sphinxartigen Gesichtsausdruck aufzulegen. Alle Antworten überließ er gnädig dem Hauptkommissar, der – wie Hiller betonte – derjenige war, der die Ermittlungen leitete und für sie verantwortlich war.

Nur die einleitenden Informationen lieferte Hiller selbst. Dabei saß er aufrecht in seinem mitternachtsblauen Anzug da und unterstrich mit seinem silbernen Ballpen jede Aussage, indem er nachdrücklich auf die Tischscheibe klopfte.

»Der Ermordete ist ein gewisser Karel Innings«, erklärte er. »Soweit wir in Erfahrung bringen konnten, ist er bei sich zu Hause in Loewingen gestern, am Mittwoch, irgendwann zwischen halb eins und halb zwei erschossen worden. Innings war zu dieser Zeit allein zu Hause. Er war zufällig aufgrund von Magenproblemen krank gemeldet, und wir haben bis jetzt noch keine heiße Spur von dem Täter. Das Opfer ist von insgesamt fünf Schüssen getroffen worden – drei in die Brust, zwei in den Unterleib, und die Waffe war wahrscheinlich eine Berenger 75. Es gibt deutliche Hinweise darauf, daß es sich um die gleiche Waffe handelt, die im letzten Monat bei zwei anderen Fällen benutzt wurde ... den Morden an Ryszard Malik und an Rickard Maasleitner.«

Hier schwieg er für einen Augenblick, aber es war deutlich, daß er noch mehr mitteilen wollte und noch keine Fragen gestellt werden sollten.

»Es ist also möglich, daß wir es hier mit einem sogenannten Serienmörder zu tun haben, aber es gibt darüber hinaus auch einen offenkundigen Zusammenhang zwischen den Menschen, die bis jetzt ihr Leben eingebüßt haben. Alle drei gehören zu einer Gruppe von insgesamt 35 Personen, die in den Jahren 1964–65 ihre militärische Grundausbildung an der Stabsschule hier in Maardam absolvierten, eine Institution, die später nach Schaabe verlegt wurde. Unsere Bemühungen konzentrieren sich nunmehr darauf, das zugrundeliegende Motiv dieser Taten zu finden und gleichzeitig den anderen aus der Gruppe den bestmöglichen Schutz zu geben.«

»Haben Sie irgendeine Spur?« unterbrach hier eine junge Frau von der lokalen Rundfunkstation.

»Alle anstehenden Fragen werden gleich von Hauptkommissar Van Veeteren hier neben mir beantwortet«, erklärte Hiller freundlich. »Lassen Sie mich nur noch – bevor ich Ihnen das Wort gebe – darauf hinweisen, daß Sie zu allen Informationen Zugang bekommen werden, die wir bis jetzt haben, und lassen Sie mich die Hoffnung aussprechen, daß wir alle am gleichen Strang ziehen auf der Jagd nach dem rücksichtslosen Mörder, mit dem wir es offenbar dieses Mal zu tun haben. Vielen Dank.«

Damit hatte der Polizeipräsident seinen Teil gesagt. Van Veeteren beugte sich über den Tisch und starrte die Reporter an.

»Nun schießt mal los«, sagte er.

»War es in diesem Fall auch wieder die gleiche Methode?« begann einer.

»Wie kommt es, daß die Polizei keinen Personenschutz angeordnet hat, wenn man doch wußte, daß das nächste Opfer aus dieser Gruppe stammen würde?« wunderte sich ein anderer.

»Was die Methode betrifft...«, hub Van Veeteren an.

»Ist der Schutz verstärkt worden?« unterbrach ihn ein Dritter.

»Was die Methode betrifft«, wiederholte Van Veeteren unbeirrt, »so ist es diesmal etwas anders abgelaufen. Offensichtlich hat das Opfer, also Innings, den Täter zu Hause bei sich empfangen und ihm Tee angeboten... oder ihr. Das deutet natürlich darauf hin, daß...«

»Worauf deutet das hin?« rief ein rothaariger Reporter aus der dritten Reihe.

»Das kann darauf hindeuten, daß er den Mörder kannte. Zumindest schien er darauf gewartet zu haben, daß er kam.«

»Ist es jemand aus der Gruppe?« fragte einer, der von der Allgemeinen geschickt worden war.

»Wir wissen es nicht«, sagte Van Veeteren.

»Aber Sie haben alle aus der Gruppe vernommen?«

»Natürlich.«

»Und werden es wieder tun?«

»Natürlich.«

»Und der Personenschutz?« nahm jemand den Faden wieder auf.

»Wir haben keine unerschöpflichen Ressourcen«, erklärte Van Veeteren. »Es erfordert natürlich undenkbaren Personaleinsatz, wenn man dreißig Personen Tag und Nacht bewachen will.«

»Ist es ein Verrückter?«

»Wahrscheinlich ist man nicht ganz gesund im Kopf, wenn man drei Menschen tötet.«

»Gab es bei Innings irgendwelche Spuren von Gewalt? Ich meine, daß er versucht hätte sich zu verteidigen oder so?«

»Nein.«

»Welche Theorien haben Sie? Sie müssen doch mehr als diese Hinweise hier haben, denen Sie nachgehen?«

»Gibt es Tatverdächtige?« warf der Rothaarige ein.

Van Veeteren schüttelte den Kopf.

»Bis jetzt haben wir keinen Verdächtigen.«

»War es ein Mann oder eine Frau?«

»Es ist beides möglich.«

»Und was ist das mit der Musik am Telefon?«

Van Veeteren putzte sich die Nase.

»Es gibt Hinweise, die darauf hindeuten, daß der Mörder sein Opfer angerufen und ihm eine bestimmte Melodie am Telefon vorgespielt hat.«

»Welche Melodie?«

»Das wissen wir nicht.«

»Und warum? Warum ruft er an?«

»Wissen wir nicht.«

»Und was denken Sie?«

»Wir gehen verschiedenen Anhaltspunkten nach.«

»Hatte Innings auch solche Anrufe bekommen?«

»Das haben wir bisher noch nicht herausgekriegt.«

»In dem Fall hätte er sich doch wohl an die Polizei gewandt?«

»Das sollte man denken, ja.«

»Aber das hat er nicht gemacht?«

»Nein.«

Einige Sekunden blieb es still. Van Veeteren trank etwas Wasser.

»Wie viele Polizisten sind im Augenblick für diesen Fall abgestellt?« fragte Würgner vom Neuwe Blatt.

»Alle, die zur Verfügung stehen.«

»Und wie viele sind das?«

Van Veeteren rechnete nach.

»So um die dreißig. Auf den verschiedenen Ebenen.«

»Wann, denken Sie, werden Sie ein Ergebnis vorweisen können?«

Van Veeteren zuckte mit den Schultern.

»Das kann ich nicht sagen.«

»Hat es was mit dem Militär zu tun? Es deutet doch alles darauf hin.«

»Nein, das denke ich nicht«, antwortete Van Veeteren, nachdem er einen Augenblick lang darüber nachgedacht hatte.

Ein älterer, ungewöhnlich langsamer Redakteur, der für das Fernsehen berichtete, hatte schon eine Zeitlang mit seinem Stift gewedelt, jetzt gelang es ihm endlich, zu Wort zu kommen.

»Wie sollen wir Ihnen eigentlich helfen? Mit der Veröffentlichung von Fotos?«

Van Veeteren nickte.

»Ja«, sagte er. »Wir möchten, daß Sie das Foto und die Namen aller Männer dieser Gruppe veröffentlichen und daß Sie über die Telefonanrufe berichten. Fordern Sie die Bevölkerung zur Mithilfe auf.«

»Warum haben Sie das mit der Musik am Telefon nicht früher bekanntgegeben? Sie müssen das doch bereits nach dem zweiten Mord gewußt haben.«

»Da war es noch nicht sicher«, erklärte Van Veeteren mit einem Seufzer. »Da war es erst eine Vermutung.«

»Aber jetzt ist es sicher?«

»Ja.«

Ein hünenhafter Mann mit langem, grauem Bart, der für den Telegraaf arbeitete, erhob sich ganz hinten im Saal und dröhnte mit Donnerstimme:

»Also! Die Befragungen von Innings' Angehörigen! Welches Resultat haben die gebracht?«

»Die sind noch nicht abgeschlossen«, sagte Van Veeteren. »Sie werden morgen alle Details erfahren.«

»Ergebensten Dank«, dröhnte er. »Und was denken Sie, wann wir das nächste Opfer haben werden?«

Van Veeteren putzte sich erneut die Nase.

»Unser Ziel ist es, den Täter vorher zu fassen«, erklärte er dann.

»Ausgezeichnet«, meinte der Journalist. »Aber es bleibt festzustellen, daß die Polizei es nicht so schrecklich eilig damit gehabt hat. Diese Informationen hier sind doch mindestens vier, fünf Tage alt ... vielleicht schon eine ganze Woche.«

Er setzte sich, und hier und da war in der Versammlung zustimmendes Gelächter zu hören.

»Wenn ich es recht verstanden habe«, sagte eine schicke Frau, die wohl für das Fernsehen berichtete, »dann werden Sie also allen anderen aus dieser Gruppe eine Art Personenschutz gewähren ... während gleichzeitig einer von ihnen der Mörder sein kann. Wird das nicht eine ziemlich verzwickte Aufgabe?«

»Kaum«, erwiderte Van Veeteren. »Ich verspreche Ihnen, daß wir sofort aufhören, den Mörder vor sich selbst zu schützen, sobald wir wissen, wer es ist.«

»Haben Sie ein Täterprofil erstellt?« wurde aus den hinteren Reihen gerufen.

»Ich erstelle immer ein Täterprofil«, erläuterte Van Veeteren. »Aber ich möchte darüber nicht sprechen.«

»Und warum nicht?« wunderte sich jemand.

Der Hauptkommissar zuckte mit den Schultern.

»Das kann ich nicht genau sagen. Ich denke, ich gehe da von der altmodischen Auffassung aus, daß das, was in den Zeitungen steht, den Tatsachen entsprechen sollte. Theorien haben ihren Platz in meinem Kopf. Zumindest meine Theorien. Noch weitere Fragen?«

»Wie lange ist es her, daß ein Fall ungeklärt blieb?«

»Ungefähr acht Jahre.«

»Der Fall G.?«

»Ja, Sie scheinen ihn ja zu kennen ... wie Sie sicher selbst bemerkt haben, beginnt das Frageniveau allmählich zu sinken. Ich glaube, es ist an der Zeit, hier abzubrechen.«

»Was, zum Teufel?« platzte der Rothaarige heraus.

»Genau«, erwiderte Van Veeteren und stand auf.

»Das ist ja wohl unglaublich!« meinte Reinhart, als er, Münster und Van Veeteren sich zehn Minuten später im Zimmer des Hauptkommissars trafen. »Der Mörder ruft an, wird hereingelassen, setzt sich aufs Sofa und trinkt Tee. Dann holt er die Pistole heraus und erschießt ihn. Unglaublich!«

»Und geht einfach weg«, fügte Münster hinzu.

»Schlußfolgerung?« kommandierte Van Veeteren.

»Er kannte ihn«, erklärte Münster.

»Oder sie«, sagte Reinhart.

»Du meinst, der Schuß in die Eier deutet darauf hin?«

»Ja«, sagte Reinhart. »Das meine ich.«

»Wird auch nicht weniger unglaublich, wenn es sich um eine Frau handelt«, sagte Münster.

Es klopfte an der Tür, und Heinemann kam herein.

»Was macht ihr?« fragte er und setzte sich leise in die Fensternische.

»Die beiden stellen fest, wie unglaublich die ganze Sache ist«, murmelte der Hauptkommissar. »Ich selbst denke nach.«

»Ach so«, sagte Heinemann.

»Und was treiben die anderen?« fragte Reinhart.

»Rooth und deBries sind losgefahren, um die Nachbarn eingehender zu befragen«, sagte Heinemann. »Moreno und Jung sollen sich den Arbeitsplatz vornehmen, wie ausgemacht.«

»Stimmt«, sagte Van Veeteren. »Es ist ja keine so umwerfend gute Idee, in diesem Fall den Mörder unter den Verwandten und Freunden zu suchen, aber befragen müssen wir sie auf jeden Fall. Kann schließlich sein, daß irgendeiner etwas bemerkt hat. Der Kommissar kann die hier übernehmen ...«

Er überreichte Münster eine Liste, die dieser sich durchlas, während er langsam davontrottete.

»Heinemann«, sagte der Hauptkommissar. »Ich schlage vor, du suchst weiterhin nach einem Zusammenhang ... jetzt gibt es ja ein Opfer mehr. Ist nur zu hoffen, daß es einen kleineren gemeinsamen Nenner gibt als die ganze Gruppe.«

Heinemann nickte.

»Ich glaube schon, daß es den gibt«, sagte er. »Ich denke, ich werde Hiller um Hilfe bitten, was das Bankgeheimnis betrifft.«

»Das Bankgeheimnis?« fragte Reinhart. »Was, zum Teufel, willst du denn damit?«

»Auf jeden Fall schadet es nichts, da mal nachzugucken«, sagte Heinemann. »Wenn es stimmt, daß diese drei irgendwas gemeinsam hatten, dann scheint das auf jeden Fall das Licht zu scheuen. Und derartige Dinge pflegen ihre Spuren in den Bankbüchern zu hinterlassen. Sonst gibt es nichts, worum ich mich kümmern soll?«

»Nein«, bestätigte Van Veeteren. »Am besten, du machst so weiter.«

Heinemann nickte. Schob die Hände in die Hosentaschen und ließ Van Veeteren und Reinhart allein.

»Er ist jedenfalls nicht dumm«, sagte Reinhart. »Es ist nur alles eine Frage der Geschwindigkeit.«

Van Veeteren holte einen Zahnstocher heraus und brach ihn durch.

»Reinhart«, sagte er nach einer Weile. »Könntest du so nett sein und mir eine Sache erklären?«

»Schieß los«, sagte Reinhart.

»Wenn es stimmt, was Heinemann sagt, daß die drei irgendeine gemeinsame verbrecherische Vergangenheit haben, und sie nur zu genau wissen... ja, also wußten... wer der Täter ist... warum, verflucht noch mal, hat Innings ihn dann reingelassen und ihm Tee angeboten, bevor er sich hat erschießen lassen?«

Reinhart dachte eine Weile nach, wobei er mit einem Streichholz in seinem Pfeifenkopf herumstocherte.

»Nun ja«, sagte er schließlich. »Er – oder sie, meine ich – muß sich wohl verkleidet haben. Oder aber...«

»Ja?«

»Oder aber sie wissen zwar, wer es ist, kennen die betreffende Person jedoch nicht. Da gibt's ja einen gewissen Unterschied. Außerdem ist es schon lange her...«

Van Veeteren nickte.

»Hast du keine Zigaretten?«

Reinhart breitete bedauernd die Arme aus.

»Leider nein.«

»Scheiße. Nur noch ein paar Fragen, damit ich weiß, daß ich mich nicht verrenne. Wenn es sich um eine kleinere Gruppe handelt, hinter der der Täter her ist, dann muß Innings doch gewußt haben, daß er an der Reihe war. Es zumindest geahnt haben. Oder?«

»Ja«, bestätigte Reinhart. »Auf jeden Fall, wenn er der letzte war.«

Der Hauptkommissar überdachte das ein paar Sekunden lang.

»Und er hat gewußt, wer der Täter ist?«

»Zumindest, wer dahintersteckt. Wieder ein kleiner Unterschied.«

»Was meinst du, gäbe es die Möglichkeit, daß Innings einen aus der Gruppe nicht wiedererkannt hätte?«

Reinhart zündete seine Pfeife an und überlegte wieder.

»Sie haben sich seit dreißig Jahren nicht mehr gesehen«,

sagte er. »Wir wissen, wie sie heute alle aussehen, aber das wissen sie selbst nicht. Vielleicht haben sie nur das alte Foto, um sich zu orientieren ... und natürlich ihre Erinnerung.«

»Weiter«, sagte Van Veeteren.

»Aber ich glaube doch, daß ich die Leute wiedererkennen würde, mit denen ich beim Barras war. Wenn auch nicht auf Anhieb.«

»Genau«, stellte der Hauptkommissar zufrieden fest. »Und erst recht, wenn man darauf etwas vorbereitet ist. Die Schlußfolgerung daraus?«

Reinhart stieß ein paar Rauchwolken aus.

»Wenn es sich um eine kleinere Gruppe handelt«, sagte er, »dann ist der Mörder ein Außenstehender. Es kann auch ein gedungener Mörder sein, aber das halte ich kaum für denkbar.«

Van Veeteren nickte.

»Du glaubst also auch, daß es sich so verhält?«

»Ja«, sagte Reinhart. »Wie gesagt, rechne ich damit, daß der Mörder eine Frau ist, und soviel ich weiß, gibt es in der Gruppe keine Frau.«

»Manchmal bist du richtig hellwach«, sagte der Hauptkommissar.

»Dankeschön. Aber wir dürfen eine Sache nicht vergessen.«

»Und was?«

»Es gibt nichts, was dagegen spricht, daß es sich hier um eine Frau handelt, die alle umbringen will, oder?«

»Es gibt sowieso wenig, was dagegen spricht, daß eine Frau so ziemlich alles kann«, seufzte Van Veeteren. »Aber wir müssen sie dran hindern, nicht wahr. Wollen wir uns an die Arbeit machen?«

»Ist wohl an der Zeit«, sagte Reinhart.

26

Die Entfernung zur Ortschaft Loewingen – dem letzten Tatort – betrug nicht mehr als gute dreißig Kilometer, und als er sich ins Auto setzte, tat es ihm leid, daß es nicht weiter war. Ein paar Stunden Autofahrt hätten nicht geschadet; bereits als er einstieg, spürte er den unbefriedigten Wunsch nach einer langen, ruhigen Fahrt. Gern durch eine graue, regenschwere Landschaft wie diese. Stunden, um nachzudenken.

Nun waren es statt dessen nur Minuten – die er zu einer halben Stunde dehnen konnte, indem er den Umweg über Borsens und Penderdixte nahm, wo er einige Sommer als Sieben-, Achtjähriger verbracht hatte.

Daß er seinen Besuch bis zu diesem Freitag hinausgezögert hatte, hatte eigentlich zwei Gründe. Zum einen hatten Münster und Rooth sowohl mit Ulrike Fremdli als auch mit den drei Teenagern bereits am Mittwoch abend gesprochen, und es wäre wohl ganz gut, wenn die Polizei nicht jeden Tag angerannt kam. Und außerdem hatte der gestrige Tag genügend Arbeit mit sich gebracht.

Sogar zuviel. Am Nachmittag hatte er gemeinsam mit Reinhart die heikle Aufgabe übernommen, den Schutz für die bisher noch nicht Ermordeten (wie Reinhart sie hartnäckig nannte) zu organisieren.

Die fünf, die im Ausland lebten, waren zweifellos die dankbarste Gruppe. Nach einer kurzen Diskussion beschloß man, sie einfach außer acht zu lassen; in einem Rundschreiben, das an alle Betroffenen geschickt wurde, wurde auch das erklärt sowie der Hinweis aufgeführt, sie möchten sich an die nächstgelegene Polizeistation in dem betreffenden Land wenden, falls sie sich in irgendeiner Weise bedroht oder verunsichert fühlten. Schließlich gab es gewisse Grenzen, wie Reinhart feststellte.

Was die im Inland Wohnenden, abgesehen von denen im Distrikt Maardam, betraf, verfuhr man auf ähnliche Weise.

Reinhart brauchte mehr als drei Stunden, um fast überall Kollegen anzurufen und ihnen jeweils die gleichlautende Order zu geben, daß sie Herrn Soundso beschützen sollten.

Das war kein besonders unterhaltsamer Job, und hinterher war Reinhart zu Van Veeteren gekommen und hatte darum gebeten, in Zukunft als Verkehrspolizist arbeiten zu dürfen. Doch der Hauptkommissar hatte ihm diesen Wunsch abgeschlagen.

So ein Tag war das gewesen.

In Maardam selbst gab es nunmehr noch insgesamt dreizehn potentielle Opfer. Zu ihrem Schutz sammelte der Hauptkommissar eine – wenn man ehrlich war – ziemlich bunte Schar von Aspiranten und Beamten, die er dem vielversprechenden und eifrigen Widmar Krause überließ, der sie einwies und koordinierte.

Den restlichen Nachmittag und den Abend verbrachten Van Veeteren, Reinhart und Münster damit, weiterhin über den Charakter und die Identität des Mörders zu sinnieren. Gegen acht Uhr reichte es Reinhart.

»Schluß jetzt!« rief er und warf das Papier, in dem er gerade las, auf den Tisch. »Man kann ja gar nicht mehr denken, wenn man die ganze Zeit ununterbrochen arbeiten muß.«

»Du kannst uns zu einem Bier einladen«, sagte Van Veeteren.

»In Ordnung. Und wohl auch zu Zigaretten, oder?«

»Höchstens die eine oder andere«, schlug der Hauptkommissar in aller Bescheidenheit vor.

Und genau das beschäftigte ihn auf der ersten Hälfte seiner Fahrt hinaus nach Loewingen.

Ich sollte nicht rauchen, dachte er.

Ich trinke zuviel Bier.

Keines von beidem ist gut für mich, auf keinen Fall die Zigaretten. Nach seiner Darmkrebsoperation vor fast einem Jahr hatte ihm ein ahnungsloser Arzt gesagt, ab und zu ein

Glas Bier würde nicht schaden – was Van Veeteren sich sofort ins Gedächtnis eingeprägt hatte, und er wußte, daß er diese Aussage nie vergessen würde, selbst wenn er 110 Jahre alt würde.

War es übrigens nicht auch so, daß eine einzelne Zigarette manchmal sogar das Denkvermögen schärfte?

Wie dem auch sei, ich sollte öfter mit Münster Badminton spielen, dachte er. Und manchmal joggen. Wenn ich nur erst diese bescheuerte Erkältung los wäre!

Erst nachdem er den Bauernhof seiner Kindheit in Penderdixte hinter sich gelassen hatte, beschäftigte er sich wieder mit den Morden.

Drei Morde.

Drei Männer kaltblütig niedergeschossen.

In nicht mal einem Monat.

Das war natürlich allerhand. Wie er es auch drehte und wendete – wie er die Argumente austauschte oder die Prämissen verschob –, er brachte es nicht zusammen.

Die Fragen blieben offen.

Gab es überhaupt eine kleinere Gruppe innerhalb der Gruppe? Wenn nicht – wenn der Mörder hinter ihnen allen her war, dann mußte es sich um einen Verrückten handeln. Mit einem unbegreiflichen, irrationalen und vermutlich vollkommen schwachsinnigen Motiv. Niemand hat eine in welcher Hinsicht auch immer annehmbare Begründung, 31 Menschen einen nach dem anderen zu erschießen.

Zumindest nicht nach Hauptkommissar Van Veeterens Maßstab. Ein derartig kalt berechnender Verrückter, das war der Gegner, den sie sich am allerwenigsten wünschten, darin waren sie sich alle rührend einig.

Aber wenn es nun eine kleinere Gruppe gab?

Van Veeteren fischte zwei Zahnstocher aus seiner Brusttasche, doch nachdem er auf ihnen kurz gekaut hatte, warf er sie auf den Boden und zündete sich statt dessen eine Zigarette an.

In dem Fall, dachte er nach dem ersten erlösenden Zug, mußte Innings gewußt haben, daß er zu dieser Gruppe gehörte und in Gefahr war. Zweifellos.

Und dennoch hatte er den Mörder in sein Haus gelassen und sich niederschießen lassen. Wieso?

Da es schließlich unwahrscheinlich war, daß Innings eine Person eingelassen hatte, von der er wußte, daß sie ihn töten wollte, hatte er also nichts geahnt. Wenn er aber wußte, daß er in Gefahr war – dann war es doch ziemlich unwahrscheinlich, daß er ohne weiteres einen Fremden hereinließ?

Ergo, dachte der Hauptkommissar und verlangsamte seine Fahrt hinter einem Trecker, mußte die Person, der Innings Tee anbot und von der er sich ermorden ließ, jemand gewesen sein, den er kannte und dem gegenüber er Vertrauen hatte.

»Oder?« fragte er sich, während er den eifrig winkenden Bauern überholte. Ein Bekannter, das ist genauso beschissen!

Weiter kam er nicht.

Verflucht, dachte Van Veeteren. Ich hoffe nur, Reinhart findet die Lösung.

Loewingen war eine ausgedehnte Ortschaft mit wenig Industrie, noch weniger Mietskasernen und einer endlosen Reihe von Einfamilienhäusern. Trotz eines alten Stadtkerns aus dem Mittelalter war Loewingen eine typische Schlafstadt für Pendler – eine dieser unerträglichen Siedlungen des späten 20. Jahrhunderts, dachte Van Veeteren, als es ihm endlich gelungen war, den richtigen Vorort zu finden. Einförmig, langweilig und sicher.

Nun ja, das mit der Sicherheit war noch zu diskutieren.

Ulrike Fremdli empfing ihn und plazierte ihn auf demselben Sofa, auf dem der Mörder vor ganz genau zwei Tagen gesessen haben mußte. Sie war eine ziemlich kräftige Frau mit braunem, hochgekämmtem Haar und einem Gesicht, das früher vielleicht einmal schön gewesen war. Sie wirkte kurz angebunden und verkrampft, und er überlegte, ob sie etwas genommen haben mochte, um sich selbst zu dämpfen; er meinte diesen Zustand zu kennen.

»Möchten Sie etwas trinken?« fragte sie kurz.

Er schüttelte den Kopf.

»Wie geht es Ihnen?« fragte er.

Sie betrachtete ihn mit schwarzen Augen.

»Schrecklich«, sagte sie. »Ich habe die Kinder zu meiner Schwester geschickt. Ich muß allein sein.«

»Kommen Sie zurecht?«

»Ja«, sagte sie. »Aber sind Sie so gut und stellen jetzt Ihre Fragen, ja?«

»Wie lange kannten Sie sich?«

»Seit 1986«, sagte sie. »Wir sind eineinhalb Jahre später zusammengezogen. Es gab vorher mit seiner früheren Frau eine Menge Schwierigkeiten.«

Van Veeteren überlegte einen Moment. Dann beschloß er, soviel wie möglich zu überspringen und direkt zur Sache zu kommen.

»Ich will es so kurz wie möglich machen«, sagte er. »Ich denke, das möchten Sie auch. Ich will den Mörder Ihres Mannes fassen, und dazu brauche ich die Antwort auf ein paar ganz spezielle Fragen.«

Sie nickte.

»Es ist wichtig, daß ich die richtigen Antworten bekomme.«

»Fangen Sie an.«

»Allright«, sagte Van Veeteren. »Glauben Sie, er hat gewußt, daß er in Gefahr war?«

»Ich weiß nicht«, sagte sie nach einer angespannten Pause, »... ich weiß es einfach nicht.«

»War er in letzter Zeit unruhig?«

»Ja, aber dafür gab es ja auch allen Grund, nicht wahr.«

Ihre dunkle Stimme zitterte etwas, doch nicht sehr stark.

»Ich will Ihnen sagen, was ich mir denke«, fuhr Van Veeteren fort. »Ich denke, Innings gehörte zu einer kleinen Gruppe, hinter deren Mitgliedern der Mörder her ist.«

»Einer Gruppe?«

»Ja, einige, die vor dreißig Jahren... oder vielleicht auch später, irgendwas zusammen gemacht haben. Es muß auf jeden Fall eine Verbindung geben. Was meinen Sie dazu?«

Sie schüttelte den Kopf.

»Ich habe keine Ahnung.«

»Hat er von seiner Militärzeit etwas erzählt?«

»Nie. Nun ja, wir haben natürlich darüber geredet, aber nur sehr selten.«

Van Veeteren nickte.

»Wenn Ihnen etwas einfällt, was darauf hindeuten kann, daß es einen derartigen Zusammenhang gibt, versprechen Sie mir, daß Sie mich dann anrufen?«

»Ja, natürlich.«

Er schob ihr seine Karte hinüber.

»Sie können mich direkt anrufen, das ist einfacher. So, die nächste Frage – können Sie mir sagen, ob Ihr Mann in der Woche, bevor es geschah, irgendwelche Leute getroffen hat, die Sie nicht kannten oder mit denen er sich sonst nie traf?«

Sie überlegte.

»Nicht, daß ich wüßte.«

»Denken Sie ruhig nach. Gehen Sie jeden einzelnen Tag durch, das hilft meistens.«

»Er hat ja auch bei seiner Arbeit Leute getroffen... wir sehen uns eigentlich nur abends.«

»Wir beschränken uns auf die Abende. Hat er in den letzten Tagen von irgend jemandem Besuch bekommen?«

»Nein... nein, das glaube ich nicht. Ich habe es jedenfalls nicht bemerkt.«

»Ist er einen Abend ausgewesen?«

»Nein... doch, am Freitag. Er war ein paar Stunden weg.«

»Und wo?«

»In der Stadt... ich glaube, irgendwo im Restaurant. Ich habe schon geschlafen, als er nach Hause gekommen ist.«

»Und mit wem war er weg?«

Sie zuckte mit den Schultern.

»Das weiß ich nicht. Mit Arbeitskollegen, denke ich. Vielleicht mit Burgner.«

»Er hat nichts erzählt?«

»Jedenfalls erinnere ich mich an nichts. Wir haben am Samstag früh Gäste bekommen – meinen Bruder mit seiner Familie –, deshalb glaube ich gar nicht, daß wir drüber gesprochen haben.«

»Ist er oft allein ausgegangen?«

Sie schüttelte den Kopf.

»Nein. Einmal im Monat, wenn es hoch kam... ungefähr so oft wie ich.«

»Hm«, sagte Van Veeteren. »Sonst noch was?«

»Sie meinen, ob er noch einen anderen Abend weg war?«

»Ja.«

»Nein, er war zu Hause... lassen Sie mich nachdenken... doch, Sonntag, Montag und Dienstag.«

Van Veeteren nickte.

»Gut«, sagte er. »Wissen Sie etwas von diesen Telefongesprächen?«

»Ich habe davon gelesen«, sagte sie. »Die Polizisten, die Mittwoch hier waren, haben auch schon danach gefragt.«

»Und?«

»Nein, nichts.«

»Sie glauben also nicht, daß er derartige Anrufe bekommen hat?«

»Ich weiß nicht.«

»In Ordnung«, sagte Van Veeteren und lehnte sich im Sofa zurück. »Dann habe ich nur noch eine Frage. Verdächtigen Sie jemanden?«

»Wie bitte?« stieß sie hervor. »Was, zum Teufel, meinen Sie damit?«

Van Veeteren räusperte sich.

»Eines der Dinge, die uns verblüffen«, erklärte er, »ist die Tatsache, daß er den Mörder ohne weiteres hereinließ. Das kann darauf hindeuten, daß er den Betreffenden kannte. Und wenn er ihn kannte, könnten Sie ihn auch kennen... Sie haben ja insgesamt zehn Jahre zusammengelebt, wenn man alles zusammenrechnet.«

Sie sagte nichts. Er sah ihr an, daß sie diesen Gedanken noch nicht gehabt hatte, aber er sah auch, daß sie zu keiner Antwort fand.

»Wollen Sie mir versprechen, darüber noch einmal nachzudenken?«

Sie nickte.

»Und überlegen Sie bitte auch noch mal, ob ihm irgend etwas anzumerken war. Das ist eine sehr wichtige Frage, und schon das kleinste Detail kann uns vielleicht auf die richtige Spur führen.«

»Ich verstehe.«

Er stand auf.

»Ich weiß, wie schrecklich das für Sie ist«, sagte er. »Sie können mich gern anrufen, auch wenn Sie nur mit mir reden wollen. Sonst melde ich mich in ein paar Tagen noch einmal bei Ihnen.«

»Wir hatten es so gut zusammen«, sagte sie. »Eigentlich hätte uns klar sein müssen, daß etwas, was so gut läuft, nicht endlos weitergeht.«

»Ja«, stimmte Van Veeteren zu. »Ungefähr so denke ich auch immer.«

Und als er eine kurze Weile später auf der Straße stand und sich den Weg des Mörders vorzustellen versuchte, war ihm klar, daß er sie mochte. Sogar ziemlich.

»Jetzt«, meinte Chefredakteur Cannelli, »ist es ja einfach, das eine und andere festzustellen.«

»Und was wäre das beispielsweise?« wollte Jung wissen.

»Daß ihn etwas beunruhigte.«

»Woran war das zu merken?«

Cannelli seufzte und schaute aus dem Fenster.

»Nun ja«, sagte er, »ich hatte ja einige längere Gespräche mit ihm ... über die Rubrikenverteilung, das Bildmaterial und so ... das fand häufig statt, mehrmals in der Woche. Ja, und da war irgendwas mit seiner Konzentration. Er schien dazusitzen und an ganz was anderes zu denken ...«

»Wie lange kannten Sie ihn schon?«

»Seit fünf Jahren«, erklärte Cannelli. »Seit ich die Zeitung von Windemeer übernommen habe. Er war tüchtig ... Innings, meine ich.«

Jung nickte.

»Wissen Sie, ob er sich in letzter Zeit mit irgendwelchen fremden Leuten getroffen hat? Ob irgend jemand – oder irgend etwas – hier bei der Arbeit aufgetaucht ist, das mit seiner Unruhe in Verbindung gebracht werden könnte?«

Ihm war selbst klar, daß das eine ziemlich bescheuerte Frage war, und Cannelli beantwortete sein entschuldigendes Lächeln mit einem leichten Achselzucken.

»Inspektor, wir machen hier eine Zeitung. Da rennen den ganzen Tag Leute rein und raus ... tut mir leid, aber ich glaube, in diesem Fall kann ich Ihnen nicht weiterhelfen.«

Jung überlegte.

»Tja«, sagte er schließlich und klappte seinen Notizblock zu. »Wenn Ihnen noch was einfällt ...«

»Natürlich«, sagte Cannelli.

Moreno saß bereits im Auto und wartete.

»Wie ist es gelaufen?« fragte sie.

»Ziemlich nichtssagend«, erklärte Jung.

»Bei mir auch. Mit wie vielen hast du gesprochen?«

»Mit drei Leuten«, sagte Jung.

»Ich mit vier«, entgegnete Moreno. »Aber ich denke, eins ist zumindest klar.«

»Und was?«

»Er wußte, daß er in Gefahr war. Irgendwas war mit ihm, das sagen alle.«

Jung nickte und startete den Wagen.

»Zumindest wissen sie es hinterher, daß es so war«, sagte er.

»Schade, daß die Leute nie rechtzeitig reagieren.«

»Ja«, sagte Moreno. »Obwohl, wenn man sich um alle kümmern wollte, die etwas unruhig wirken, dann hätte man nicht mehr viel Zeit für anderes.«

»Das stimmt«, meinte Jung. »Wollen wir irgendwo einen Kaffee trinken? Das ist gut für die Nerven.«

»Okay«, stimmte Moreno zu.

27

Eineinhalb Tage lang zögerte sie.

Am Donnerstag abend las sie das erste Mal davon – in einer der Zeitungen im Bus auf dem Heimweg –, aber es dauerte bis lange in die Nacht hinein, bis der Verdacht in ihr aufkam. Mitten in einem Traum, der unmittelbar in der Dunkelheit des Unterbewußtseins verschwand, wachte sie auf und sah es vor sich.

Die besetzte Telefonzelle draußen in der Halle. Den Rücken hinter dem graugetönten Glas. Den kleinen Kassettenrecorder am Hörer. Sie hatte es nur ein einziges Mal gesehen, und das lag jetzt schon mindestens drei Wochen zurück. Dennoch gab es das Bild in ihr. Vom Dienstag abend. Sie wollte einen Kurskollegen anrufen und ihn etwas fragen, hatte aber sofort gesehen, daß das Telefon besetzt war. Insgesamt konnte es sich um nicht mehr als drei, vier Sekunden gehandelt haben, sie hatte nur die Tür geöffnet, die Tatsache festgestellt und war dann wieder in ihr Zimmer gegangen.

Fünf Minuten später war der Apparat frei gewesen, und sie hatte ihr Telefongespräch geführt.

Sonderbar, daß diese kurze, vollkommen bedeutungslose Sequenz sich ihr eingeprägt haben konnte. Jetzt, wo sie aus dem Schlaf hochkam, konnte sie sich nicht daran erinnern, vorher irgendwann einmal daran gedacht zu haben.

Und natürlich war es das, diese vagen und etwas unbegreiflichen Begleitumstände, die sie zögern ließen.

Am Freitag nachmittag hatte sie sie auf der Treppe getroffen, auch das war an und für sich nichts Besonderes – eine vollkommen banale Alltäglichkeit –, aber als sie Samstag früh wieder mit einem Schrecken erwachte, wurde ihr klar, daß diese beiden trivialen Bilder irgendwie zusammenhingen.

Sie verschmolzen miteinander und weckten in ihr einen schrecklichen Verdacht.

Eigentlich hätte sie sich lieber zuerst mit Natalie beraten, aber Natalie war übers Wochenende zu ihren Eltern gefahren, und ihr Zimmer war leer. Nach einer frühen Joggingrunde im Park (die wegen des Regens kürzer als geplant ausfiel), Dusche und Frühstück, hatte sie ihren Beschluß gefaßt. Irgend etwas hielt sie hartnäckig davor zurück, das Telefon in der Halle zu benutzen, statt dessen rief sie die Polizei von dem Kartengerät bei der Post an.

Die Uhr zeigte 9.34, und das Gespräch und ihre Informationen wurden von einem Mann namens Willock aufgenommen, der versprach, sie an die Ermittlungsleitung weiterzugeben und von sich hören zu lassen.

Danach ging sie zurück in ihr Zimmer, um zu lernen und zu warten. Mit besserem Gewissen, aber auch mit dem Gefühl, daß dies alles unheimlich war.

Reinhart seufzte. Während der letzten zehn Minuten hatte er das Kunststück versucht, sich auf einem gewöhnlichen Bürostuhl auszustrecken, mit dem Ergebnis, daß ihm der Rücken weh tat. Im Kreuz und zwischen den Schulterblättern. Van Veeteren saß ihm gegenüber, schwer über den Schreibtisch gebeugt, der mit Papieren, Mappen, schmutzigen Kaffeebechern und abgebrochenen Zahnstochern übersät war.

»Sag doch was«, sagte Reinhart.

Van Veeteren knurrte und nahm sich ein neues Blatt Papier vor.

»Nur heiße Luft«, sagte er nach einer weiteren Minute und knüllte den Bogen zusammen. »Nichts, was uns weiterbringt. Loewingen ist ein Vorort der Mittelklasse, falls du das nicht gewußt hast. Alle Frauen arbeiten, und alle Kinder sind im Kindergarten. Die nächste Nachbarin, die zum Zeitpunkt des Mordes zu Hause war, war sechs Häuser weiter weg und schlief. Das bringt einfach nichts.«

»Sie schlief?« fragte Reinhart mit einer Spur Sehnsucht in der Stimme. »Es war schließlich ein Uhr mittags.«

»Eine Nachtschwester im Gemejnte«, erklärte Van Veeteren.

»Es gibt also keine Zeugen, willst du damit sagen?«

»Genau«, stimmte der Hauptkommissar zu und blätterte weiter. »Nicht mal eine Katze.«

»Jedenfalls ist seine Unruhe aufgefallen«, wies Reinhart nach einer Weile des Schweigens hin. »Jeder hat das gesagt. Er muß gewußt haben, daß er schlechte Karten hatte.«

»Stimmt«, nickte Van Veeteren. »Wir können also von einer kleinen Gruppe ausgehen.«

Reinhart seufzte wieder und stand auf. Er stellte sich ans Fenster und starrte hinaus.

»Verfluchter Regen«, sagte er. »Man müßte ein Sumpf sein. Hast du überhaupt nichts herausgefunden, wo man nachhaken könnte?«

Es klopfte an der Tür, Münster kam herein. Er nickte und setzte sich auf Reinharts verlassenen Stuhl.

»Er war Freitag abend aus«, sagte Van Veeteren.

»Innings?« fragte Münster.

»Ja. Vielleicht sollten wir versuchen herauszukriegen, was er vor hatte. Wahrscheinlich hat er nur mit einigen Kollegen ein paar Bier getrunken, aber man weiß ja nie.«

»Wie sollen wir vorgehen?« fragte Reinhart.

Van Veeteren zuckte mit den Schultern.

»Tja«, sagte er. »Wir setzen Moreno und Jung drauf an. Die müssen seinen Arbeitsplatz noch mal abchecken. Müssen einfach zusehen, ob sie dort jemanden finden, der mit ihm aus war. Ich überlege übrigens ...«

»Was?« fragte Reinhart.

»In die Stadt, hat sie, glaube ich, gesagt ... er war in einem Restaurant in der Stadt, meinte seine Frau. Meinte sie damit Loewingen oder Maardam?«

»Loewingen ist ein Kaff«, erklärte Reinhart, »keine Stadt.«

»Mag sein«, sagte Münster. »Jedenfalls gibt's da ein paar Kneipen.«

»Ja, ja«, murmelte der Hauptkommissar. »Das wird Jungs und Morenos Hauptaufgabe. Wo sind sie eigentlich?«

»Wahrscheinlich zu Hause«, sagte Reinhart. »Es geht das Gerücht, daß heute Samstag ist.«

»Ruf sie an«, sagte Van Veeteren. »Ich will bis spätestens Montag nachmittag wissen, wo Innings war und mit wem. Und sie sollen sich verflucht noch mal alle Mühe geben.«

»Mit Vergnügen«, sagte Reinhart und verschwand durch die Tür. Gleichzeitig tauchte Frau Katz mit zwei Stapeln Papier auf.

»Tips vom Detektiv Jedermann«, erklärte sie. »Hundertzwanzig seit gestern nachmittag ... Krause hat sie sortiert.«

»Wie?« fragte Münster.

»Nach den üblichen Kategorien«, schnaubte Van Veeteren.

»Bescheuert und eine Spur weniger bescheuert. Könnte der Herr Kommissar sich ihrer annehmen, sie durchgehen und in einer Stunde mit ihnen wieder zu mir kommen?«

»Natürlich«, seufzte Münster und nahm die Papiere.

Ja ja, dachte der Hauptkommissar, als er allein gelassen worden war. Und was verflucht noch mal habe ich für mich selbst geplant?

Genau, eine Stunde unten in der Sauna, das war's ja.

28

»Ich fahre für 'ne Weile weg«, erklärte Biedersen.

»Ja?« fragte seine Frau nach. »Und warum?«

»Geschäfte«, antwortete Biedersen. »Wird wohl ein paar Wochen dauern.«

Seine Ehefrau blickte von den Herdplatten auf, die sie gerade mit Hilfe eines neuen Mittels saubermachte, das sie gestern im Geschäft entdeckt hatte und von dem behauptet wurde, es sei effektiver als alle anderen bekannten Marken.

»Ja?« wiederholte sie. »Und wohin?«

»An verschiedene Orte. Unter anderem nach Hamburg. Da gibt es einige Geschäftspartner, die ich treffen muß.«

»Ich verstehe«, sagte die Ehefrau und begann wieder zu reiben, während sie dachte, daß sie genau das nicht tat. Verstehen. Aber das spielte natürlich keine Rolle. Sie hatte sich nie um die Geschäfte ihres Mannes gekümmert. Sie interessierte sich wenig für die Importfirma (oder waren es sogar zwei?), die er betrieb. Das war nichts für eine Frau wie sie. Bereits als sie heirateten, waren sie sich über eine Sache einig – jeder kümmerte sich um seinen Teil der Familie. Er ums Geld, sie um Haus und Kinder.

Die inzwischen alle ausgezogen waren und eigene Familien so ziemlich nach dem gleichen Muster gebildet hatten.

Was ihr wiederum Zeit gab, sich um andere Dinge zu kümmern. Beispielsweise um die Herdplatten.

»Wie läuft es?« fragte sie.

»Was?«

»Na, die Geschäfte ... du schienst in den letzten Tagen etwas gestreßt.«

»Quatsch.«

»Wirklich?«

»Natürlich.«

»Das ist gut. Du läßt aber auf jeden Fall von dir hören?«

»Natürlich.«

Aber nachdem er weggefahren war, überlegte sie, ob da nicht doch irgendwas war. Zumindest seit – sie rechnete nach – Dienstag abend, als er sehr spät und ziemlich aufgewühlt nach Hause gekommen war, war er ungewöhnlich unkonzentriert und reizbar.

Und dann hatte man ja einen weiteren seiner alten Militärkameraden tot aufgefunden, und das hatte ihn schon mitgenommen, das hatte sie ihm angesehen. Auch wenn er es natürlich nicht zugeben wollte.

Deshalb war es vielleicht nur gut für ihn, für eine Weile fortzukommen, überlegte sie. Wohl für alle Beteiligten, wie es schien. Es gab Dinge, die sie sich selbst nur schwer eingestand, und dazu gehörte zweifellos die Tatsache, daß sie nicht viel dagegen hatte, das große Haus für sich zu haben.

Eigentlich überhaupt nichts, dachte sie und rieb noch etwas fester.

Als der Hauptkommissar aus der Sauna zurück war, saß Münster bereits in seinem Zimmer und wartete auf ihn. Das schien er schon eine Weile zu tun, da er sich sowohl Kaffee als auch die Morgenzeitung besorgt hatte.

»Also«, sagte der Hauptkommissar und setzte sich hinter seinen Schreibtisch. »Laß hören.«

Münster faltete die Zeitung zusammen und nahm drei hellgelbe Karteikarten auf.

»Ich denke, am besten guckt es noch jemand anderes durch«, sagte er. »Es ist schwierig, die Sorgfalt zu behalten, wenn man so viel Blödsinn liest – ein Typ hat offensichtlich dreimal angerufen und behauptet, seine Mutter wäre der Mörder.«

»Wirklich?« fragte Van Veeteren. »Und du bist dir sicher, daß er nicht die Wahrheit sagt?«

»Absolut«, entgegnete Münster. »Er ist etwas über siebzig. Seine Mutter starb 1955. Dann haben wir einen, der behauptet, er wäre da gewesen, also in Innings' Haus, und hätte alles gesehen. Der Täter war ein riesiger Einwanderer mit Krummsäbel und einer schwarzen Klappe über einem Auge.«

»Hm«, brummte Van Veeteren. »Etwas weniger Exotisches hast du nicht zu bieten?«

»Doch«, sagte Münster. »Eine ganze Menge, die wir gegenchecken müssen. Diese drei hier sind wohl die interessantesten.«

Er reichte die Karten hinüber, und der Kommissar las sie, wobei ein Zahnstocher langsam von einem Mundwinkel zum anderen wanderte.

»Den hier übernehme ich«, sagte er. »Du mußt die anderen beiden überprüfen. Gehe mit dem Rest der interessanten Hinweise zu Reinhart, der soll sie weiter verfolgen.«

Münster nickte. Trank seinen Kaffee aus und verließ das Zimmer. Van Veeteren wartete, bis die Tür sich schloß. Dann schaute er wieder auf die Karte und wählte die Nummer.

»Katrine Kroeller?«

»Einen Augenblick.«

Es dauerte eine halbe Minute, dann hatte er eine helle Mädchenstimme am Hörer. Sicher nicht älter als neunzehn, zwanzig, schätzte er.

»Ja, hier ist Katrine Kroeller.«

»Mein Name ist Hauptkommissar Van Veeteren. Sie haben uns hinsichtlich einer Ermittlung, die wir führen, einen Hinweis gegeben. Kann ich zu Ihnen kommen und mit Ihnen sprechen?«

»Ja ... ja, natürlich. Wann wollen Sie kommen?«

»Jetzt«, sagte Van Veeteren und schaute auf die Uhr, »oder so in zwanzig Minuten, ungefähr ... die Adresse ist Parkweg 31?«

»Ja.«

»Dann sehen wir uns gleich, Frau Kroeller.«

»Ja ... kommen Sie. Aber ich hoffe ...«

»Was?«

»Ich hoffe, es ist nicht umsonst.«

»Das werden wir schon sehen«, sagte Van Veeteren und legte auf.

Wenn sie nur wüßte, daß das meiste, was wir tun, umsonst ist, dachte er. Dann zwängte er sich in seinen Mantel und machte sich auf den Weg.

Sie erwartete ihn bereits am Zaun. Wie er gedacht hatte, handelte es sich um ein blondes Mädchen um die zwanzig – mit Pferdeschwanz und langem Hals. Sie hatte einen Schirm in der Hand und eskortierte ihn gewissenhaft – daß er nicht auf die regennasse Rasenfläche treten mußte – den gefliesten Weg entlang bis zur Tür auf der einen Seite des großen zweigeschossigen Hauses.

»Es ist nicht so einfach, den richtigen Weg zu finden«, erklärte sie. »Wir sind vier, die hier ein Zimmer haben. Frau Klausner, die Wirtin, wohnt im Erdgeschoß.«

Van Veeteren nickte. Haus und Garten zeugten von solider, wohlhabender Oberklasse, aber natürlich mußte es auch in dieser Gesellschaftsschicht diejenigen geben, die am Rand des Pißpotts wohnten, dachte er. Die Pensionsgäste aufnahmen und das eine oder andere, um zurechtzukommen.

»Erzählen Sie«, bat er, als sie sich in ihrem Zimmer mit Schrägdach und blauer Tapete niedergelassen hatten. »Sie haben eine Frau gesehen, die in einer Telefonzelle einen kleinen Kassettenrecorder benutzt hat, wenn ich es richtig verstanden habe?«

Sie nickte. »Hier in der Halle. Das Telefon ist für die Mieter da. Ja, ich habe sie also da drinnen stehen gesehen. Sie hat ein Aufnahmegerät an den Hörer gedrückt... so einen kleinen Kassettenrecorder.«

»Und wer war das?« fragte Van Veeteren.

»Frau Adler, die neben mir wohnt.«

»Adler?« wiederholte Van Veeteren.

»Ja. Maria Adler. Wir sind hier zu viert... Aber ich kenne sie überhaupt nicht. Sie ist meistens für sich.«

»Und wann war das?«

»So ungefähr vor drei Wochen.«

»Nur einmal?«

»Ja.«

»Wie kommt es dann, daß Sie sich daran erinnern?«

Sie überlegte einen Augenblick lang.

»Das kann ich gar nicht sagen. Ich habe danach nie wieder daran gedacht... es ist einfach in mir wieder aufgetaucht, als ich in der Zeitung von dem Mord gelesen habe.«

Van Veeteren nickte und überlegte. Es schien sich hier zumindest um eine ziemlich glaubwürdige junge Dame zu handeln, das konnte man nicht leugnen. Ruhig, besonnen und kaum mit einer Neigung zu Übertreibungen und Hysterie.

Und langsam, ganz langsam wuchs der Gedanke in seinem geläuterten Bewußtsein. Der Gedanke, daß das hier stimmen könnte. Das es soweit war. Wenn dieses blasse Mädchen wußte, wovon sie redete – und es gab nichts, was dem widersprach –, dann war es nicht ausgeschlossen, daß der Mörder sich genau hier befand. Ryszard Maliks, Rickard Maasleitners und Karel Innings' Mörder oder Mörderin. Wand an Wand. Mit einem Mal konnte er seinen eigenen Puls in der Schläfe spüren.

In dieser zurückgelegenen Villa im Herzen des vornehmen Deijkstraaviertels. Mitten unter Ärzten, Anwälten, Geschäftsführern und Gottweißwas.

Eine Frau also, genau wie Reinhart gesagt hatte, ja, natürlich, es sprach eine ganze Menge dafür... vielleicht in erster Linie dieses leichte Ziehen, das er immer spürte, wenn er auf der richtigen Fährte war. Ein kleines Signal, das zeigte, daß es jetzt plötzlich nach all diesen Stunden und Tagen voller Mühe und Mißerfolge ernst wurde.

Und dieses Signal blinkte jetzt in ihm auf.

Die rote Warnlampe.

Natürlich gab es viele Gründe, einen kleinen Kassettenrecorder in einer Telefonzelle zu benutzen, das mußte er als erstes zugeben. Naheliegende Gründe, sozusagen. Aber er wollte das einfach nicht glauben. Weigerte sich. Er wollte, daß das hier der Durchbruch war, endlich.

»Also da drinnen?« fragte er und deutete mit dem Kopf in die Richtung.

Sie nickte.

»Maria Adler?«

»Ja.«

»Wissen Sie, ob sie jetzt zu Hause ist?«

Katrine Kroeller schüttelte den Kopf. Ihr Pferdeschwanz wippte. »Nein. Ich habe sie heute nicht gesehen. Aber sie macht nicht viel Lärm, es ist also möglich, daß sie da ist.«

Van Veeteren stand auf und versuchte die Lage zu überdenken. Wenn er nach den Polizeivorschriften vorginge, müßte er in so einem Fall natürlich nach Verstärkung rufen. Es müßten mindestens einige Mann sein. Diejenige, die sich vielleicht im Zimmer versteckte, konnte gut und gern die Person sein, die im letzten Monat kaltblütig drei ihrer Mitmenschen niedergeschossen hatte. Sie hatte eine Waffe, sie hatte vermutlich Munition, und normalerweise schoß sie nicht daneben.

Ihm wurde bewußt, daß er selbst nicht einmal seine Dienstpistole dabeihatte. Wie üblich, konnte man wohl hinzufügen. Also mußte er eigentlich um Verstärkung bitten. Es würde nicht lange dauern, einige Leute aufzutreiben.

Er schaute sich um.

»Kann ich das mal ausleihen?« fragte er und ergriff eine langgestreckte Holzstatue, die im Bücherregal stand. Wahrscheinlich afrikanisch. Lag gut in der Hand. Ungefähr dreiviertel Kilo.

»Warum?«

Er antwortete nicht. Stand auf und ging auf den Flur. Katrine Kroeller folgte ihm vorsichtig.

»Die erste Tür?«

Sie nickte.

»Gehen Sie lieber wieder in Ihr Zimmer.«

Widerstrebend gehorchte sie.

Mit der linken Hand drückte er langsam die Klinke hinunter. Die rechte umklammerte die Statue. Er spürte, daß er noch von der Sauna etwas schwitzte.

Die Tür glitt auf. Er stürmte hinein.

Er brauchte nicht mehr als zwei Sekunden, um zu begreifen, daß das Zimmer leer war.

Mehr als leer.

Geräumt. Die Mieterin, die hier gewohnt hatte, hatte es verlassen, ohne wiederkommen zu wollen.

War irgendwo anders hingezogen.

»Scheiße!« fluchte er.

Dann blieb er noch einige Sekunden stehen und ließ seinen Blick über den leeren Raum schweifen.

Keine persönlichen Dinge. Keine Kleidung. Kein schmutziges Geschirr in der Kochnische. Das Bett war so gemacht, daß man sehen konnte, daß kein Laken darin lag. Nur Kissen, Decke und Überdecke.

»Scheiße«, murmelte er wieder und ging zurück auf den Flur.

Frau Kroeller steckte ihren Kopf heraus.

»Sie ist abgehauen«, sagte Van Veeteren. »Können Sie... wie heißt Ihre Vermieterin? Können Sie sie holen?«

»Frau Klausner.«

»Ja, genau. Sagen Sie ihr bitte, daß ich gleich mit ihr sprechen möchte. Übrigens, wann haben Sie Frau Adler das letzte Mal gesehen?«

Katrine Kroeller überlegte.

»Ich glaube, gestern. ... ja, gestern nachmittag.«

»Hier?«

»Ja, draußen auf der Treppe. Dort haben wir uns einfach nur getroffen.«

Van Veeteren dachte nach.

»Okay, holen Sie Frau Klausner. Kann ich das Telefon hier benutzen?«

Sie öffnete die Tür der Kabine und tippte ihren persönlichen Code ein.

»Bitteschön«, sagte sie.

»Danke«, sagte Van Veeteren und wählte die Nummer des Polizeipräsidiums.

Nach zwei Minuten hatte er Reinhart am Apparat.

»Ich glaube, ich habe sie gefunden«, sagte Van Veeteren. »Aber sie ist abgehauen.«

»Mist«, sagte Reinhart. »Und wo?«

»Deijkstraa. Parkweg 31. Sieh zu, daß du mit dem Spurendienst herkommst ... Fingerabdrücke und die ganze Geschichte. Und Münster auch, ich erwarte euch in zwanzig Sekunden.«

»Wir sind in zehn da«, sagte Reinhart und legte auf.

29

»Wie spät ist es?« fragte Van Veeteren

»Halb sechs«, antwortete Reinhart.

»Allright. Faß mal zusammen, Münster. Und diejenigen, die zu Hause faul herumgelegen haben, die hören jetzt gut zu.«

Die Mannschaft war seit einer halben Stunde vollzählig, ausgenommen Jung und Moreno, denen es gelungen war, den ganzen Nachmittag nicht erreichbar zu sein. Es war immer noch Samstag, der 17. Februar, und der Durchbruch war geschafft. Zumindest erschien er möglich.

Münster blätterte seinen Block durch.

»Diese Frau«, begann er, »die sich Maria Adler nannte, ist am Sonntag, dem 14. Januar bei Frau Klausner – in eines ihrer vier Mietzimmer – eingezogen. Also genau vor einem Monat. Sie sollte drei Monate lang einen Kursus für Wirtschaftskräfte am Elizabethinstitut machen, wie sie behauptet hat. Es gibt sogar so einen Kurs, er begann am 15. Januar, aber er dauert nur sechs Wochen, und dort kennt man keine Maria

Adler. Als sie eingezogen ist, hat sie die Miete für die halbe Zeit im voraus bezahlt. Sie hatte nie Kontakt mit den anderen Mietern, und anscheinend hat sie ihr Zimmer irgendwann gestern nachmittag oder abend geräumt. Der Grund, daß wir auf sie aufmerksam wurden, war, daß Katrine Kroeller – eine der anderen Bewohnerinnen – sie gesehen hat, wie sie ein Aufnahmegerät an den Telefonhörer hielt, und nachdem sie in den Zeitungen von der Telefonmusik gehört hatte, hat sie das gemeldet ... ja, das war's wohl, so ungefähr.«

»Ist das alles, was wir haben?« fragte deBries nach einer Pause. »Scheint ja nicht besonders viel zu sein ...«

»Bis jetzt haben wir nicht mehr«, sagte Reinhart. »Aber das ist sie, das fühle ich.«

»Wir haben inzwischen vier verschiedene Maria Adler im Land gefunden«, fuhr Münster fort, »und es ist keine von denen. Es wird wohl noch die eine oder andere auftauchen, aber wir können sicher davon ausgehen, daß sie einen falschen Namen benutzt hat.«

»Hat die Vermieterin denn nicht überprüft, was für Mieter sie aufnimmt?« fragte Rooth.

»Frau Klausner glaubt an das Gute im Menschen«, erklärte Reinhart. »Sie weiß nicht, wer ihre Mieterin war, nicht, woher sie kam ... gar nichts. Das Gute zeigt sich darin, daß man die Miete im voraus bezahlt.«

»Der Spurendienst hat das Zimmer mit der Lupe untersucht«, sagte Münster, »wir können also damit rechnen, daß wir zumindest ihre Fingerabdrücke kriegen. Wenn es sie im Strafregister gibt, können wir sie identifizieren.«

»Sie ist einfach so abgehauen?« fragte Heinemann und hielt seine Brille gegen das Licht, um zu kontrollieren, ob sie gut genug geputzt war.

»Ja«, bestätigte der Hauptkommissar. »Das ist ja die Scheiße. Hätte die junge Frau schon gestern angerufen, hätten wir sie jetzt haben können.«

»Typisch«, erklärte Rooth. »Und wie sieht sie aus?«

Reinhart seufzte.

»Dieser blöde Zeichner sitzt in meinem Zimmer mit Frau Klausner, der jungen Frau, die angerufen hat, und noch einer anderen Mieterin. Er ist jetzt schon über eine Stunde dabei, aber er sagt, es dauert noch etwas...«

»Ein Phantombild?« fragte deBries. »Gibt es kein Foto?«

»Nein«, antwortete Münster. »Aber man wird es kaum Phantombild nennen können. Sie haben sie ja jeden Tag gesehen, mehr oder weniger... über einen Monat lang. Das wird exakt wie ein Foto werden.«

»Und es wird morgen früh in jeder beschissenen Zeitung zu sehen sein«, knurrte Reinhart.

»Hmm«, überlegte Heinemann. »Und wenn sie es nun nicht ist. Es kann ja eine Frau sein, die einfach nur ihrem Mann davongelaufen ist... oder so. Soweit ich verstanden habe, haben wir nichts Handfestes.«

Van Veeteren putzte sich ausgiebig und vernehmlich die Nase. »Scheißerkältung«, sagte er. »Ja, du hast natürlich recht. Aber wir lassen es darauf ankommen. Außerdem habe ich das Gefühl, daß sie es ist.«

»Und wenn sie unschuldig ist, wird sie auf jeden Fall von sich hören lassen«, sagte Reinhart.

»Umgekehrt auch«, fiel deBries ein. »Wenn keiner von sich hören läßt, können wir sicher davon ausgehen, daß sie es ist.«

»Wir müssen wohl damit rechnen, daß sie ihr Aussehen ein wenig verändert«, überlegte Münster.

»Das stimmt«, sagte Van Veeteren.

Eine Weile blieb es still.

»Ich möchte wissen, wohin sie abgehauen ist«, sagte Rooth.

»Und warum?« fügte Reinhart hinzu. »Das ist eine verdammt wichtige Frage. Warum hat sie sich gerade jetzt davongemacht?«

»Einen Tag, bevor wir den Tip bekamen«, sagte Münster.

»Merkwürdig«, sagte Rooth. »Obwohl es ja sein kann, daß ihr Auftrag fertig ist.«

»Nicht unmöglich«, sagte Van Veeteren und betrachtete einen zerkauten Zahnstocher. »Sie wollte die drei umbringen, und das hat sie jetzt gemacht.«

»Habt ihr ihr Alibi überprüft?« fragte Rooth. »Ich meine, daß sie keins hat. Ob sie wirklich zu den drei Zeitpunkten fort war ...«

»Wir haben angefangen«, sagte Van Veeteren. »Wir lassen den Zeichner erst fertig werden, dann nehmen wir uns die Damen wieder vor. Obwohl ich nicht glaube, daß sie uns helfen können. Die Mieterinnen hatten untereinander kaum Kontakt und die Vermieterin liest zwei Romane am Tag ... es wäre reiner Zufall, wenn sie zum richtigen Zeitpunkt mit ihr zusammengestoßen wären ... oder besser gesagt, zum falschen.«

»Ich verstehe«, sagte Rooth.

»Ist dieser Zeichner nicht bald fertig?« fragte Reinhart. »Das kann doch nicht den halben Tag dauern, so ein Gesicht zusammenzuschustern. Gibt es noch Kaffee?«

»Rooth«, sagte der Hauptkommissar, »guck mal nach, wie es läuft. Sag ihm, daß er bald fertig sein muß, wenn wir es noch in die Zeitung bringen wollen.«

»Okay«, sagte Rooth und stand auf. »Wanted. Dead or alive.«

»Alive«, sagte der Hauptkommissar.

»Das waren alle«, sagte Jung und schaute auf seine Liste. »Oder was meinst du?«

»Wir können nur noch auf Klumms Keller hoffen«, erklärte Moreno. »Wenn es der nicht ist, muß er nach Maardam gefahren sein.«

»Scheiße«, sagte Jung. »Wie viele Kneipen gibt es in dieser Stadt? Zweihundert?«

»Wenn man Pubs und Cafés hinzuzählt, doppelt so viele«, antwortete Moreno. »Toller Auftrag. Und wunderbar, daß wir vorher auch noch mit allen seinen Arbeitskollegen reden durften, nicht wahr? Warum bist du Polizist geworden?«

»Wer nichts wird, geht zur Polizei«, antwortete Jung. »Sollen wir den Kellner aufsuchen? Schließlich gibt es noch diese eine Chance. Danach müssen wir herumtelefonieren und sehen, ob wir jemanden finden, der mit ihm unterwegs war... ich meine, bevor wir mit Maardam anfangen. Oder was meinst du?«

Moreno nickte und studierte ihren Notizblock.

»Ibrahim Jebardahaddan«, las sie. »Erwinstraat 16... das ist da hinten beim Sportplatz, glaube ich.«

Fünfzehn Minuten später klingelte Jung an der Tür einer Wohnung im Erdgeschoß eines etwas mitgenommenen Wohnhauses mit drei Appartements. Fünfziger oder frühe sechziger Jahre. Bröckelnder Putz und überwiegend ausländische Namen an der Haustür. Eine bronzehäutige Frau mittleren Alters öffnete.

»Ja... wen suchen Sie?« fragte sie mit einem vorsichtigen Lächeln und ziemlich hartem Akzent.

»Ibrahim Jebardahaddan«, antwortete Jung, der im Auto und im Treppenhaus geübt hatte.

»Bitteschön«, sagte sie und führte sie in ein großes Zimmer, in dem ein gutes Dutzend Menschen verschiedenen Alters saßen. Ein paar Kinder spielten auf dem Fußboden. Leise Musik von mollgestimmten Streichinstrumenten war aus versteckten Lautsprechern zu hören. Auf einem niedrigen, quadratischen Tisch standen bunte Gerichte in Schalen aufgereiht. Die heißen, aromatischen Düfte erschienen fast aufdringlich.

»Das riecht gut«, sagte Jung.

»Vielleicht sollten wir sagen, daß wir von der Polizei kommen«, bemerkte Moreno.

»Polizei?« fragte die Frau, aber in ihrer Stimme war keine Furcht zu hören. Nur Verwunderung. »Warum...?«

»Routine«, sagte Jung. »Wir möchten nur etwas über eine bestimmte Person wissen, die vielleicht im Restaurant war, in dem Ibrahim arbeitet...«

Ein junger Mann stand auf.

»Das bin ich«, sagte er. »Ich arbeite in Klumms Keller. Worum geht es? Sollen wir lieber in mein Zimmer gehen?« Sein Akzent war nicht so stark wie der der Frau. Er führte sie über den Flur zu einem kleinen Zimmer, das nicht viel mehr als ein Bett, eine niedrige Kommode und ein paar große Kissen beinhaltete. Jung zeigte ihm Innings' Foto.

»Können Sie uns sagen, ob diese Person am Freitag letzter Woche bei Ihnen war?«

Der junge Mann warf einen hastigen Blick aufs Foto.

»Ist das Innings?«

»Ja.«

»Ja, das stimmt. Er war am vorigen Freitag bei uns ... ich habe im Fernsehen gesehen, daß er umgebracht worden ist. In den Zeitungen auch. Ich erkenne ihn wieder.«

»Sind Sie ganz sicher?« fragte Moreno nach.

»Hundert Prozent. Ich habe meinen Freunden schon erzählt, daß ich ihn gesehen habe ... ich habe ihn auch bedient. Ein paar Tage, bevor er erschossen wurde. Am Freitag.«

»Gut«, sagte Moreno. »Und wissen Sie, mit wem er zusammen war?«

Ibrahim Jebardahaddan schüttelte den Kopf.

»Nein, so genau habe ich nicht hingeguckt. Es war ein Mann, aber er hat mit dem Rücken zum Lokal gesessen ... ich weiß nicht, ob ich ihn wiedererkennen würde.«

Jung nickte.

»Das macht nichts. Wahrscheinlich war es einer seiner Freunde, wir können das auf anderem Weg kontrollieren. Ja, erst mal vielen Dank ...«

Die Frau, die sie empfangen hatte, tauchte in der Türöffnung mit ihrem vorsichtigen Lachen auf.

»Sind Sie fertig? Dann müssen Sie sich zu uns setzen und mitessen. Bitteschön, kommen Sie.«

Moreno schaute auf die Uhr. Dann auf Jung.

»Warum eigentlich nicht?« fragte sie. »Vielen Dank.«

»Ist doch selbstverständlich.«

Van Veeteren starrte auf das Bild. Hinter ihm drängten sich Reinhart, Münster und deBries.

»Das soll sie sein?« fragte der Hauptkommissar.

Es war ein sehr gut gezeichnetes Portrait, kein Zweifel. Eine Frau irgendwo zwischen fünfunddreißig und vierzig höchstwahrscheinlich.

Mit ziemlich kurzem, glattem Haar. Schmale Lippen und ein etwas bitterer Zug um den Mund. Runde Brille, der Blick ein wenig nach innen gerichtet. Gerade Nase. Die Haut mit diversen Falten und Unreinheiten.

»Er sagt, die Augen sind am schwierigsten«, sagte Rooth. »Das Haar soll zedernfarben sein ... also rotgefärbt.«

»Sieht etwas verlebt aus«, sagte Reinhart. »Wenn wir Glück haben, finden wir sie im Register.«

»Hat es mit den Fingerabdrücken geklappt?« fragte Heinemann.

»Ich denke schon«, sagte Münster. »Müssen haufenweise zu finden sein, schließlich hat sie einen Monat lang dort gewohnt. Am besten kümmert deBries sich drum, wie immer, oder?«

DeBries nickte.

Der Hauptkommissar nahm das Bild hoch und betrachtete es aus einem anderen Blickwinkel.

»Ich möchte nur wissen...«, murmelte er. »Manons Quelle... ja, warum eigentlich nicht?«

»Was redest du da?« fragte Reinhart.

»Ach, nichts«, antwortete der Hauptkommissar. »Ich denke nur laut. Nun gut, Münster, sieh zu, daß jede beschissene Zeitung im ganzen Land dieses Bild kriegt.«

Er wühlte eine Weile zwischen seinen Papieren auf dem Schreibtisch.

»... mit diesem Kommuniqué hier«, fügte er hinzu. »Und dann denke ich, ist es am besten, wenn wir nach Hause gehen und eine Runde schlafen. Morgen will ich euch Punkt neun Uhr hier sehen. Wir werden sicher mit Hinweisen und Spekulationen überhäuft werden. Mit ein bißchen Glück kriegen wir sie morgen.«

»Daran zweifle ich«, entgegnete Reinhart.

»Ich auch«, konterte der Hauptkommissar. »Ich versuche nur, etwas Optimismus zu verbreiten. Gute Nacht, meine Herren.«

30

Sonntag, der 18. Februar, kam mit lauen Winden und einem leichten Vorgeschmack auf den Frühling. Für denjenigen, der Zeit hatte, diesen Vorgeschmack zu genießen.

Van Veeteren stand um sechs Uhr auf, obwohl er bis tief in die Nacht Sibelius und Kuryakin gelauscht hatte. Er holte die Allgemejne aus dem Briefschlitz und stellte fest, daß das Bild von Maria Adler sich auf der ersten Seite befand. Danach ging er ins Badezimmer und nahm eine lange, immer kälter werdende Dusche, wobei er versuchte, den kommenden Tag vor sich zu sehen.

Daß er lang werden würde – noch einer von vielen –, daran gab es natürlich keinen Zweifel, aber er wußte auch, daß es eine kleine Chance gab. Die Möglichkeit, daß es der letzte in dieser Ermittlung sein würde. Was die Festnahme selbst betraf, natürlich. Den Täter zu fassen... die Frau. Sicher, danach mußten andere Maßnahmen getroffen werden, andere Räder würden anfangen sich zu drehen – Verhör und richterliche Vorführung sowie all die anderen formalen Prozeduren in der Gesetzesmaschinerie, aber das war etwas anderes. Die Jagd wäre vorbei. Nicht, daß seine eigene Rolle damit beendet war, aber die letztendliche Verantwortung würde von jemandem anders getragen. Andere Beamte; besser geeignet für diese Art von Schauspiel.

Er stieg aus der Dusche und bereitete sich sein Frühstück. Frischaufgebrühter Kaffee, Yoghurt und vier getoastete Brotscheiben mit Butter und Käse. Er hatte schon immer Probleme gehabt, richtigen Hunger am Morgen zu empfinden, aber heute zwang er sich dazu. Ihm war klar, daß man so einen Tag nicht mit Kaffee und einer Zigarette anfangen konnte, was sonst viele Jahre lang seine absolute Präferenz gewesen war, wenn es darum ging, sich im Morgengrauen ins Weltgeschehen zu stürzen.

Andererseits, überlegte er, während er das Bild in der Zeitung genauer betrachtete – die Chance, diese leise Ahnung, daß der anbrechende Tag mit einem Fortschritt gekrönt sein sollte –, die waren nicht besonders groß. Vielleicht bestanden sie eigentlich nur aus einer frommen Hoffnung und einer Schimäre, die er brauchte, um an einem Sonntag im Februar überhaupt an die Arbeit zu gehen.

Wer würde das nicht brauchen?

Die Frau, die er bisher nur als Maria Adler kannte, flößte ihm Respekt ein, kein Zweifel. Wenn Respekt in diesem Zusammenhang das richtige Wort war.

Zumindest imponierte sie ihm in irgendeiner Weise. Und erschreckte ihn natürlich zugleich. Das Gefühl, daß sie volle Kontrolle darüber hatte, was sie machte, war unabweisbar. Ihre Art, ohne zu zögern zuzuschlagen und sich dann zurückzuziehen – jedesmal wieder, ja, die zeugte schon von Kälte und Entschlossenheit. Sie hatte sich einen Monat lang in Frau Klausners Villa verborgen gehalten, ihre Aktionen mit unerschütterlicher Präzision durchgeführt, und jetzt war sie verschwunden.

Während er über dem alltäglichen, etwas rätselhaften Gesicht sann, versuchte er zu analysieren, was dieses Verschwinden wohl zu bedeuten hatte.

Entweder – wie jemand schon gesagt hatte – es bedeutete ganz einfach, daß sie fertig war. Ihre Absicht war gewesen, genau diese drei Personen umzubringen, aus irgendeinem Grund, von dem die Polizei bis jetzt nicht die geringste Ahnung hatte.

Oder – stellte er fest und streute Müsli über den Joghurt –, oder ihr war klargeworden, daß es viel zu riskant gewesen wäre, dort zu bleiben. Sie hatte gewußt, daß es an der Zeit war, ihr Versteck zu wechseln.

Oder aber – ein Gedanke, den man natürlich nicht außer acht lassen durfte – sie hatte es vorgezogen, sich ihrem nächsten Opfer weiter zu nähern. Um sozusagen eine bessere Ausgangsposition zu haben. Malik, Maasleitner und Innings hatten ja alle drei in vorteilhafter Nähe von Deijkstraa gewohnt – zwei im Ort selbst, der dritte nicht allzu weit entfernt. Wenn man also davon ausging, daß Frau Adler noch weitere Personen auf ihrer Liste hatte, und diese Leute aus der Gruppe waren, die an anderen Orten im Land (oder natürlich auch im Ausland) lebten, ja, dann gab es gute Gründe, sich eine neue Basis für die weiteren Operationen zu suchen.

Van Veeteren biß in ein Butterbrot. Wenn es überhaupt andere denkbare Varianten als diese drei gab, dann fielen sie ihm zumindest im Augenblick nicht ein. Daß Nummer zwei an und für sich weder Nummer eins noch Nummer drei ausschloß, war ihm natürlich klar. Was jedoch am wahrscheinlichsten war, konnte er beim besten Willen nicht sagen.

Vielleicht war sie fertig mit dem Morden.

Vielleicht hatte sie ihre Verfolger gerochen.

Vielleicht war sie auf dem Weg zu Nummer vier.

Viertel nach acht war er sowohl mit dem Frühstück als auch mit der Zeitung fertig. Nachdem er den blassen, nicht besonders unheilschwangeren Himmel eine Weile durch die Balkontür betrachtet hatte, beschloß er, dieses Mal zu Fuß zum Polizeipräsidium zu gehen.

Es wurde sogar noch schlimmer, als er befürchtet hatte. Das Bild der gesuchten Frau, die den Namen Maria Adler benutzte, war bis zur Mittagszeit in jede Ecke und jeden Winkel des Landes gedrungen, und die einzigen Menschen, die vermeiden konnten, es zu betrachten, waren wahrscheinlich die Blinden und diejenigen, die noch ihren Samstagsrausch ausschliefen.

Jedenfalls beurteilte Kommissar Reinhart die Lage in dieser Form.

Bereits gegen elf Uhr hatte die Zahl der eingegangenen Hinweise die 500er-Grenze überschritten, und eine gute Stunde später war sie bereits um das Doppelte angestiegen. In der Telefonzentrale der Polizei waren vier Personen damit beschäftigt, die Anrufe entgegenzunehmen.

Noch weitere drei Frauen mit Namen Maria Adler hatten sich gemeldet. Natürlich hatte keine von ihnen das geringste mit den Morden zu tun. Eine arme Bürgermeistersfrau in Frigge hieß zwar ganz anders, aber sie ähnelte offensichtlich haargenau dem Bild in der Zeitung – sie war von vier unterschiedlichen Leuten ihres Ortes erkannt worden und hatte selbst weinend im dortigen Polizeirevier und im Präsidium in Maardam angerufen. Der Bürgermeister wollte Anzeige erstatten. Aber der überwiegende Teil aller Anrufe kam von Menschen um das Deijkstraaviertel herum. Sie alle gaben an – was sicher auch den Tatsachen entsprach –, im Laufe des Monats, den die angebliche Frau Adler bei Frau Klausner gewohnt hatte, sie an unterschiedlichen Orten angetroffen zu haben. Im Supermarkt. Auf dem Postamt. Auf der Straße. An der Bushaltestelle ... und so weiter. Aber auch wenn die Mehrzahl dieser Beobachtungen vermutlich richtig war, waren sie natürlich für die weitere Ermittlungsarbeit nur von sehr geringem Interesse.

Um 12 Uhr mittags war die Polizei noch nicht viel weitergekommen. Maria Adler war von zwei Zeugen gegen sechs Uhr am Freitag abend am Bahnhof gesehen worden. Falls diese beiden Angaben stimmten, mußte sie einen Zug genommen haben, der um 18.03 abfuhr, und kurz nach halb eins beschloß Van Veeteren, der Presse eine weitere Information zukommen zu lassen – einen Aufruf an alle, die diesen Zug genommen hatten, sich zu melden.

Ein paar Stunden später hatte sich wirklich eine Handvoll Reisender im Polizeipräsidium gemeldet, aber kaum mit irgendwelchen weiterführenden Hinweisen. Eher mit einer ganzen Reihe unwichtiger Details und Vermutungen, weshalb es Grund gab, die Zugspur (wie Reinhart sie genannt hatte) als doch nicht so richtig heiß zu würdigen.

Um drei Uhr machte sich eine gewisse Erschöpfung bemerkbar. Man saß – und hatte den ganzen Tag gesessen – in zwei Zimmern, dem von Van Veeteren und dem von Münster, die nebeneinander lagen, und die Papierhaufen und die Anzahl der schmutzigen Kaffeebecher waren in den letzten sechs Stunden ununterbrochen angewachsen.

»Scheiße aber auch«, sagte Reinhart. »Hier ist die Alte wieder – die sie in Bossingen, Linzhuisen und Oosterbrügge gesehen hat. Jetzt ist sie in der Kirche in Loewingen wieder auf sie gestoßen.«

»Wir bräuchten eine bessere Karte«, meinte deBries. »Mit Fähnchen und so. Ich glaube beispielsweise, es waren mehrere Hinweise aus Aarlach da. Dann wäre es einfacher ...«

»Rooth und du, kümmert euch drum«, sagte Van Veeteren. »Geh in dein Zimmer, damit du Ruhe hast.«

DeBries kaute die Reste einer Quarktasche, während er hinausging, um Rooth zu holen.

»Das ist eine Strafarbeit für eine siebte Klasse«, bemerkte Reinhart.

»Ich weiß«, bestätigte Van Veeteren. »Brauchst mich nicht daran zu erinnern.«

»So langsam glaube ich, sie ist die am häufigsten gesehene Frau im Land. Meine Fresse, die haben sie ja überall gesehen. In Restaurants, bei Fußballspielen, auf Parkplätzen, auf Friedhöfen ... in Taxis, Bussen, Geschäften, Kinoschlangen ...«

Van Veeteren schaute auf.

»Warte mal«, sagte er. »Sag das noch mal!«

»Was denn?« fragte Reinhart.

»Was du gerade runtergeleiert hast.«

»Und warum, zum Teufel?«

Van Veeteren winkte mit der Hand ab.

»Forget it. Friedhöfe...«

Er nahm den Hörer auf und rief bei dem diensthabenden Kollegen an. »Klempje? Sieh zu, daß du so schnell wie möglich den Fotografen Klaarentoft findest. Ja, er soll in mein Zimmer kommen.«

»Worum geht es?« fragte Reinhart.

Endlich einmal klappte es wie geplant, und eine halbe Stunde später steckte Klaarentoft nach einem vorsichtigen Klopfen seinen Kopf durch die Tür.

»Der Hauptkommissar wollte mich sprechen?«

»Die Fotos!« rief Van Veeteren.

»Welche Fotos?« wollte Klaarentoft wissen, der durchschnittlich tausend Bilder in der Woche machte.

»Natürlich die vom Friedhof! Von Ryszard Maliks Beerdigung. Ich will sie mir angucken.«

»Alle?«

»Ja, natürlich. Jedes einzelne Bild.«

Klaarentoft sah verwirrt aus.

»Du hast sie doch wohl noch?«

»Ja, aber bis jetzt ist nur der Film entwickelt. Ich habe noch keine Abzüge gemacht.«

»Klaarentoft«, sagte Van Veeteren und drohte ihm mit einem Zahnstocher. »Dann geh runter ins Labor und mach es! Ich will sie in einer Stunde sehen.«

»Jaha... ja, natürlich, wird gemacht«, stotterte Klaarentoft und machte sich auf den Weg.

»Und wenn's schneller geht, ist es auch nicht schlimm!« rief der Hauptkommissar ihm nach.

Reinhart stand auf und zündete sich seine Pfeife an.

»Prima Befehlserteilung«, sagte er. »Glaubst du, daß sie da war, oder worauf willst du hinaus?«

Van Veeteren nickte.

»Nur so ein Gefühl.«

»Ist manchmal gar nicht dumm mit diesen Gefühlen«, erklärte Reinhart und stieß eine Rauchwolke aus. »Übrigens, wie ist es Jung und Moreno ergangen? Ich meine, mit Innings und diesem Freitag abend.«

»Keine Ahnung«, sagte Van Veeteren. »Sie haben zwar den Ort gefunden, aber nicht denjenigen, der mit ihm dort war.«

Reinhart nickte.

»Und womit beschäftigt Heinemann sich?«

»Der ist wahrscheinlich in seinem Zimmer und mit den Bankgeschichten beschäftigt«, erklärte Van Veeteren. »Nur gut so, das hier wäre sicher zu hektisch für ihn.«

»Mir wird's auch langsam zu hektisch«, meinte Reinhart und sank wieder auf seinem Stuhl zusammen. »Ich muß schon sagen, ich würde es vorziehen, wenn sie herkäme und sich stellen würde. Können wir bei der nächsten Pressemitteilung nicht diesen Wunsch herausgeben?«

Es klopfte an der Tür. Münster kam herein und setzte sich auf die Schreibtischkante.

»Ich habe was überlegt«, sagte er. »Diese Frau kann ja kaum älter als vierzig sein. Das bedeutet, daß sie höchstens zehn war, als die zur Stabsschule gingen ...«

»Ich weiß«, murmelte der Hauptkommissar.

Reinhart kratzte sich mit seinem Pfeifenschaft an der Stirn.

»Und was willst du damit sagen?«

»Tja«, erwiderte Münster, »ich dachte, das solltest du besser selbst herauskriegen.«

Klaarentoft brauchte weniger als vierzig Minuten, um mit den Fotos fertig zu werden, und nachdem er sie auf Van Veeterens Schreibtisch gelegt hatte, blieb er in der Tür stehen, als erwarte er irgendeine Art von Belohnung. Einen Taler ... etwas, in den Mund zu stopfen, ein paar aufmunternde, lobende Worte jedenfalls. Der Hauptkommissar griff nur eifrig nach den Fotos, aber Reinhart bemerkte den unschlüssigen Hünen.

»Hrrm«, räusperte er sich.

Van Veeteren sah auf.

»Gut gemacht, Klaarentoft«, sagte er. »Verdammt gut. Ich glaube, das war's für heute.«

»Danke, Herr Hauptkommissar«, erwiderte Klaarentoft und ging hinaus.

Van Veeteren blätterte die glänzenden Abzüge durch.

»Hier!« rief er plötzlich. »Und hier! Meine Fresse!«

Er schaute den Rest noch eilig durch.

»Komm her, Reinhart! Guck dir das an! Hier haben wir sie.« Reinhart beugte sich über den Schreibtisch und studierte die Aufnahmen einer Frau in dunkler Baskenmütze und hellem Mantel; ein Foto im Profil, das andere fast direkt von vorn... offenbar waren sie mit ganz kurzem Zeitabstand gemacht, der Fotograf hatte nur seine Position gewechselt... sie stand an einem Grab und schien das, was auf dem rauhen, etwas moosbedeckten Stein stand, zu entziffern. Leicht vorgebeugt und eine Hand ausgestreckt, um eine Ranke zur Seite zu schieben...

»Stimmt«, sagte Reinhart. »Natürlich ist sie das.«

Van Veeteren riß den Telefonhörer an sich und rief Klempje an.

»Ist Klaarentoft schon raus?«

»Nein.«

»Halte ihn auf, wenn er vorbeikommt, und schicke ihn zu mir hoch«, befahl er und legte auf.

Zwei Minuten später stand Klaarentoft in voller Größe wieder in der Tür.

»Prima«, sagte Van Veeteren. »Vergrößerungen von den beiden hier, kannst du die machen?«

Klaarentoft nahm die Fotos und schaute sie an.

»Natürlich«, sagte er. »Ist das...«

»Ja?«

»Ist sie das? Maria Adler?«

»Da kannst du ein Ei drauf backen«, sagte Reinhart.

»Ich finde, sie hat gar nichts Mystisches an sich.«

»Gute Spürnase«, sagte Reinhart, nachdem Klaarentoft wieder verschwunden war.

»Ja«, sagte Van Veeteren. »Er hat auch zwölf Fotos vom Pfarrer gemacht. Hoffentlich schnappen wir sie jetzt.«

»Endlich«, seufzte Reinhart, als er hinter Winnifred Lynch in die Badewanne sank. »Was für ein teuflischer Tag. Was hast du gemacht?«

»Ein Buch gelesen«, erwiderte Winnifred Lynch.

»Was für eins?« fragte Reinhart.

Sie lachte.

»Wie läuft es? Ich vermute, daß ihr sie noch nicht gefunden habt?«

»Nein«, bestätigte Reinhart. »Über 1300 Hinweise, aber wir wissen nicht, wo sie ist und wer sie ist. Scheiße, dabei habe ich gedacht, wir würden es heute schaffen.«

»Hm«, sagte Winnifred Lynch und lehnte sich an seine Brust. »Es reicht ja schon eine Perücke... auch keine neuen Anhaltspunkte?«

»Vermutlich im Norden«, sagte Reinhart. »Sie kann einen Zug genommen haben. Morgen werden wir mit einem Typen reden, der glaubt, mit ihr im selben Abteil gesessen zu haben... hat gerade angerufen, als ich loswollte.«

»Und – werden es noch mehr, was meinst du?«

Reinhart zuckte mit den Schultern.

»Keine Ahnung. Wir sind uns ja noch nicht mal über das Motiv im klaren.«

Sie dachte nach.

»Du erinnerst dich daran, daß ich gesagt habe, es wäre eine Frau.«

»Ja, ja«, nickte Reinhart leicht irritiert.

»Eine gekränkte Frau.«

»Ja.«

Sie strich langsam mit ihrem Finger über seinen Schenkel.

»Es gibt viele Möglichkeiten, eine Frau zu kränken, aber eine ist unfehlbar.«

»Vergewaltigung?«

»Ja.«

»Sie war höchstens zehn, als die ihre Stabsschule beendet haben«, erklärte Reinhart. »Sie kann nicht älter als vierzig sein, oder was denkst du?«

»Nein, allerhöchstens«, bestätigte Winnifred Lynch. »Äh, aber irgend so was gibt's da im Hintergrund.«

»Gut möglich«, sagte Reinhart. »Kannst du nicht genauer in deine Kristallkugel gucken und mir sagen, wo sie sich versteckt hält? Nein, jetzt lassen wir das eine Weile. Was für ein Buch hast du gelesen?«

»La vie devant soi«, sagte Winnifred Lynch.

»Emile Ajar?«

»Ja.«

»Ich glaube, ich brauche ein Kind.«

Reinhart lehnte seinen Kopf gegen die Kacheln und schloß die Augen. Mit einem Mal merkte er, wie zwei vollkommen unvereinbare Bilder in seinem Gehirn vorbeisausten, aber das ging so schnell, daß er ihre Botschaften gar nicht mitbekam. Wenn sie denn welche mit sich führten.

»Darf ich dir eins geben?« fragte er.

»Wenn du unbedingt willst«, antwortete sie.

31

»Doch«, sagte Münster. »Sie kann den Zug genommen haben.«

Er wirkte ziemlich überzeugt.

»Gut«, bestätigte Van Veeteren. »Und wohin ist sie dann gefahren?«

Münster schüttelte den Kopf.

»Leider«, antwortete er. »Er ist in Rheinau ausgestiegen,

und da saß sie noch drinnen, also... jedenfalls weiter als Rheinau.«

»Es muß doch noch mehr Leute geben, die sie gesehen haben?« überlegte Reinhart.

»Sollte man meinen. Zumindest sagt Pfeffenholtz, daß noch eine Person im selben Abteil gesessen hat.«

»Pfeffenholtz?«

»Ja, so heißt er. Aber es gab noch jemanden während der ganzen Fahrt von Maardam an. Ein Skinhead. Und der ist offensichtlich noch länger drin geblieben.«

»Ach du Scheiße«, sagte Reinhart.

»Dunkle Brille, Walkman und Comicheft«, erklärte Münster. »Zwischen achtzehn und zwanzig ungefähr. Hat die ganze Zeit Bonbons gelutscht und hatte ein tätowiertes Kreuz über dem rechten Ohr.«

»Hakenkreuz?« fragte Reinhart nach.

»Wahrscheinlich«, seufzte Münster. »Was sollen wir tun? Ihn suchen lassen?«

Van Veeteren grunzte.

»Hakenkreuz und Süßigkeiten?« wiederholte er. »Nein, vielen Dank. Hinter irgendwelchen Naziwelpen herrennen, das überlassen wir anderen. Aber dieser Pfeffenberg...«

»... holtz«, sagte Münster.

»Ja, ja, dann eben Pfeffenholtz. Er scheint zu wissen, wovon er redet, oder?«

Münster nickte.

»Gut«, sagte Van Veeteren. »Geh in dein Zimmer und suche die aus der Stabsgruppe raus, die in Frage kommen könnten... die nördlich von Rheinau wohnen, will ich damit sagen. Komm damit wieder, wenn du fertig bist.«

Münster stand auf und verließ das Zimmer.

»Hast du über das Motiv nachgedacht?« fragte Reinhart.

»Das tue ich seit einem Monat«, knurrte der Hauptkommissar.

»Aha, und was denkst du also? Ich finde, es stinkt nach Vergewaltigung.«

Van Veeteren schaute von seinem Schreibtisch auf.

»Erklär mir das«, sagte er.

»Es muß sich um eine Frau handeln, die für irgendwas Rache üben will«, führte Reinhart aus.

»Möglich.«

»Und da liegt Vergewaltigung doch am nächsten.«

»Möglich«, wiederholte der Hauptkommissar.

»Nur ihr Alter macht das Ganze etwas kompliziert. Sie muß ja damals sehr jung gewesen sein... erst ein Kind.«

Van Veeteren schnaubte.

»Jünger als du denkst, Reinhart.«

Reinhart blieb still sitzen und starrte für ein paar Sekunden in die Luft.

»Ach so«, sagte er dann. »Das ist natürlich eine Möglichkeit. Entschuldige meine Begriffsstutzigkeit.«

»Schon geschehen«, sagte Van Veeteren und wandte sich erneut seinen Papieren zu.

DeBries kam zur gleichen Zeit wie Jung und Moreno herein. »Kann ich zuerst drankommen«, fragte deBries. »Das geht schnell.«

Van Veeteren nickte.

»Sie ist nicht im Register.«

»Schade«, sagte Reinhart. »Nun gut, in der jetzigen Lage würde es uns auch nicht weiterhelfen, wenn wir wüßten, wer sie ist. Obwohl es natürlich interessant wäre.«

»Innings?« fragte Van Veeteren, als deBries das Zimmer verlassen hatte.

»Ja«, fing Moreno an. »Das Restaurant ist also klar. Es war Klumms Keller in Loewingen, da war er, aber mit wem er dort war, das haben wir nicht herausgefunden.«

»Gut«, sagte Van Veeteren. »Aber darum geht es ja gerade. Wie viele habt ihr überprüft?«

»Reichlich«, erklärte Jung. »Wir haben alle Arbeitskollegen, Freunde und Verwandten bis ins siebte Glied befragt. Niemand war mit Innings an diesem Freitag aus.«

Der Hauptkommissar brach einen Zahnstocher ab und sah zufrieden aus. So zufrieden, wie er überhaupt aussehen konnte, und das war nicht besonders viel. Aber Reinhart bemerkte seinen Zustand.

»Was ist los mit dir?« fragte er. »Geht es dir nicht gut?«

»Hm«, erwiderte Van Veeteren. »Ihr habt aber jedenfalls Zeugen aus dem Restaurant?«

»Nur den Kellner«, erklärte Moreno. »Und er hat den Mann, mit dem Innings dort war, kaum gesehen. Zwischen fünfzig und sechzig, sagt er... er saß offensichtlich etwas weggedreht.«

»Das kann ich mir vorstellen«, sagte Van Veeteren. »Nun gut, nehmt die Fotos von der Stabsgruppe... ich meine natürlich die neuen, und fragt ihn, ob er sich denken kann, daß es einer von denen ist.«

Jung nickte.

»Glaubst du, daß Innings sich mit einem von denen beraten hat?«

Van Veeteren sah unergründlich aus.

»Übrigens«, fügte er hinzu. »Wenn er unsicher ist, ob der Betreffende auf dem Foto ist, dann sagt ihm, er soll die drei, vier Wahrscheinlichsten herauspicken.«

Jung nickte erneut. Moreno schaute auf die Uhr.

»Heute noch?« fragte sie hoffnungsvoll. »Es ist schon halb fünf.«

»Jetzt«, antwortete Van Veeteren.

Als er nach Hause gekommen war, rief Heinemann an.

»Es gibt einen Zusammenhang«, sagte er.

»Wozwischen?«

»Zwischen Malik, Maasleitner und Innings. Soll ich es gleich am Telefon berichten?«

»Spuck's aus«, sagte Van Veeteren.

»Gut, also«, begann Heinemann. »Ich habe die Bankgeschäfte der drei durchgesehen, das ist schwieriger, als man denkt. Bestimmte Banken wie die Sparkasse haben diverse Vorschriften, die gelinde gesagt merkwürdig sind. Ist bestimmt nicht einfach, Wirtschaftsverbrechen aufzudecken, aber vielleicht ist das gar nicht der Sinn des ganzen ...«

»Was hast du herausgefunden?« fragte Van Veeteren.

»Hrrm ... es gibt eine Übereinstimmung.«

»Und welche?«

»Im Juni 1976«, erklärte Heinemann. »Am 8. Juni hebt Malik von seinem Sparkonto bei der Cuyverbank 10000 Gulden ab. Am 9. hebt Maasleitner die gleiche Summe bei der Sparkasse ab. Und zum gleichen Datum wird Innings bei der Landbank ein Kredit über 12000 gewährt ...«

Van Veeteren überlegte einen Augenblick.

»Gut, Heinemann«, sagte er dann. »Und was meinst du, worauf das hindeutet?«

»Das kann man nie so genau sagen«, antwortete Heinemann.

»Jedenfalls ist es nicht ausgeschlossen, daß es sich um eine Erpressung handelte.«

Van Veeteren überlegte erneut.

»Dir ist klar, daß du weitermachen mußt?«

Heinemann seufzte.

»Ja«, sagte er dann. »Das muß ich wohl.«

»Du mußt herauskriegen, ob es in der Gruppe noch andere gibt, die zur gleichen Zeit ähnliche Transaktionen gemacht haben.«

»Genau«, bestätigte Heinemann. »Ich mache mich gleich morgen dran.«

»Nun kling mal nicht so betrübt«, sagte der Kommissar. »Du kannst mit denen anfangen, die im Norden wohnen, vielleicht reicht das schon ... wenn du mit Münster redest, kriegst du morgen ganz früh eine Liste.«

»Allright«, sagte Heinemann. »Jetzt muß ich mich aber um die Kinder kümmern.«

»Kinder?« fragte der Hauptkommissar überrascht. »Deine Kinder sind doch wohl erwachsen.«

»Enkelkinder«, sagte Heinemann und seufzte noch einmal.

Ja, ja, dachte Van Veeteren, als er aufgelegt hatte. Die Schar verkleinert sich. Die Schlinge zieht sich zu.

Er holte ein Bier aus dem Kühlschrank. Stellte die Goldbergvariationen an und sank auf seinem Sessel nieder. Legte die Fotos auf seine Knie und begann sie mit einem leichten Gefühl der Verwunderung zu betrachten.

Fünfunddreißig junge Männer.

Sieben tot.

Drei davon durch diese Frau.

Diese verhalten lächelnde Frau mit der dunklen Baskenmütze und dem hellen Mantel. Ein wenig über einen Grabstein gebeugt. Ein kleiner Leberfleck auf der linken Wange, daran konnte er sich von dem Phantombild nicht mehr erinnern, aber er war auch nicht größer als der Fingernagel des kleinen Fingers.

Klaarentoft hatte eine ausgezeichnete Vergrößerung gemacht, in jeder Hinsicht, und während er so dasaß und ihr Gesicht betrachtete, schien ihm mit einem Mal, als würde sie ihren Blick ein kleines bißchen heben. Ihn gerade eben über den Rand des Steins heben und ihn ansehen.

Etwas trotzig, schien ihm. Außerdem eine Spur spöttisch, aber gleichzeitig ernsthaft.

Und sehr . . . sehr entschlossen.

Wie alt bist du eigentlich? überlegte er.

Und wie viele stehen auf deiner Liste?

32

Die Annahme, daß der Fall kurz vor der Aufklärung stünde, erwies sich in den folgenden Tagen als etwas übereilt. Der Täter konnte nicht näher eingekreist werden, und die Arbeit der Polizei schien im Sande zu verlaufen.

»Wir treiben ab«, stellte Reinhart am Donnerstag morgen fest. »Kein Land mehr in Sicht!«

Und der Hauptkommissar konnte nicht anders als ihm recht geben. Die »Zugspur«, der gemäß Maria Adler mit dem 18.03-Uhr-Zug vom Maardamer Hauptbahnhof Richtung Norden abgefahren war, konnte weder bestätigt noch verworfen werden. Pfeffenholtz' an und für sich überzeugende Zeugenaussage stand für sich. Der bonbonlutschende Skinhead hatte sich nicht gemeldet. Und auch kein anderer aufmerksamer Fahrgast. Vielleicht hatte Frau Adler sich wirklich irgendwohin nördlich von Rheinau begeben, vielleicht aber auch nicht.

Aber selbst wenn sie es getan hatte, wie Reinhart bemerkte, was, zum Teufel, sprach dafür, daß sie immer noch dort war? Und daß sie mit ihrem Standortwechsel genau die Absichten verfolgte, die sie sich einbildeten?

Überhaupt nichts, beantwortete er selbst seine rhetorische Frage. Am Dienstag nachmittag suchten Jung und Moreno noch einmal den Kellner Ibrahim Jebardahaddan auf. Der junge Iraner konnte nicht mit Sicherheit sagen, ob einer der Männer auf den Fotos mit Innings an diesem bewußten Freitag zusammen war. Er suchte aber fünf Personen aus der Stabsgruppe heraus, die möglicherweise in Frage kamen.

Als der Hauptkommissar die Namensliste bekam, war er nicht besonders zufrieden mit dem Resultat, weshalb Jebardahaddan sich am Donnerstag noch einmal für eine neue Fotodurchsicht im Polizeipräsidium einfinden durfte.

Dieses Mal hatten sie die betreffenden Fotos mit denen vollkommen unbeteiligter Personen gemischt, und es zeigte sich, daß der Zeuge jetzt nur noch zwei der vorher fünf Gesichter herausfinden konnte. Beide wohnten südlich von Maardam, der eine sogar in Südafrika.

Als Ibrahim Jebardahaddan das Gebäude mit zittrigen Beinen verließ, stellte Moreno fest, daß sie ihn jetzt zum ersten Mal mit Brille sah, und man war sich einig darüber, daß auch die »Restaurantspur«, zumindest im Augenblick, sich als Sackgasse erwies.

Die neuerlichen Gespräche mit den Männern aus der Stabsgruppe hatten nichts Neues ergeben. Keiner konnte sich daran erinnern, daß Karel Innings während der Militärzeit mit Malik und Maasleitner befreundet gewesen war. Er war ein ganz beliebter, extrovertierter und angenehmer junger Mann gewesen, ohne engere Verbindungen zu Malik oder Maasleitner. Einige aus der Gruppe hatten die Aussage verweigert – aus irgendwelchen unklaren Gründen, wie die Kollegen vor Ort meinten. Andere hatten sich jede Form von Schutz oder Bewachung verbeten, und drei hatte man ganz einfach nicht erreichen können, da sie auf Reisen waren.

Die gemeinschaftliche Verbindung zwischen den drei Opfern beschränkte sich also auf die Bankaktivitäten im Juni 1976, die von Heinemann entdeckt worden waren, aber ähnliche Transaktionen anderer Gruppenmitglieder im gleichen Zeitraum hatte er noch nicht aufspüren können.

»Verzwickter, als man sich das denkt«, erklärte er, als er bei der Lagebesprechung am Freitag seinen Bericht ablieferte. »Im Prinzip braucht man für jedes neue Konto, das man sehen will, wieder eine neue Genehmigung.«

»Ja, ja«, seufzte der Hauptkommissar. »Wir wissen ja, wessen Interessen die schützen. Und wo stehen wir jetzt? Was meint Reinhart?«

»Wir treten auf der Stelle«, sagte Reinhart. »Seit dem Mord an Innings sind neun Tage vergangen. Eine Woche, seit sie aus Deijkstraa verschwunden ist… jedenfalls hat sie genügend Zeit gehabt, sich wieder zu verstecken.«

»Ich glaube, ihr Auftrag ist erledigt«, sagte Rooth.

»Das glaube ich nicht«, widersprach Reinhart.

»Wir könnten ja auf die von Münsters Liste unser besonderes Augenmerk werfen«, schlug deBries vor. »Ich meine die, die nördlich von hier wohnen.«

»Glaubst du, das ist den Aufwand wert?« fragte der Hauptkommissar.

»Nein, zum Teufel«, erklärte Reinhart. »Das einzige, worauf wir uns im Augenblick einstellen können, ist ein langes, freies Wochenende.«

»Gibt es jemanden, der gegen Kommissar Reinharts Vorschlag etwas einzuwenden hat?« fragte der Hauptkommissar müde, woraufhin sich eine Grabesstille über die Ermittlungsleitung legte. »Nun gut«, sagte Van Veeteren. »Wenn nichts Besonderes geschieht, sehen wir uns am Montag morgen um neun Uhr wieder. Vergeßt nicht, daß wir noch über 2000 unbearbeitete Hinweise liegen haben.«

Als der Hauptkommissar ein paar Stunden später seine Schritte zum »Verein« in der Styckargasse lenkte, stieß er in der Tür auf den Geschäftsführer, der einen maßlos betrunkenen Arzt in den Armen hielt.

»Ich mußte ihn rausschmeißen«, erklärte er. »Er singt und heult und belästigt die Damen.«

Van Veeteren nickte und half ihm, den Arzt die Treppe hinauf zum wartenden Taxi zu bugsieren. Immer ist irgendwas, dachte er resigniert. Sie luden ihre Last auf dem Rücksitz ab.

»Wohin soll er?« fragte der Fahrer und schaute skeptisch drein. Urwitz wandte sich Van Veeteren zu.

»Kennst du ihn?«

»Nur flüchtig«, erwiderte Van Veeteren und zuckte mit den Achseln.

»Er behauptet, seine Frau habe ihren Liebhaber zu Besuch, und deshalb könne er nicht nach Hause. Ob das stimmen kann?«

»Keine Ahnung«, entgegnete der Hauptkommissar. »Und falls er überhaupt eine Frau hat, ist es jedenfalls keine gute Idee, ihn so oder so nach Hause zu schicken.«

Der Geschäftsführer nickte, und der Fahrer sah noch skeptischer drein.

»Entscheiden Sie sich, oder holen Sie ihn wieder raus«, erklärte er.

»Fahren Sie zum Polizeirevier von Zwille«, erklärte Van Veeteren. »Grüßen Sie von V. V. und sagen Sie, daß sie nett zu ihm sein und ihn ausschlafen lassen sollen.«

»V. V.?« fragte der Fahrer.

»Ja«, bestätigte Van Veeteren, und das Taxi fuhr davon.

»O tempora, o mores«, seufzte Urwitz und begleitete Van Veeteren hinunter ins Gewölbe.

»Du siehst etwas finster aus«, stellte Mahler fest, als der Hauptkommissar sich an den Tisch gesetzt hatte. »Hast du angefangen zu fasten?«

»Ich lebe das ganze Jahr asketisch«, erklärte Van Veeteren. »Eine Partie gefällig?«

»Natürlich«, nickte Mahler und begann die Figuren aufzustellen. »Kannst du keinen Spott ertragen?«

Van Veeteren antwortete nicht. Trank statt dessen ein halbes Glas Bier.

»Und dieses Ereignis, von dem wir neulich gesprochen haben«, fuhr Mahler fort. »Hast du was erreicht?«

Der Hauptkommissar nickte und stellte seine Figuren ordentlich hin.

»Denke schon«, sagte er. »Aber solange ich nicht den Zeitpunkt kenne, trete ich weiter auf der Stelle.«

»Ich verstehe«, sagte Mahler. »Nicht«, fügte er nach einer Weile hinzu.

»Das macht nichts«, sagte Van Veeteren. »Ich habe beschlossen, mich nicht zu rühren und jedenfalls ein paar Tage zu warten. Sie den nächsten Zug machen zu lassen ...«

»Noch einen erschießen?«

»Ich hoffe nicht«, seufzte Van Veeteren. »Apropos Zug...«

»Allright«, sagte Mahler, beugte sich übers Brett und begann seine Konzentrationszeremonie.

Als Van Veeteren kurz nach halb eins den »Verein« verließ, hatte er zwei Remis und einen Sieg im Gepäck. Er fühlte sich unverwundbar. Am Kongers Plejn mußte er jedoch gewahr werden, daß er damit eine übereilte Feststellung getroffen hatte. Er war gerade um die Ecke gebogen, als er einer Bande grölender junger Männer direkt in die Arme lief, die offensichtlich auf ein dankbares Opfer gewartet hatten.

»Eh, alter Tattergreis!« amüsierte sich ein breitschultriger Jüngling mit rotem Stoppelschnitt und drängte ihn an die Wand. »Scheine oder Schwanz?«

Schwanz, konnte Van Veeteren gerade noch denken, bevor ihm ein anderer Jüngling mit der Innenseite seiner Hand ins Gesicht schlug. Er spürte sofort den Blutgeschmack auf der Zunge.

»Ich bin von der Polizei«, sagte er.

Dieser Satz erntete ein Hohngelächter.

»Polizisten nehmen wir uns am liebsten vor«, sagte einer, der ihn gegen die Wand preßte, und die anderen grinsten begeistert dazu. Derjenige, der ihn geschlagen hatte, schlug erneut zu, aber dieses Mal parierte Van Veeteren den Schlag, während er gleichzeitig der roten Bürste ein Knie zwischen die Beine hieb. Der krümmte sich stöhnend zusammen.

»Scheißopa!« fluchte einer der Hintenstehenden und kam hinzu. Van Veeteren schlug eine gerade Rechte, die irgendwo in der Nasenregion traf. Jedenfalls hörte er deutlich, wie etwas Knorpeliges noch knorpeliger wurde, und soweit er es spüren konnte, handelte es sich dabei nicht um seine Hand.

Der Getroffene zog sich zurück, aber damit war natürlich Schluß mit den Erfolgen. Die drei übrigen – Ungeschädigten – zwangen den Hauptkommissar auf allen vieren auf den Bürgersteig und begannen auf ihn loszudreschen.

Nach einer Weile – vermutlich handelte es sich um nicht mehr als zehn, fünfzehn Sekunden – ließen sie von ihm ab. Rannten grölend davon.

»Verflucht noch mal...«, murmelte Van Veeteren, während er vorsichtig aufstand. Er fühlte, daß seine Lippe und eine Wunde oberhalb der Augenbraue bluteten, aber als er Arme und Beine bewegte, merkte er schnell, daß er noch relativ glimpflich davongekommen war. Er schaute über den leeren Marktplatz.

Wo, zum Teufel, sind denn die Zeugen? dachte er und nahm seinen unterbrochenen Heimweg wieder auf.

Als er sich kurze Zeit später im Badezimmerspiegel betrachtete, wurde ihm zumindest klar, daß es genau der richtige Beschluß gewesen war, die Ermittlungen das Wochenende über ruhen zu lassen. Ein Ermittlungsleiter, der derartig aussah, konnte kaum eine Inspirationsquelle für seine Mannschaft darstellen.

Danach rief er – in seiner Eigenschaft als Privatperson – die Polizei an und berichtete von dem Überfall. Er bat außerdem eindringlich – in seiner Eigenschaft als Kriminalkommissar –, sich um das eine oder andere Verhör kümmern zu dürfen, wenn man die jungen Delinquenten ausfindig gemacht hatte.

»Waren es Ausländer?« fragte der wachhabende Polizist.

»Nein«, antwortete Van Veeteren. »Eher Bodybuilder. Warum sollten es Ausländer gewesen sein?«

Er bekam keine Antwort.

Nachdem er sich gewaschen und ins Bett gelegt hatte, überlegte er, warum er während des gesamten Intermezzos eigentlich keine Sekunde lang Angst gehabt hatte. Empört und irritiert war er gewesen, aber nicht ängstlich.

Wahrscheinlich, weil ich für so was zu alt bin, dachte er.

Oder es waren dafür härtere Sachen notwendig.

Oder aber – ihm kam der Gedanke, kurz bevor er einschlief – ich habe um meine eigene Person keine Angst mehr.

Nur um andere.

Um die Gesellschaft. Ihre Entwicklung.

Die des Lebens?

Und ihm fiel eine dumme Scherzfrage ein, die Rooth vor kurzem gestellt hatte.

Frage: Wie stellt man heute einen Zufallsgenerator her?

Antwort: Man kippt zwei Bier in einen Bodybuilder.

Danach schlief er ein.

VIII

16. Februar–9. März

33

Das Hotel Pawlewski hatte schon bessere Tage gesehen, und Herr Pawlewski auch.

Und Gäste.

Als etwas ganz Besonderes hatte er sie vor fünfzig Jahren und mehr betrachtet, als er selbst noch gezwungen war, auf einem blaugestrichenen, abgewetzten Hocker zu stehen, um überhaupt über den Rand des Empfangstresen schauen zu können. Als noch Pawlewskis Vater oder sein Großvater den Laden schmissen. Während seine Mutter und Großmutter den Speisesaal und den Wäschevorrat überwachten und die Köche und mit Pomade frisierte Piccolos an der Kandare hielten. Als das Jahrhundert noch jünger war.

Seitdem war viel Wasser den Fluß hinuntergeflossen. Eine ganze Menge Wasser. Der Hocker stand mittlerweile unter einer müden Palme, in seiner eigenen Suite im Hotel, der früher sogenannten Hochzeitssuite im vierten Stock. Und einen Piccolo hatte er seit fünfundzwanzig Jahren nicht mehr gesehen.

Alles hat seine Zeit.

Die ersten drei Abende verbrachte Biedersen in der Bar in Gesellschaft einiger Whiskytrinker und der bunten, nicht ganz lupenreinen Gästeschar, die zu ungefähr gleichen Teilen aus zufälligen Nachtgästen und den introvertierten Stammgästen der späten Stunde bestand. Es waren nur Männer. Alle hatten schütteres Haar, und fast alle hatten hängende Schultern, irgendeine Art von Bart oder Schnurrbart und glänzende

Augen. Er opferte keine Minute für einen von ihnen, und seit dem Montag abend trank er lieber oben in seinem Zimmer direkt aus der Flasche.

Dadurch wurden die Tage eintönig und austauschbar. Er stand gegen zwölf Uhr auf. Verließ sein Zimmer eine Stunde später und verbrachte den Nachmittag in der Stadt, damit das Zimmermädchen zumindest die Chance bekam, hineinzugehen und die Grenze zu einem neuen Tag zu markieren. Er trank in verschiedenen Cafés schwarzen Kaffee, vorzugsweise bei Günther unterhalb des Stadthügels; versuchte eine oder mehrere Tageszeitungen zu lesen, machte einen ausgedehnten Spaziergang und kaufte Zigaretten und die Nachtflasche ein, die er mit einer Sorgfalt aussuchte, die ihm etwas übertrieben, aber gleichzeitig unumgänglich erschien. Als wäre es eine Frage der grundlegenden Regeln in einem Spiel, von dem er nicht so recht wußte, ob er Spielleiter oder eine Spielfigur war, das aber zufälligerweise alles war, was überhaupt in seinem Leben Raum einnahm. Alles.

Er kehrte auf Umwegen wieder zu Pawlewski zurück, sobald er merkte, daß die schmutziggraue Dämmerung einzusetzen begann. Was in einer Stadt wie dieser früh der Fall war, begleitet von dem sauren Regen und dem Niederschlag aus den mit Kohlen geheizten Heizwerken.

Auf dem frisch gemachten Bett ausgestreckt, mit gurrenden, kranken Tauben draußen auf dem Dach, trank er den ersten Whisky des Tages, wonach er ein Bad nahm mit Nummer zwei in bequemer Reichweite auf dem Boden. Dann begab er sich in den Speisesaal und aß zu Abend, oft als einer der ersten Gäste, manchmal ganz allein in dem überdimensionalen, rattenbraunen Lokal mit den stumpfen Kristalleuchtern und Tischdecken, die einmal weiß gewesen waren. Er trank zum Essen Bier, hinterher Kaffee und Cognac, und jeden Abend blieb er etwas länger dort sitzen.

Wer dieser Gast war, und was er verflucht noch mal in einem Monat wie Februar in dieser stinklangweiligen Stadt zu tun hatte, das waren Fragen, die sich Pawlewski bereits seit vierzig Jahren nicht mehr stellte.

Anfangs waren der Rausch und der ohnmachtsähnliche Schlaf ein Ziel an sich gewesen. Einfach loskommen, fortfliegen und eine Distanz schaffen war alles, was er wollte. Daß sich nach einer Weile ein anderer Zustand einstellen müßte, daß er sich tragfähigeren Strategien und Handlungsplänen nähern müßte, dieser Gedanke schlummerte lange nur in seinem Hinterkopf. Acht Stunden lang schlief er traumlos. Ahnungslos. Fort von allem und allen. Am Morgen wachte er schweißgebadet und mit so starken Kopfschmerzen auf, daß er alle anderen Gefühle auf meilenweitem Abstand hielt. Und allein etwas Pulver einzunehmen und sich erneut für die Nachmittagsstunden auf den Straßen und in den Cafés zu präparieren, bedeutete ja, daß er das schiefe Rad der Zeit wieder zum Rollen gebracht hatte. Einen neuen Tag gewonnen hatte.

In der siebten Nacht war es vorbei, dieses reinigende und wegätzende Alkoholbad. Die Distanz war erreicht, die Angst unter Kontrolle, und die Strategien forderten wieder den ganzen Mann.

Er sah sie wieder vor sich. Er hatte seine Gegnerin nach dem schockierenden Mord an Innings völlig aus den Augen verloren. Die Mörderin war wie vom Erdboden verschwunden, ein Phantom, das nicht zu fassen war, ein Übermensch. Das einzige, was er überhaupt machen konnte, war, sich verstecken und warten. Verschwinden. Untertauchen und hoffen.

Deshalb war er auf und davon. Hatte sich unsichtbar gemacht. Er hatte nicht nur den Kopf in den Sand gesteckt, sondern sich ganz und gar eingegraben. Weg von allem und allen. Weg von ihr. Aber am neunten Tag hatte er seinen Revolver in der Hand gewogen und angefangen, wieder nach vorn zu sehen.

Zwei Dinge waren klar: Er durfte nicht zur Polizei gehen. Seine Deckung aufgeben. Sich ergeben und alles erzählen. Dieses Hurenkind gewinnen lassen. Und er mußte sich weiterhin versteckt halten.

Was war also zu tun?

Sollte er im Hotel Pawlewski wohnen bleiben? In diesem verfluchten, dreckigen, stinkigen Hotel, bis er bereit war und wußte, was er tun wollte?

Er blieb und wartete auf die Kraft. Die Kraft, die Entschlossenheit und die Ideen.

Es mußte einen Weg geben.

Eine Möglichkeit, diese verfluchte Hündin umzubringen, und je klarer seine Gedanken wurden, um so deutlicher wurde ihm, daß es nicht nur um ihn ging. Nicht nur um seine eigene Haut. Das gab Kraft. Es ging auch um die anderen ... seine Kameraden, die sie umgebracht hatte, ihre Witwen und Kinder und die Leben, die sie mit ihrem blutigen Rachefeldzug zerstört hatte, nur weil ...

All das Leid, das sie angerichtet hat. Nur, weil, wie gesagt.

Seine Pflicht. Es war seine verdammte Pflicht, sie zu töten. Sie mit ihren eigenen Waffen herauszufordern, sie dann zu überlisten und sie ein für alle Mal von der Erdoberfläche zu fegen.

Diese Geißel der Hölle aus der Welt zu schaffen.

In ihm wuchs die Wut zu Haß. Ein kräftiger, weißglühender Haß, der sich mit dem Gefühl verband, einen Auftrag zu haben, eine Pflicht auszuführen, und ihn dann langsam mit der Kraft erfüllte, die er benötigte.

Dem Mut. Der Stärke. Der Entschlossenheit.

Und die Methode?

Gab es mehr als eine?

Er nahm einen Schluck Whisky. Ließ ihn im Mund kreisen, als wäre es Cognac.

Nein. Es gab nur eine.

Auftauchen. Sich eine Blöße geben.

Ihr die Chance geben, zuerst zuzuschlagen.

Parieren und sie töten.

Genau.

Wie und wo?

Vor allem: wo? An welchen Ort, zum Teufel, sollte er sie locken, ohne ihr gleichzeitig einen Vorteil zu geben? Er wußte immer noch nicht, wie sie aussah, hatte immer wieder ihr Bild in den Zeitungen angestarrt, und das einzig Sichere war dabei ja nur das: daß sie gerade mit diesem sonderbar friedlichen Gesicht sich ihm nicht nähern würde.

Eine andere Frau dieses Mal. In welcher Gestalt auch immer. Unerwartet und vollkommen unerkannt. Also, wo? Wo, verflucht noch mal, konnte er ihr eine Falle stellen?

Und wie?

Es dauerte eine Nacht, den Plan zu entwerfen, und als er in der graudiesigen Morgendämmerung einschlief, glaubte er selbst nicht, daß er das Tageslicht aushalten würde.

Aber er tat es. Am Dienstag aß er das erste Mal zu Mittag unten im Speisesaal, und als er danach seinen Entwurf bei zwei Tassen schwarzen Kaffees durchging, fand er zwar hier und da Ecken und Kanten, aber keine, die nicht auszuglätten wären.

Der Plan hielt.

Biedersen verließ das Hotel Pawlewski am Mittwoch, dem 28. Februar gegen zwei Uhr nachmittags. Nur den Bruchteil einer Sekunde traf sein Blick den von Herrn Pawlewski hinter dem Rezeptionstresen, aber das reichte, um ihm klarzumachen, daß diese sonderbaren, alles und nichts sehenden Augen sich nie wieder an Jürg Kummerle erinnern würden, der zwölf Nächte in Zimmer 313 gewohnt hatte.

Für diese Erkenntnis, für diese zwölf Tage, die nie existiert hatten, gab er Herrn Pawlewski einen extra Hundertguldenschein. Hätte sie ihn in dieser schrecklichen Zeit gefunden, hätte sie gewonnen, das wußte er, aber sie hatte ihn nicht gefunden, und jetzt war er bereit.

34

»Heute ist der erste März«, stellte der Polizeipräsident fest und zupfte ein welkes Blatt vom Hibiskus. »Setz dich. Wie gesagt, hätte ich gerne zumindest eine Art Zusammenfassung. Dieser Fall ist ganz schön aufwendig.«

Van Veeteren knurrte und ließ sich auf dem glatten Ledersessel nieder.

»Nun?«

»Was willst du wissen? Wenn es etwas Neues gäbe, wäre ich ohne zu zögern zu dir gekommen.«

»Kann man sich darauf verlassen?«

Der Hauptkommissar antwortete nicht.

»Wir überwachen jetzt seit zwei Wochen zwanzig Personen. Soll ich dir ausrechnen, wieviel das kostet?«

»Nein danke«, sagte Van Veeteren. »Wenn du willst, kannst du die Überwachung einstellen.«

»Sie einstellen?« zischte Hiller und setzte sich hinter seinen Schreibtisch. »Kannst du dir die Artikel vorstellen, wenn wir den Personenschutz einstellen und sie sich noch einen vorknöpft? Wir sitzen schon jetzt ganz schön in der Tinte.«

»Die Schlagzeilen werden mit der Zeit kleiner, und wir können sie sowieso nicht verhindern.«

Hiller schnaubte und drehte nervös seine goldene Armbanduhr ums Handgelenk.

»Was meinst du damit? Daß unsere Bemühungen gar nichts nützen? Vielleicht ist es ja gerade das, was sie zurückhält!«

»Glaube ich nicht«, erwiderte Van Veeteren.

»So, und was glaubst du? Zum Donnerwetter, nun erzähl mir bitteschön endlich, was du glaubst!«

Der Hauptkommissar holte einen Zahnstocher hervor, betrachtete ihn kritisch, bevor er ihn zwischen die Vorderzähne im Unterkiefer schob. Er drehte den Kopf und versuchte, hinter dem dichten Blattwerk durch das Fenster hinauszusehen.

»Ich glaube, es regnet. Beispielsweise.«

Hiller öffnete seinen Mund und schloß ihn wieder.

»Ich bin mir nicht sicher«, fuhr Van Veeteren nach einer kleinen Kunstpause fort. »Entweder ist sie mit dem Morden fertig, oder sie ist hinter weiteren Männern her. Wie dem auch sei, sie hält sich versteckt. Wartet vielleicht darauf, daß wir uns zu erkennen geben ... oder darauf, daß das Opfer das tut. Intelligent, ich würde das gleiche tun.«

Hiller stieß einen Laut aus, den der Hauptkommissar mit einer brunstigen, aber unglücklichen Seerobbe assoziierte.

»Und was machen wir nun?« fragte er schließlich. »Erzähl mir endlich, was ihr treibt!«

Van Veeteren zuckte mit den Schultern.

»Gehen den Hinweisen nach«, antwortete er. »Es trudeln immer noch welche ein, auch wenn die Zeitungen die Lust an dem Fall verloren haben.«

Hiller holte tief Luft und versuchte plötzlich, optimistisch auszusehen.

»Und weiter?«

»Nicht besonders viel. Wir überlegen, es drauf ankommen zu lassen, aber das birgt natürlich ein gewisses Risiko. Wir könnten uns auf einige denkbare Kandidaten konzentrieren und den Rest außer acht lassen. Das könnte was bringen.«

Hiller überlegte.

»Gibt es denn welche? Ich meine, die wahrscheinlicher sind als die anderen?«

»Schon möglich«, antwortete Van Veeteren. »Ich schaue sie mir gerade daraufhin an.«

Der Polizeipräsident stand auf und ging wieder zu seinen Pflanzen. Dort blieb er stehen, wippte auf den Zehenspitzen und Hacken, den Rücken dem Hauptkommissar zugewandt, während er vorsichtig mit Daumen und Zeigefinger etwas Staub von den Blättern rieb.

»Dann mach es«, sagte er schließlich und drehte sich um. »Benutze deine verdammte Intuition und bringe was zustande!«

Van Veeteren schälte sich aus dem Sessel.

»War das alles?« fragte er.

»Im Augenblick ja«, antwortete der Polizeichef und preßte die Zähne aufeinander.

»Was hat er gesagt?« fragte Reinhart.

»Er ist nervös«, erwiderte der Hauptkommissar und goß Kaffee in eine Plastiktasse. Hob diese an den Mund, hielt dann aber inne.

»Wann ist der gebrüht worden?« fragte er.

Reinhart zuckte mit den Schultern.

»Im Februar, denke ich. Jedenfalls nach Silvester.«

Es klopfte an der Tür, und Münster kam herein.

»Was hat er gesagt?«

»Er wollte wissen, warum wir sie noch nicht gefaßt haben.«

»Aha«, sagte Münster.

Van Veeteren lehnte sich zurück und probierte den Kaffee, wobei er das Gesicht verzog.

»Januar«, sagte er. »Typischer Januarkaffee. Münster, wie viele haben wir noch nicht erreicht?«

»Augenblick«, sagte Münster und verschwand. Nach einer Minute kam er mit einem Zettel in der Hand zurück.

»Drei«, sagte er.

»Warum?« fragte der Hauptkommissar.

»Verreist«, erklärte Münster. »Zwei geschäftlich. Einer macht Urlaub bei seiner Tochter in Argentinien.«

»Sie müßte doch wohl zu erreichen sein?«

»Wir haben sie angeschrieben, aber noch nichts von ihr gehört. Natürlich habe ich nicht besonders hartnäckig nachgefragt...«

Van Veeteren nahm die abgegriffene Fotografie in die Hand. »Wer von denen ist es?«

»Er heißt Delherbes. Wohnt ansonsten hier in der Stadt. Letztes Mal hat deBries mit ihm geredet.«

Van Veeteren nickte.

»Und die anderen beiden?«

»Biedersen und Moussner«, erklärte Münster. »Moussner ist irgendwo in Südostasien... Thailand, Singapur und so weiter. Kommt in ein paar Tagen zurück... Sonntag, glaube ich. Biedersen ist irgendwo in der Nähe.«

»Irgendwo?« fragte Reinhart nach.

»Seine Frau weiß das nicht so genau. Anscheinend ist er öfters auf Geschäftsreise. Er hat eine Importfirma. Sie nahm an, daß er wohl in England oder Skandinavien ist.«

»In Skandinavien?« fragte Reinhart. »Was, zum Teufel, importiert man denn aus Skandinavien? Bernstein und Wolfspelze?«

»Genau das«, bestätigte Van Veeteren. »Hat jemand Heinemann heute schon gesehen?«

»Er saß heute vormittag für drei Minuten unten in der Kantine«, berichtete Münster. »Schien ziemlich erschöpft zu sein.«

Van Veeteren nickte.

»Das kann auch an den Enkelkindern liegen«, meinte er dann.

»Wie viele Hinweise sind noch übrig?«

»Ich denke, einige hundert«, sagte Reinhart.

Der Hauptkommissar schüttete den Rest seines Kaffees mit Zeichen deutlichen Widerwillens in sich hinein.

»Allright«, sagte er. »Laßt uns zusehen, daß wir den Scheiß bis Freitag hinter uns bringen. Langsam müßte doch mal was auftauchen.«

»Keine schlechte Idee«, meinte Reinhart. »Nur nicht noch eine Leiche.«

Dagmar Biedersen stellte den Staubsauger ab und lauschte. Doch, es war das Telefon. Sie seufzte, ging in den Flur und nahm ab.

»Frau Biedersen?«

»Ja?«

»Mein Name ist Pauline Hansen. Ich bin eine Geschäftsfreundin Ihres Mannes, aber ich fürchte, wir haben uns nie kennengelernt?«

»Nein ... nein, das haben wir sicher nicht. Mein Mann ist im Augenblick nicht zu Hause.«

»Ich weiß. Ich rufe aus Kopenhagen an, und ich habe es auch schon in seinem Büro versucht, aber dort ist mir gesagt worden, er wäre auf einer Geschäftsreise.«

»Das stimmt«, bestätigte Dagmar Biedersen und wischte einen Fleck vom Garderobenspiegel. »Ich weiß nicht, wann er nach Hause kommt.«

»Und Sie wissen nicht, wo er ist?«

»Nein.«

»Wie schade. Ich würde nämlich gern ein Geschäft mit ihm besprechen, von dem ich sicher bin, daß es ihn interessieren wird. Es handelt sich um eine ziemlich günstige Gelegenheit, relativ viel Geld, aber wenn ich ihn nicht erreichen kann ...«

»Ja?« fragte Dagmar Biedersen nach.

»Nun ja, dann muß ich mich an andere Geschäftspartner wenden. Sie haben keine Ahnung, wo er sich aufhalten kann?«

»Nein, leider nicht.«

»Sollten Sie in den nächsten Tagen von ihm hören, sagen Sie ihm dann bitte auf jeden Fall, daß ich angerufen habe. Ich weiß, daß er interessiert wäre, wie gesagt ...«

»Warten Sie«, sagte Dagmar Biedersen.

»Ja?«

»Er hat vor kurzem hier angerufen und mir gesagt, er würde wohl eine Weile in die Hütte gehen.«

»In die Hütte?«

»Ja. Wir haben in Wahrhejm so ein kleines Ferienhaus. Eigentlich ist es sein Elternhaus, aber wir haben es natürlich etwas modernisiert... vielleicht können Sie ihn dort erreichen, wenn Sie Glück haben.«

»Gibt es dort Telefon?«

»Nein, aber Sie können im Wirtshaus des Ortes anrufen und dort eine Mitteilung hinterlassen ... aber ich weiß nicht, ob er wirklich dort ist. Es ist einfach eine Vermutung.«

»Wahrhejm, sagten Sie?«

»Ja, zwischen Ulming und Oostwerdingen. Nur ein kleines Dorf... die Nummer ist 161621.«

»Vielen Dank. Ich werde es versuchen, aber wenn Sie von ihm hören, wäre ich Ihnen dankbar, wenn Sie ihm ausrichten, daß ich angerufen habe.«

»Ja, natürlich«, sagte Dagmar Biedersen.

Nervtante, dachte sie, als sie den Hörer aufgelegt hatte, und als der Staubsauger wieder lief, hatte sie bereits vergessen, wie diese Person hieß.

Jedenfalls war der Anruf aus Kopenhagen, das fiel ihr noch ein.

35

Es begann bereits zu dämmern, als er in Wahrhejm ankam. Er bog auf der einzigen Kreuzung des Dorfs nach rechts ab, fuhr am Wirtshaus vorbei, in dem man bereits die roten Lampions in den Fenstern angezündet hatte... die gleichen Lampions, dachte er, wie noch zur Zeit seiner Kindheit.

Weiter vorbei am Bethaus, an Heines Haus, am Feuerlöschteich, dessen bewegungsloses Wasser in dem diffusen Licht schwärzer als sonst aussah... Van Klausters Haus, Kothes Bruchbude, und dann den kleinen Seitenweg links zwischen Briefkästen und Riesenkiefern hinein.

Er fuhr durch die Öffnung in der Steinmauer und parkte auf

der Rückseite, wie üblich. Verbarg den Wagen vor den Blicken von der Straße – ein Ausdruck, den seine Mutter immer zu benutzen pflegte, und den er nie aus seinem Kopf hatte kriegen können. Obwohl er ja gerade heute seine Berechtigung hatte. Die Küchentür war auch auf der Rückseite, aber jetzt wollte er seinen Proviant noch nicht hineintragen. Er stieg aus dem Wagen und nahm zunächst das Haus in Augenschein. Von außen und innen. Die Küche und die drei Zimmer. Den Dachboden. Den Keller. Keine Spur. Sie war nicht hier, und sie war auch nicht hier gewesen. Noch nicht. Er sicherte seine Pistole und schob sie in die Manteltasche.

Aber sie würde kommen. Er begann, die notwendigen Sachen hineinzutragen. Stellte den Strom an. Setzte die Pumpe in Betrieb. Ließ das Wasser eine Weile laufen und spülte die Toilette. Seit Oktober, als er für ein Wochenende mit einem Geschäftsfreund hier gewesen war, hatte niemand einen Fuß in das Haus gesetzt, aber alles schien funktionstüchtig zu sein. Nichts war im Laufe des Winters kaputt gegangen. Der Kühlschrank brummte. Die Heizung wurde langsam warm. Fernseher und Radio funktionierten.

Für einige Sekunden schienen die Freude des Wiedersehens und das Gefühl der Heimkunft den Zweck seines Aufenthalts zu überdecken. Die meisten Möbel – wie auch die Bilder und Wandbehänge sowie all die vielen Kleinigkeiten – waren noch an derselben Stelle wie in seiner Kindheit, und gerade der Augenblick der Ankunft, dieses erste Wiedersehen, brachte jedesmal das Gefühl eines Zeitrisses mit sich. Schnell und schwindelerregend. Wie auch jetzt, aber dann holte ihn natürlich gleich wieder der Grund seines Aufenthaltes ein.

Der Grund?

Er löschte das Licht. In der Dunkelheit sah der Hinterhof fast heimelig aus, und er wußte, ganz gleich, was auch geschehen würde, er brauchte auf jeden Fall kein Licht, um sich hier zu bewegen. Draußen und drinnen herumzugehen. Er kannte jede Ecke und jeden Winkel. Alle Türen und alle knarrenden

Treppenstufen. Leitern, Büsche und hervorstehende Wurzeln. Jeden Stein. Alles war dort, wo es immer gewesen war, und das gab ihm ein Gefühl des Trostes und der Sicherheit, das er möglicherweise bereits während seiner ganzen Planung erhofft, sich aber nie wirklich eingestanden hatte.

Das Hinterhaus also.

Er hakte die Tür auf. Schleppte die unhandliche Matratze die Treppe hinauf. Legte sie vors Fenster. Es war niedrig hier oben. Man mußte kriechen oder gebeugt gehen. Er ging noch einmal hinaus, um Kissen und Decken zu holen. Hier draußen war es kälter, es gab keinen Heizkeller, und ihm war klar, daß er sich gut einmummeln mußte.

Er schob die Matratze hin und her, bis sie unter dem schrägen Dach die optimale Position hatte. Legte sich hin und kontrollierte, ob alles richtig war. Ob seine Überlegungen stimmten. Nahezu perfekt. Durch das unebene, alte Fensterglas sah er auf den Giebel des Wohnhauses hinunter und hatte gleichzeitig den Haupteingang und die Küchentür im Blick. Auf nur sechs, acht Meter Abstand.

Er öffnete das Fenster einen Spalt weit. Schob prüfend die Hand mit der Waffe hinaus. Schob sie vorsichtig vor und zurück. Zielte. Würde er auf diesen Abstand treffen?

Wahrscheinlich. Vielleicht nicht gleich beim ersten Mal tödlich, aber er könnte sicher zwei, drei Schüsse abfeuern.

Das müßte reichen. Zweifellos. Er war kein schlechter Schütze, auch wenn es schon ein paar Jahre her war, daß er mit zur Jagd gegangen war. Er ging wieder ins Haus. Trug noch ein paar Decken und einen Teil des Proviants nach hinten. Schließlich war ja geplant, daß er hier liegen sollte. Er wollte soviel Zeit wie möglich genau in der richtigen Position auf dem Dachboden des Hinterhauses verbringen.

Wollte dort liegen, wenn sie kam.

Wollte dort im Hinterhalt liegen und den Gnadenschuß abfeuern. Durch diesen Fensterspalt endgültig dieser verrückten Hündin ein Ende bereiten.

War einfach Glück, würde er danach der Polizei sagen. Hätte genausogut sein können, daß sie mich erwischt... nur gut, daß ich mich vorbereitet hatte!

Notwehr. Scheiße, natürlich war es Notwehr, er brauchte nicht einmal zu lügen.

Nur die Ursache selbst außen vor lassen. Die Wurzeln des Bösen. Den Grund, warum er wußte, daß er an der Reihe war.

Dabei ließ er es erst mal bewenden. Kletterte wieder hinunter auf den Hinterhof und lauschte.

Sonderbar, wie still es hier ist, dachte er, und ihm fiel ein, daß ihm genau das immer hier aufgefallen war. Die Stille, die vom Wald herkam und sich über alle Geräusche legte. Alles mit ihrem kräftigen, lautlosen Sausen ausradierte.

Die Armeen der Stille, dachte er. Zu dieser Zeit und Stunde... Er schaute auf die Uhr und beschloß, das Wirtshaus aufzusuchen. Ein kleiner Spaziergang hin und zurück auf den vertrauten Wegen.

Nur um ein Bier zu trinken. Und vielleicht eine Frage beantwortet zu bekommen.

Waren in letzter Zeit irgendwelche Fremden hier gewesen? Irgendwelche neuen Gesichter?

Als er zurückging, ruhte die Dunkelheit auf dem Hof. Das Haus und die knorrigen Obstbäume zeichneten sich kaum gegen den Wald ab, eher noch gegen den teilweise etwas helleren Himmel über dem Waldrand. Er hatte zwei Bier und einen kleinen Whisky getrunken. Hatte mit Lippmann und mit Korhonen gesprochen, die jetzt die Kneipe führten. Natürlich waren nicht viele Leute da, an einem ganz gewöhnlichen Werktag Anfang März. Und erst recht nicht viele Unbekannte, auch nicht in der letzten Zeit. Der eine oder andere war vorbeigekommen und hatte mal reingeschaut, aber keiner war häufiger als einmal dort gewesen. Frauen? Nein, absolut nein, soweit sie sich erinnern konnten. Weder bei Lippmann noch bei Korhonen. Warum er denn fragte? Ach so, Geschäfte! Haha, und er meinte, das würden sie so einfach schlucken? Das konnte er seiner Großmutter erzählen, haha. Und Prost. Und schön, dich wieder hier zu sehen.

Heimkehren.

Auf leisen Sohlen ging er über das nasse Gras. Den ganzen Abend hatte es nicht geregnet, aber der feuchte Nebelschleier war von der Küste herübergezogen und hatte sich über die offene Landschaft vor dem Wald wie eine unsichtbare Decke gelegt. Manchmal blieb er lauschend stehen, hörte aber nur die gleiche intensive Stille wie zuvor. Sonst nichts. Er ging hinters Hinterhaus und entledigte sich des Biers. Schob dann vorsichtig die Tür auf, die immer etwas quietschte, doch dieses Mal nicht. Er würde sie auf jeden Fall morgen schmieren. Für alle Fälle.

Frierend kletterte er die schmale Treppe hinauf. Tastete sich zu seinem Nachtlager vor. Entfaltete und ordnete die Decken eine Weile lang. Kroch dann darunter und legte sich zurecht. Rollte auf eine Seite und schaute hinaus. Das Haus lag dunkel und leblos da. Kein Laut. Keine Bewegung. Er schob die Pistole unters Kissen und legte seine Hand darauf. Er durfte natürlich nur einen leichten Schlaf zulassen, aber den hatte er sowieso. Er wachte auch sonst bei dem geringsten Geräusch auf.

Das würde er jetzt sicher auch.

Die Decken eng um den Körper. Das Gesicht dicht an der Fensterscheibe. Die Hand auf der Waffe.

So. Jetzt konnte sie kommen.

36

»Ich weiß nicht«, meinte der Hauptkommissar. »Das ist nur so eine Überlegung. Wenn die drei hier irgendwas gemeinsam gehabt haben, dann sollte man doch denken, daß zumindest ein paar der anderen etwas gemerkt haben. Also ist es eher wahrscheinlich, daß erst gegen Ende der Ausbildung was passiert ist. Aber das sind natürlich nur Spekulationen.«

»Da ist schon was dran«, stimmte Münster zu.

»Also, Vergewaltigungen im Frühjahr 1965. Wie viele hast du gefunden?«

»Zwei«, sagte Münster.

»Zwei?«

»Ja. Zwei angezeigte Vergewaltigungen, beide im April. Ein Mädchen, das im Park überfallen wurde. Die zweite geschah in einer Wohnung in Pampas.«

Van Veeteren nickte.

»Wie viele Täter?«

»Einer im Park. Zwei in der Wohnung. Die aus der Wohnung sind verurteilt worden, der im Park hat entkommen können. Man hat ihn nie gefunden.«

Der Hauptkommissar blätterte eine Weile in seinen Papieren. »Weißt du, wie viele Anzeigen wir bis jetzt in diesem Jahr hatten?«

Münster schüttelte den Kopf.

»Sechsundfünfzig. Kann der Herr Kommissar mir erklären, wieso die Zahl der Vergewaltigungen insgesamt so in die Höhe schießen konnte?«

»Nicht die Zahl der Vergewaltigungen«, entgegnete Münster. »Die der Anzeigen.«

»Stimmt«, bestätigte der Hauptkommissar. »Und was meinst du, wie groß sind die Chancen, eine dreißig Jahre zurückliegende, nicht angezeigte Vergewaltigung herauszufinden?«

»Gering«, antwortete Münster. »Woher wissen wir überhaupt, daß es sich um eine Vergewaltigung handelt?«

Der Hauptkommissar seufzte.

»Das wissen wir nicht. Aber wir können ja nicht nur dasitzen und Däumchen drehen. Du bekommst statt dessen eine andere Aufgabe. Wenn was dabei rauskommt, lade ich zum Essen bei Kraus ein.«

Mission impossible, dachte Münster, und das dachte der Hauptkommissar offensichtlich auch, denn er räusperte sich entschuldigend.

»Ich möchte eine Liste aller Geburten, bei denen die Mutter den Vater als unbekannt angegeben hat... ungefähr in der Zeit vom Dezember 65 bis März 66. Ort und Distrikt. Name der Mutter, Name des Kindes.«

»Vor allem Mädchen?« fragte Münster.

»Nur Mädchen«, bestätigte der Hauptkommissar.

Am Abend ging er ins Kino. Sah zum vierten oder vielleicht sogar schon zum fünften Mal Tarkowskis *Nostalghia*. Mit den gleichen Gefühlen der Verwunderung und Dankbarkeit wie immer. Das Meisterwerk der Meisterwerke, dachte er, während er in dem halbleeren Kinosaal saß und sich von den Bildern einfangen ließ, und plötzlich fielen ihm ein paar Worte ein, die sein Konfirmationspfarrer einmal gesagt hatte – ein sanfter Verkünder mit großem, weißem Bart, der sicher von vielen in der Gemeinde als ein sehr enger Verwandter Gottes angesehen wurde.

Es gibt das Böse auf der Welt, hatte er erklärt, aber niemals und nirgends so viel, daß es nicht noch Spielraum für gute Taten gäbe. An und für sich keine besonders beeindruckende Äußerung, aber sie hatte sich in seinem Kopf festgebissen und tauchte immer mal wieder auf.

Wie jetzt. Gute Taten? überlegte Van Veeteren, während er nach dem Film nach Hause ging. Wie viele führen ein kümmerliches Leben, in dem nicht einmal die Nostalgie einen Platz hat? Bringt sie deshalb diese Männer um? Weil sie nie eine Chance hatte?

Und der Spielraum für gute Taten? Gab es den wirklich immer? Wer war es eigentlich, der den Kuchen aufteilte? Und warum sollte alles irgendwie einen Sinn haben? Alle Handlungen.

Es passiert einfach, dachte Van Veeteren. Sachen und Dinge

geschehen. Aber sie müssen nicht entweder gut oder böse sein.

Und sie müssen nicht jedesmal etwas bedeuten.

Und die Finsternis in ihm wuchs.

Ich bin ein verflucht müder, alter Polizeischnüffler, der zuviel gesehen hat und nichts mehr sehen möchte, dachte er. Ich möchte das Ende dieses Falls, der mich jetzt schon seit eineinhalb Monaten beschäftigt, gar nicht sehen. Möchte den Zug verlassen, bevor wir die Endstation erreichen.

Er bog bei Klagenburg ab und überlegte eine Weile, ob er ins Café gehen sollte oder nicht. Er kam zu keinem Entschluß, aber seine Schritte führten von ganz allein an der erleuchteten Tür vorbei, und er ging automatisch weiter heimwärts.

Das geschah einfach so, dachte er. Ebensogut hätte ich hineingehen können.

Und als er später im Bett lag, gab es zwei Gefühle, die sich seiner bemächtigten und ihn wach hielten.

Auch in diesem Fall wird etwas geschehen. Einfach nur geschehen. Bald.

Dann tauchte das Bild von Ulrike Fremdli – Karel Innings' Frau – plötzlich auf. Hing einfach in dem dunklen Nebel zwischen Traum und Wirklichkeit, zwischen Schlaf und Wachen, und wurde langsam unscharf und verwob sich mit Tarkowskis Kirchenruinen und Gortschakows Wanderung durch das Wasser mit dem flackernden Licht.

Irgend etwas mußte geschehen.

37

»Hallo?«

Jelena Walgens' Gehör war nicht mehr das, was es einmal gewesen war. Es fiel ihr besonders schwer, die Leute am Telefon zu verstehen, und natürlich hätte sie es lieber gehabt, die Sache bei einer Tasse Kaffee zu besprechen. Mit einem Stück

Kuchen dazu. Eine Plauderstunde übers Wetter und dies und das. Aber der junge Mann war hartnäckig, dabei aber ganz nett, und so ging es natürlich auch. Treffen mußten sie sich ja auf jeden Fall.

»Wie lange, sagten Sie? Nur einen Monat? Ich hätte es schon gern etwas länger vermietet...«

»Ich kann etwas mehr bezahlen«, erklärte der junge Mann. »Ich bin Schriftsteller. Alois Mühren, ich weiß nicht, ob Sie schon von mir gehört haben?«

»Ich glaube nicht...«

»Was ich suche, das ist ein ruhiges Plätzchen, an dem ich die letzten Kapitel meines neuen Buches schreiben kann. Dazu brauche ich auf keinen Fall mehr als einen Monat. Aber all die Menschen und das Treiben in der Stadt sind so störend, wenn Sie verstehen...«

»Das tue ich«, sagte Jelena Walgens und suchte in ihrem Gedächtnis. Doch sie verband nichts mit diesem Namen... sie las zwar dies und das und hatte noch mehr gelesen, als sie jung war, aber vielleicht hatte sie ja auch nicht richtig gehört. Alois Mühlen? War das der Name?

»Also einen Monat«, sagte sie. »Dann bis zum ersten April, ist das in Ordnung?«

»Wenn es geht, ja. Aber Sie haben vielleicht noch andere Interessenten?«

»Ein paar«, log sie. »Aber es hat sich noch keiner entschieden.« In Wirklichkeit hatte sie die Anzeige schon den dritten Freitag nacheinander aufgegeben, und außer einem unangenehmen Deutschen, der so gut wie alles, was mißzuverstehen war, wohl mißverstanden hatte, und sicher nach saurer Wurst roch, war er der einzige, der sich gemeldet hatte. Warum sollte sie da zögern? Ein Monat war schließlich ein Monat.

»Wollen wir sagen, 500 Gulden?« fragte sie. »Es ist ja etwas umständlich, die Anzeige wieder aufzugeben, wenn Sie ausgezogen sind...«

»Mit 500 bin ich einverstanden«, antwortete er schnell, und so wurden sie sich einig.

Am Nachmittag zeichnete sie eine Karte und schrieb auf, wie man dorthin kam. Ein Kilometer hinter der Kirche von Wahrhejm. Den Seitenweg mit dem handgemalten Schild nach links. Dann zweihundert Meter durch den Wald bis zum Wasser. Drei Häuser. Das rechte war ihrs.

Die Schlüssel und die Gebrauchsanweisung für die etwas komplizierte Wasserpumpe. Für den Herd und die Stromzufuhr. Das Boot und die Ruder.

Sie war gerade fertig, als er eintraf. Ein ziemlich blasser junger Mann. Er war klein an Wuchs und hatte etwas Feines an sich, wie sie fand. Natürlich wollte sie ihm Kaffee anbieten, hatte ihn sogar schon fertig, aber er lehnte dankend ab. Er wollte sich so schnell wie möglich ans Schreiben machen. Natürlich, das verstand sie. Er war in keiner Weise unhöflich oder hölzern. Ganz im Gegenteil. Er war zuvorkommend, wie sie es gegenüber Beatrix Hoelder und Marcela Augenbach formulieren würde.

Zuvorkommend und höflich.

Also ein Schriftsteller. Als er gegangen war, ließ sie das Wort auf der Zunge zergehen. Schriftsteller. Das hatte zweifellos eine gewisse Süße. Ihr gefiel der Gedanke, daß jemand in ihrem kleinen Haus am Meer saß und schrieb, und vielleicht hegte sie auch die leise Hoffnung, daß er in Zukunft an sie denken und ihr ein Exemplar seines Buches schicken würde. Das heißt, wenn es fertig war. Was sicher seine Zeit dauerte, wie sie vermutete. Mit den Verlegern und so. Vielleicht sogar mit Widmung? Sie beschloß, an einem der folgenden Tage in die Bibliothek zu gehen und nachzusehen, ob es etwas von ihm in den Regalen gab. Mühlen, hieß er so? Ja, das stand auf dem Vertrag, den sie unterzeichnet hatten. Alfons Mühlen, wenn sie es richtig entzifferte. Er war leicht feminin, dieser Gedanke kam ihr ungewollt, sie überlegte, ob er wohl homosexuell war. Viele Schriftsteller waren das, auch wenn sie es nicht zugaben, hatte Beatrix mehrfach behauptet, aber sie behauptete sowieso alles Mögliche.

Jedenfalls hatte sie nie etwas von ihm gehört, das wußte sie genau. Und Beatrix und Marcela auch nicht, aber wie gesagt, er war ja auch noch ziemlich jung.

Hatte ohne zu zögern bar bezahlt, jedenfalls. Fünfhundert Gulden. Sie wäre mit dreihundert zufrieden gewesen. Also war es ein ausgezeichnetes Arrangement, wenn man es von allen Seiten betrachtete.

Alfons Müller?

Doch, vielleicht hatte sie den Namen schon einmal gehört.

38

Er fror.

Den fünften Morgen nacheinander war er aufgewacht, weil er fror.

Den fünften Morgen nacheinander brauchte er weniger als eine Sekunde, um sich daran zu erinnern, wo er war.

Den fünften Morgen nacheinander tastete er nach der Pistole und schaute aus dem Fenster.

Das Haus lag in der zögernden Morgendämmerung da. Ebenso unberührt, ebenso unbesucht und ahnungslos wie es dagelegen hatte, als er irgendwann des Nachts eingeschlafen war. Unangetastet. Sie kam nicht. War auch in dieser Nacht nicht gekommen. Die Kälte ließ seinen Körper schmerzen, es war einfach unbegreiflich, daß es nicht möglich war, sich hier oben warm zu halten, trotz Bettdecke und Wolldecken im Überfluß. Jeden Morgen war er beim Morgengrauen vollkommen durchfroren aufgewacht. Hatte einen Kontrollblick durchs Fenster geworfen, war die Treppe hinuntergestiegen und in die Ofenwärme des Hauses gegangen. Er feuerte abends immer kräftig ein, wenn er aus dem Wirtshaus zurückkam, ein solides Feuer im Eisenofen in der Küche, so daß sich die Wärme bis zum nächsten Vormittag hielt.

Wie auch heute. Er horchte angespannt; draußen in der rauhen Morgenluft und drinnen im Haus. Die Waffe in der Hand. Entsichert.

Dann trank er am Küchentisch seinen Kaffee. Auch ein paar Zentiliter Whisky, um die Kälte aus dem Körper zu vertreiben. Dann die Sieben-Uhr-Nachrichten im Radio, während er versuchte, den vor ihm liegenden Tag zu planen. Die Pistole in der Nähe seiner Hand auf der abgenutzten, fünfzig Jahre alten Wachsdecke. Mit dem Rücken zur Wand. Vom Fenster aus nicht zu sehen.

Es wurde immer schwerer. Mehr als drei, vier Stunden konnte er nicht am Stück im Wald zubringen, und wenn er dann am frühen Nachmittag zurückkam, wachsam wie immer, setzte er sich wieder in die Küchenecke. Oder legte sich eine Zeitlang auf den Dachboden und wartete.

Saß da oder lag da und blätterte in irgendwas aus Vaters Bibliothek, die nicht besonders groß und nicht besonders vielseitig war. Abenteuerbücher. Grelle Taschenbücher, die er dutzendweise auf Auktionen oder im Ausverkauf erstanden hatte. Eigentlich hätte er irgend etwas anderes lesen können, aber die Konzentration fehlte.

Etwas sperrte sich und störte. Etwas anderes.

Dann wanderte er noch eine Stunde oder mehr herum. Bis die Dämmerung einsetzte. Sie erschien ihm wie etwas, auf das er gewartet hatte, diese Dunkelheit, ein Vertrauter, ein Verbündeter. Er wußte, daß er im Vorteil war, sobald es Abend oder Nacht wurde. Wenn sie während der Dunkelheit aufeinanderstoßen würden, wäre er ihr einen Schritt voraus. Was vielleicht auch notwendig war.

In der düsteren Küche aß er sein Mittagessen. Er machte nie Licht an, es war ja leicht denkbar, daß sie ihn durch ein erleuchtetes Fenster entdeckte.

Nur einmal war er im Ort gewesen, um einzukaufen. Er

versuchte, belebte Stellen zu vermeiden, jedenfalls tagsüber. An den ersten Tagen auch am Abend, aber ihm wurde schnell klar, daß diese Isolation für ihn unerträglich werden würde, wenn er nicht zumindest für eine Stunde im Wirtshaus bei einem Bier sitzen könnte.

Am dritten Abend ging er dorthin. Versuchte zuvor, das Risiko abzuwägen, und begriff schnell, daß die Gefahr im Heimweg bestand. Hin konnte er hinter Hecken gelangen, über leere Grundstücke oder entlang der nicht beleuchteten Dorfstraße. Drinnen war er unter Leuten, setzte sich immer mit dem Blick zur Tür. Dort hatte sie kaum eine Gelegenheit, selbst wenn sie ihn entdeckt haben sollte.

Der Heimweg war etwas anderes. Eine Gefahr. Wenn sie wußte, daß er dort war, hatte sie ja jede denkbare Möglichkeit, sich irgendwo in den Hinterhalt zu legen, und deshalb traf er große Sicherheitsvorkehrungen für seinen Rückweg. Er vermied die Straße. Verschwand schnell im Dunkel hinter den Ecken des Wirtshauses und blieb dort eine ganze Weile stehen. Bewegte sich dann durch das Gebiet, das er seit Kindesbeinen in- und auswendig kannte, ging in verschiedene Richtungen, zickzacklaufend, und näherte sich jeden Abend aus einer anderen Richtung dem Haus. Unendlich vorsichtig und mit der Waffe in der Hand. Die Sinne aufs äußerste angespannt. Und nichts geschah.

Abend für Abend passierte nicht das geringste.

Kein Anzeichen. Nicht die kleinste Veränderung. Nicht der geringste Verdacht.

Zwei Dinge begleiteten ihn, wenn er ins Bett ging. Das erste waren Kopfschmerzen, weil er den ganzen Tag ungeheuer angespannt war. Dagegen nahm er jeden Abend zwei Tabletten, die er in der dunklen Küche mit einem Schluck Whisky hinunterspülte.

Was in gewisser Weise half, aber nicht vollkommen.

Das andere war ein Gedanke. Der Gedanke, daß sie vielleicht gar nicht kam. Daß sie – während er diese isolierten

Tage in höchster Alarmbereitschaft verbrachte – sich selbst ganz woanders befand. Weit entfernt.

In einer Wohnung in Maardam. In einem Haus in Hamburg. Wo auch immer.

Daß das genau die Strafe war, die sie ihm zugedacht hatte. Ihn einfach warten zu lassen. Auf seine Mörderin zu warten, die nie kam. Auf den Tod, der sich hinauszögerte.

Und während die Abende verrannen, verstärkten sich diese beiden Begleiter. Die Kopfschmerzen und der Gedanke. Jeden Abend ein kleines bißchen, wie er fand.

Und gegen diesen Gedanken halfen weder Tabletten noch Whisky.

Sie bremste neben einem älteren Mann, der am Straßenrand entlangging. Beugte sich über den leeren Beifahrersitz, kurbelte das Seitenfenster hinunter und machte ihn auf sich aufmerksam. »Ich suche einen Herrn Biedersen. Wissen Sie, wo sein Haus liegt?«

Es war das zweite Mal, daß sie durch das Dorf fuhr. Draußen war es dunkel. Im Auto war es schummrig, sie hatte die Hutkrempe heruntergezogen und nahm nicht mehr Augenkontakt auf, als unbedingt sein mußte. Nicht mehr als ein kalkulierbares Risiko. Wie es so hieß.

»Ja.«

Er deutete mit der Hand und erklärte. Es war gleich in der Nähe. Alles im Dorf befand sich gleich in der Nähe. Sie wiederholte die Hinweise, bedankte sich und fuhr weiter.

So einfach, dachte sie. Weiterhin ganz einfach.

Ihr war klar, daß das Auto bereits genau die Tarnung bot, die sie brauchte, und es war auch aus dem Auto heraus – dem gemieteten Fiat –, daß sie ihn entdeckte. Am selben Abend. In der Dunkelheit und dem feinen Regen gegenüber dem Wirtshaus, wo sie den Wagen geparkt hatte. Ein weiteres kalkulierbares Risiko natürlich, aber es gab nicht viele andere Möglichkeiten. In einer Ortschaft wie dieser konnte ein Fremder nicht so einfach auftauchen, ohne daß er Fragen provozierte. Wer? Warum?

Unnötig und gefährlich. Es war nicht möglich, herumzulaufen und nach ihm zu suchen. Sie mußte ihn jetzt finden. Bevor er sie fand.

Dieses Mal hatte sie einen Gegner, nicht nur eine Beute. Das war ein gewisser Unterschied.

Sie sah ihn also hineingehen. Und sie sah ihn nicht wieder herauskommen.

Am nächsten Abend das gleiche. Während er sich da drinnen aufhielt, suchte sie sein Haus auf. Betrachtete es einige Minuten von der Straße aus und fuhr dann zurück.

Überlegte, wie sie vorgehen sollte.

Er mußte es doch wissen. Schließlich war er es, der sie hierhergelockt hatte, das war ihr sofort klargeworden.

Am dritten Abend machte sie einen weiteren Schritt. Fuhr in den Ort und parkte den Wagen hinter der Kirche. Ging zu Fuß zum Wirtshaus. Ohne zu zögern, ging sie hinein und kaufte an der Bar Zigaretten. Aus den Augenwinkeln sah sie ihn in einer Ecke sitzen. Vor sich ein Bier und einen Whisky. Er sah aufmerksam und angespannt aus, schenkte ihr jedoch keinerlei Interesse. Es waren mehr Leute dort, als sie erwartet hatte. So um die zwanzig Gäste, die Hälfte in der Bar, die Hälfte im Restaurant.

Drei Abende, dachte sie.

Das bedeutete mit größter Wahrscheinlichkeit, daß der vierte und der fünfte genauso verliefen.

Die Voraussetzungen waren klar. Sie hatte das Spiel wieder in der Hand.

Was auch Zeit wurde. Sie konnte nicht mehr lange warten. Das Geld, das sie hatte, war fast bis auf den letzten Gulden aufgebraucht. Jeder Tag kostete Geld, und sie konnte es sich nicht leisten, die Sache noch länger hinauszuschieben.

Eine einzige Chance. Mehr würde sie nicht haben. Sie durfte keinen Fehler begehen.

Also, es bestmöglich planen. Wie die anderen und als würdigen Schlußpunkt.

Es war schon lange her, daß sie angefangen hatte. Nur noch einer fehlte. Ein einziger war noch am Leben, dachte sie, als sie zurück zu dem kleinen Haus am Meer fuhr.

Und in dem flackernden Licht der Petroleumlampe plante sie seinen Tod.

Später, im ersten Morgengrauen, wachte sie auf und konnte nicht wieder einschlafen. Also stand sie auf und zog sich an. Ging ans Wasser hinunter, den Steg entlang. Dort stand sie lange, schaute auf das dunkle Wasser und den Nebel und versuchte sich an das fast ekstatische Entzücken der Anfangszeit zu erinnern. Versuchte es mit der kalten Ruhe zu vergleichen, die sie jetzt spürte. Dem überlegenen Gefühl von Vollkommenheit und Kontrolle. Sie konnte sie nicht recht zusammenbringen, fand aber auch keinen Gegensatz darin. Alles paßte ineinander. Bald würde es vorbei sein. Alles.

In zwei Tagen, beschloß sie. In zwei Tagen. Das Datum selbst könnte auch eine Rolle spielen.

Danach ging sie hinein und setzte sich an den Tisch. Begann zu schreiben.

Zur Beerdigung meiner Mutter...

39

Melgarves? Da war doch was mit diesem Melgarves...

Jung wühlte zwischen den Papieren auf dem Schreibtisch.

»Und, hast du Maureen heute Frühstück ans Bett gebracht?«

Jung schaute auf.

»Was? Warum sollte ich?«

»Weißt du denn nicht, was für ein Tag heute ist?« fragte Moreno und blinzelte ihm zu.

»Nein.«

»Der internationale Frauentag. Der 8. März.«

»Ach du Scheiße«, sagte Jung. »Da muß ich was kaufen. Danke für den Hinweis ... hast du Frühstück gekriegt?«

»Natürlich«, entgegnete Moreno lachend. »Sowohl als auch.«

Jung überlegte eine Weile, was das wohl zu bedeuten hätte. Dann wandte er sich wieder den Listen mit eingegangenen Hinweisen zu.

»Dieser Melgarves«, sagte er. »Ich begreife nicht, wieso der hier gelandet ist.«

»André Melgarves?«

»Ja, natürlich. Das ist doch einer aus der Gruppe. Er hat angerufen, um irgendwas mitzuteilen, und dann ist er unter all den anderen gelandet ... Krause muß da versagt haben.«

»Sieht ihm gar nicht ähnlich«, sagte Moreno.

Sie kam quer durch den Raum heran und las über Jungs Schulter die kurzen Notizen mit. Zog die Stirn kraus und kaute auf dem Bleistift, den sie in der Hand hielt ... Ein gewisser André Melgarves hatte also aus Kinsale, Irland, angerufen und mitgeteilt, daß er Informationen hatte, die für die laufende Ermittlung von Interesse sein könnten. Man möchte doch bitte zurückrufen. Telefonnummer und Adresse waren genauestens notiert.

»Wann ist das gekommen?« fragte Moreno.

Jung schaute auf die Rückseite der Karteikarte.

»Vorgestern«, sagte er. »Was meinst du, darum soll sich der Chef am besten gleich selbst kümmern, oder?«

»Das denke ich auch«, sagte Moreno. »Geh damit zu ihm rein, aber erzähle ihm nicht, daß das schon zwei Tage alt ist ... ich fand, er war heute morgen reichlich muffelig.«

»Ach, wirklich?« gab Jung seinen Kommentar und stand auf.

Der junge Mann trug Jeans und ein T-Shirt, auf dem stand »Big is Beautiful«. Er war sonnengebräunt, und das kurzgeschnittene Haar auf seinem Schädel stand aufrecht wie ein reifes Weizenfeld. Er kaute irgend etwas und blickte zu Boden.

»Name?« fragte Van Veeteren.

»Pieter Fuss.«

»Alter?«

»Einundzwanzig.«

»Beruf?«

»Bote.«

»Bote?«

»Bei einem Sicherheitsdienst.«

Ach, fast ein Kollege, dachte Van Veeteren und schluckte das Gefühl der Ohnmacht herunter.

»Ich bin für deinen Fall nicht zuständig«, erklärte er, »aber ich habe dir so einiges zu sagen und hätte gerne Antwort auf ein paar Fragen. Zumindest auf eine.«

Pieter Fuss schaute auf, aber als er den Blick des Kommissars traf, betrachtete er sofort lieber wieder seine Joggingschuhe.

»Am Freitag, dem 23. Februar«, führte Van Veeteren aus, »gegen halb ein Uhr nachts, ging ich am Kongers Plejn um die Ecke. Ich war auf dem Heimweg nach einem Abend mit ein paar guten Freunden. Plötzlich wurde mir der Weg von dir und vier anderen jungen Männern versperrt. Einer deiner Kumpel hat mich gegen die Wand gedrückt. Du hast mir ins Gesicht geschlagen. Nach einer Weile habt ihr mich auf den Boden runtergepreßt. Ihr habt mich geschlagen und getreten. Du hast mich noch nie vorher gesehen. Meine Frage lautet: Warum?«

Pieter Fuss verzog keine Miene.

»Hast du die Frage verstanden?«

Keine Antwort.

»Warum gehst du auf einen Fremden los? Schlägst ihn

und trittst ihn? Darauf muß es doch wohl eine Antwort geben?«

»Ich weiß nicht.«

»Sprich etwas lauter. Ich nehme das Verhör auf.«

»Ich weiß nicht.«

»Ich verstehe dich nicht. Weißt du nicht, warum du etwas tust?«

Keine Antwort.

»Ihr wart fünf gegen einen. Findest du das in Ordnung?«

»Nein.«

»Du machst also Sachen, die du selbst nicht in Ordnung findest?«

»Ich weiß nicht.«

»Wenn du es nicht weißt, wer soll es dann wissen?«

Keine Antwort.

»Was meinst du, welche Strafe du verdient hast?«

Pieter Fuss murmelte etwas.

»Lauter!«

»Ich weiß nicht.«

»Allright«, sagte Van Veeteren. »Jetzt hör mal zu. Wenn du mir keine ordentliche Antwort auf die Frage ›warum‹ geben kannst, werde ich zusehen, daß du mindestens sechs Monate dafür kriegst.«

»Sechs Monate?«

»Mindestens«, erklärte Van Veeteren. »Wir können solche Leute nicht frei rumlaufen lassen, die nicht einmal wissen, warum sie auf ihre Mitmenschen losgehen. Du hast zwei Tage Zeit, dir das in Ruhe zu überlegen...«

Er machte eine Pause. Einen Augenblick lang schien es, als wollte Pieter Fuss etwas sagen, aber dann klopfte es an der Tür, und Jung steckte seinen Kopf herein.

»Ist der Hauptkommissar beschäftigt?«

»Keine Spur.«

»Ich glaube, wir haben einen Hinweis, der etwas bringen kann.«

»Woher?«

»Einer aus der Gruppe hat aus Irland angerufen. Wir haben angenommen, der Hauptkommissar will das selbst übernehmen?« Er gab ihm die Karte.

»Okay«, sagte Van Veeteren. »Kannst du diesen vielversprechenden Jüngling mit zum diensthabenden Kollegen runternehmen. Aber sei vorsichtig, er weiß nicht so genau, was er tut...«

Pieter Fuss stand auf und zog mit Jung zusammen ab. Der Hauptkommissar las die Notizen auf der Karteikarte. André Melgarves? überlegte er und runzelte die Stirn. Dann rief er die Telefonzentrale an und bat sie, ihn mit der Nummer zu verbinden. Zehn Minuten später hatte er den Betreffenden in der Leitung.

»Mein Name ist Van Veeteren. Ich leite die Ermittlungen. Sie haben mitteilen lassen, daß Sie Informationen für uns haben.«

»Ich weiß nicht, ob es wirklich wichtig ist«, erklärte Melgarves, und sein Zögern war fast deutlicher in der knisternden Leitung zu hören als die Worte selbst.

»Schießen Sie los«, sagte Van Veeteren. »Es wäre nett, wenn Sie ein bißchen lauter reden könnten, die Verbindung ist nicht besonders gut.«

»Irland«, erklärte Melgarves. »Die Steuern sind in Ordnung. Alles andere nicht.«

»Ich verstehe«, sagte Van Veeteren und verzog das Gesicht.

»Also, da war eine Sache... ich habe ja Ihren Brief und die Informationen von Ihnen bekommen. Und ich habe mit jemandem am Telefon gesprochen... von daher weiß ich in etwa, was passiert ist, trotz der Entfernung. Meine Schwester hat mir außerdem einige Ausschnitte und Zeitungen geschickt... und ja, wenn ich Ihnen also irgendwie helfen kann, dann möchte ich das natürlich gern tun. Das ist ja eine schreckliche Geschichte...«

»Zweifellos«, bestätigte Van Veeteren.

»Was mir eingefallen ist«, fuhr Melgarves fort, »das ist zwar nur eine Kleinigkeit, aber es ist etwas, in das Malik, Maasleitner und auch Innings verwickelt waren. Es kann natürlich vollkommen bedeutungslos sein, aber Sie haben ja Probleme, eine Verbindung zwischen den dreien zu finden, wenn ich es richtig verstanden habe.«

»Wir haben diverse Probleme«, gab Van Veeteren zu.

»Also, das war in Verbindung mit unserem Abschlußfest«, erklärte Melgarves.

»Dem Abschlußfest?«

»Ja, wir hatten in der Stadt ein großes Abschiedsfest ... in Arno's Keller, ich glaube, den gibt es gar nicht mehr ...«

»Nein, der ist weg«, bestätigte Van Veeteren.

»... zwei Tage, bevor unsere Dienstzeit beendet war. Ja, das war also so eine Veranstaltung, an der alle teilnahmen ... auch einige der Offiziere und der Lehrer. Keine Frauen, nur Männer, wir hatten das ganze Lokal gemietet, und ... ja, es wurde natürlich so einiges getrunken.«

»Die Verbindung?« fragte der Kommissar.

Melgarves räusperte sich.

»Ja, ich komme ja dazu. Wir haben bis weit in die Nacht gefeiert ... bis zwei, halb drei, denke ich, und viele waren reichlich betrunken ... einige klappten total zusammen. Ich war auch nicht mehr ganz nüchtern, aber so war dieser Abend nun einmal, nicht wahr? Es war auch erlaubt ... wir hatten erst am nächsten Nachmittag wieder Dienst, und ... tja, zwei Tage vor der Heimreise, und da kam eins zum anderen ...«

»Ich verstehe«, sagte Van Veeteren mit einer Spur von Irritation in der Stimme. »Könnten Sie jetzt dazu kommen, was Sie mir sagen wollten, Herr Melgarves?«

»Es war danach«, fuhr Melgarves fort. »Da habe ich sie gesehen ... wir, die bis zum Schluß geblieben waren, zogen von Arno's noch in die Stadt. Wir gingen in Grüppchen und gröltten herum ... ziemlich laut, fürchte ich ... wir waren auf dem Weg nach Löhr, und da stieß ich auf sie. Ich war in einen Hinterhof gegangen, um Wasser abzuschlagen, und als ich fertig war, lief ich ihnen direkt in die Arme. Sie standen in einem Hauseingang und hatten ein Mädchen bei sich... sicher nicht älter als siebzehn, achtzehn, denke ich, und sie bedrängten sie ziemlich heftig.«

»Bedrängten sie? Was meinen Sie damit?«

»Nun ja, sie versuchten ganz einfach, sie zu überreden.«

»Und wozu?«

»Na, das können Sie sich doch denken.«

»Schon möglich. Und weiter?«

»Sie standen da also so um sie herum... ziemlich eng, und ich nehme an, daß das Mädchen nicht besonders interessiert war, oder wie man das sagen soll. Sie redeten, lachten und weigerten sich jedenfalls, sie gehen zu lassen.«

»Sie wollte also weg?«

Melgarves überlegte.

»Ich weiß nicht. Ich denke schon, kann mich aber nicht mehr erinnern. Ich habe natürlich darüber nachgedacht, aber ich stand da nur ein paar Sekunden, dann bin ich hinter den anderen hergelaufen. Jedenfalls können sie keine angenehme Gesellschaft mehr gewesen sein.«

Van Veeteren überlegte.

»Und es war keine Prostituierte?« fragte er.

»Vielleicht, vielleicht auch nicht«, antwortete Melgarves.

»Wieso fällt Ihnen das nach mehr als dreißig Jahren ein?«

»Ich kann gut verstehen, daß Sie das fragen. Vermutlich, weil da am nächsten Tag noch was war.«

»Am nächsten Tag? Was war da?«

»Als ob etwas passiert war. Eigentlich kannte ich nur Innings etwas genauer, und er war in diesen letzten beiden Tagen nicht wie sonst. Nicht er selbst, irgendwie... als ob er uns auswich. Ich glaube, ich habe ihn sogar gefragt, wie es mit dem Mädchen gelaufen ist, aber er hat nicht geantwortet.«

»Und was denken Sie, was passiert ist?«

»Ich weiß es nicht«, entgegnete Melgarves. »Wir sind ja am

Tag danach ausgerückt, deshalb gab es genügend anderes zu bedenken.«

»Ja, natürlich«, sagte Van Veeteren. »Und an welchem Datum war dieses Fest, können Sie mir das sagen?«

»Das muß am 29. Mai gewesen sein«, stellte Melgarves fest. »Am letzten war ja unser Dienst beendet.«

»Am 29. Mai 1965«, sagte der Hauptkommissar, und plötzlich spürte er, daß der Puls in seinen Schläfen bei der Erwartung der nächsten Frage stärker schlug.

Und der nächsten Antwort. Er räusperte sich.

»Malik, Maasleitner und Innings also«, sagte er. »Waren da noch mehr?«

»Ja«, sagte Melgarves. »Es waren vier, Biedersen war auch noch dabei.«

»Biedersen?«

»Ja, er und Maasleitner waren sozusagen die Anführer. Außerdem hatte Biedersen ein Zimmer in der Stadt.«

»Ein Zimmer?«

»Ja, in den letzten Monaten hatten wir meistens Urlaub bis zum Wecken, wie es heißt. Wir brauchten die Nächte nicht in der Kaserne zu verbringen, und Biedersen, der hatte so eine Studentenbude... da lief sicher so manche Geschichte, aber ich selbst war nie dort.«

Es begann bedrohlich in der Leitung zu knacken, so daß der Hauptkommissar gezwungen war, die letzten Fragen in den Hörer zu rufen, um das Rauschen zu übertönen.

»Also die drei, und dann noch Werner Biedersen. Habe ich das richtig verstanden?«

»Ja.«

»Mit einer jungen Frau?«

»Ja.«

»Gab es noch andere, die das gesehen haben?«

»Kann sein. Ich weiß es nicht.«

»Haben Sie mit jemandem darüber gesprochen? Damals oder jetzt?«

»Nein«, erklärte Melgarves. »Zumindest nicht, soweit ich mich erinnern kann.«

Van Veeteren überlegte noch einige Sekunden lang. »Dankeschön«, sagte er dann. »Vielen Dank für den äußerst wertvollen Hinweis, Herr Melgarves. Ich werde Sie später sicher noch einmal anrufen.«

Er legte den Hörer auf.

Jetzt, dachte er. Jetzt ist es soweit.

»Was soll das heißen?« polterte er zehn Minuten später. »Ihr wißt immer noch nicht, wo er ist?«

Münster schüttelte den Kopf.

»Absolute Oberscheiße!« brüllte der Hauptkommissar. »Und seine Frau?«

»Ist nicht zu Hause«, erklärte Münster. »DeBries versucht die ganze Zeit, bei ihr anzurufen.«

»Wo wohnen sie?«

»In Saaren.«

»Saaren?« wiederholte Van Veeteren. »Also im Norden... ja, es paßt alles. Wie weit mag es bis dort sein? 150, 200 Kilometer?«

»So ungefähr«, bestätigte Münster.

Van Veeteren zog vier Zahnstocher aus der Packung, zerbrach sie und warf die Teile auf den Boden. Reinhart tauchte in der Türöffnung auf.

»Haben wir ihn?« fragte er.

»Ob wir ihn haben!« höhnte Van Veeteren. »Zum Teufel, nein! Er ist seit mehreren Wochen verschwunden, und seine Alte ist einkaufen!«

»Es ist aber Biedersen, oder?« fragte Reinhart.

»Biedersen, ja«, bestätigte Münster. »Er ist an der Reihe.«

»Hast du eine Zigarette?« fragte Van Veeteren.

Reinhart schüttelte den Kopf.

»Leider nein. Nur meine alte Stummelpfeife. Was sollen wir tun?«

Der Hauptkommissar faltete die Hände und schloß für zwei Sekunden die Augen.

»Nun gut«, sagte er und öffnete die Augen wieder. »Wir tun folgendes. Reinhart und ich fahren nach Saaren. Ihr versucht weiterhin von hier aus, seine Frau zu erwischen. Wenn ihr sie habt, sagt ihr nur, sie soll zu Hause bleiben, bis wir kommen, sonst kriegt sie lebenslänglich. Dann sehen wir weiter.«

Reinhart nickte.

»Fragt sie, ob sie überhaupt weiß, wo er ist«, fügte er hinzu. »Und haltet uns im Auto auf dem laufenden. Wir versuchen natürlich auch, sie zu finden.«

Münster machte sich Notizen.

»Los geht's«, sagte Van Veeteren zu Reinhart. »Geh runter zur Fahrbereitschaft und besorge uns einen Wagen. Ich bin in fünf Minuten am Eingang. Ich muß mich nur noch mit etwas Proviant eindecken.«

»Bist du dir sicher, daß es so eilig ist?« fragte Reinhart, nachdem der Hauptkommissar sich auf dem Beifahrersitz niedergelassen hatte.

»Nein«, sagte Van Veeteren und zündete eine Zigarette an. »Aber wenn man sieben Wochen in der Zwangsjacke war, ist es verdammt noch mal an der Zeit, sich etwas zu bewegen.«

40

Er wachte mit einem Ruck auf und tastete nach der Pistole. Fand sie und schaute durch das Fenster hinaus. Stellte fest, daß alles unverändert war, abgesehen davon, daß die Sonne schien. Ihm wurde klar, daß sie auch den Dachboden erwärmt haben mußte, denn er lag dicht unter dem Dach und war nicht wie sonst von der Kälte umschlossen. Eher war es angenehm warm, und die Uhr zeigte einige Minuten vor zehn.

Zehn! Mit einem Gefühl des Schreckens mußte er sich eingestehen, daß er mehr als neun Stunden am Stück geschlafen hatte. Er war am vergangenen Abend kurz nach halb eins unter die Decken gekrochen, und er konnte sich nicht daran erinnern, noch lange wach gelegen zu haben. Auch die Nacht über hatte es keine schlaflosen Abschnitte gegeben.

Er hatte also neun Stunden hier gelegen. Und zu welchem Nutzen? Wäre er überhaupt aufgewacht, wenn sie sich die Treppe hinauf geschlichen hätte?

Er drehte sich auf die Seite und schob das Fenster sperrangelweit auf. Die Sonne schien draußen mit aller Kraft. Kleine Vögel wirbelten im Gestrüpp hinter der Küchentür. Der Himmel war blau mit dünnen, dahinsegelnden Wattebäuschen.

Frühling? dachte er. Was, zum Teufel, mache ich hier?

Er erinnerte sich an den gestrigen Abend. Bis elf Uhr hatte er im Wirtshaus gesessen und danach auf seinem Heimweg alle Vorsicht außer acht gelassen. Er war einfach aufgestanden und gegangen. Die Dorfstraße entlang, vorbei am Bethaus, an Heines, Van Klausters, und dann den schmalen Seitenpfad zu seinem Haus.

Die ganze Zeit zwar mit der entsicherten Pistole in der Hand, das war klar, aber trotzdem.

Eine Weile hatte er sogar überlegt, ob er sich nicht lieber ins Bett legen sollte, aber irgend etwas hatte ihn davon abgehalten. Das ging jetzt schon seit einer Woche so. Genaugenommen seit acht Tagen, und während er in der Küche Kaffee kochte und sich Brote schmierte, beschloß er, daß es jetzt genug sein müßte. Das sollte der letzte Tag werden, der heutige. Er mußte endlich den Tatsachen ins Gesicht sehen und begreifen, daß sein ganzes Vorhaben nichts brachte. Es war fruchtlos. Es wurde nicht mit dem geringsten Erfolg gekrönt, so war es nun einmal. Eigentlich hätte er gleich aufbrechen können, schon jetzt am Vormittag, aber Korhonen hatte versprochen, heute abend ein paar Fotos von seiner neuen thailändischen Frau mitzubringen, und deshalb hatte Biedersen versprochen, auch heute abend zu kommen.

Aber wie gesagt, danach reichte es. Die Einsicht, daß es ein Fehler gewesen war, sich hierher zu begeben, war in ihm im Laufe der Zeit gewachsen – die Einsicht, daß es nutzlos war und daß sie ihm nicht auf dieser Bühne begegnen würde.

Das Gespräch mit seiner Ehefrau vor vier Tagen – in dem sie eine Frau erwähnte, die ihn von Kopenhagen aus sprechen wollte – war natürlich ein Zeichen und eine Bestätigung gewesen, aber nicht dafür, daß sie hier auftauchen wollte. Ganz und gar nicht. Nur dafür, daß sie existierte.

Das mußte sie gewesen sein – das war ihm sofort klar gewesen –, er hatte in Kopenhagen keine weiblichen Geschäftsfreunde, und männliche auch nicht. Aber dieses Warten... diese Tage, die verstrichen, ohne daß etwas passierte; er konnte es nicht anders deuten als ein Beweis dafür, daß sie seine Einladung nicht akzeptierte. Sie weigerte sich, ihn unter seinen Bedingungen zu treffen.

Feige Hündin, dachte er. Verfluchte Mörderhure, ich werde dich auf jeden Fall besiegen!

Dennoch ließ er seine Sicherheitsmaßnahmen auch an diesem letzten Tag nicht außer acht. Trotz der Einsicht, daß seine Berechnungen nicht stimmten, verbrachte er die üblichen Stunden im Wald. Aß und begann zu packen, nachdem die Dämmerung eingesetzt hatte, und begriff, wie wichtig es war, daß er nicht übermütig wurde. Die gleiche Wachsamkeit. Die Waffe lag die ganze Zeit griffbereit da. Er hielt sich versteckt.

Nur noch eine Nacht. Eine letzte.

Nach welchen Regeln er sich in Zukunft verhalten sollte, darüber dachte er im Augenblick noch nicht nach. Dazu war er nach dieser sinnlosen Anspannung nicht mehr in der Lage. Morgen würde er von hier wegfahren.

Morgen würde er dann auch neue Beschlüsse fassen.

Nach den Achtzehnuhr-Nachrichten im Radio schlich er sich in die Dunkelheit. Wie immer horchte er auf der Treppe mit der Pistole in der Hand, bevor er sich seinen Weg ins Dorf, zum Wirtshaus bahnte. Die Luft erschien immer noch mild, und er spürte, daß der Frühling, der ihn am Morgen geweckt hatte, beschlossen hatte, zu bleiben. Zumindest für ein paar Tage.

»Sollten wir nicht die Polizei in Saaren informieren?« fragte Reinhart, nachdem sie vierzig Kilometer gefahren waren und sein Chef kein Wort von sich gegeben hatte.

»Hast du vergessen, wer dort Polizeichef ist?« entgegnete Van Veeteren.

»Natürlich nicht. Mergens. Nein, es ist sicher am besten, ihn da rauszuhalten.«

Van Veeteren nickte und zündete sich seine dritte Zigarette innerhalb von zwanzig Minuten an.

»Und was sollten wir ihm auch sagen?« erklärte er nach einer Weile. »Ihn bitten, nach Frau Biedersen zu fahnden und sie in Untersuchungshaft zu nehmen, bis wir kommen?«

Reinhart zuckte mit den Schultern.

»Das würde ihm gefallen«, sagte er dann. »Nein, du hast recht. Wir kümmern uns selbst drum.«

»Kannst du nicht etwas schneller fahren?« fragte Van Veeteren.

Erst Viertel nach acht gelang es deBries, Dagmar Biedersen zu erreichen. Da war sie gerade nach einer ausgiebigen Einkaufsrunde und einem späten Besuch beim Friseur nach Hause gekommen und klang ziemlich abgehetzt. Als man Kontakt mit Van Veeteren und Reinhart im Wagen aufnahm, stellte sich heraus, daß sie nur noch zehn Minuten brauchten, um Saaren zu erreichen. Deshalb wurde beschlossen, daß auch zu diesem Zeitpunkt der Einsatz anderer Polizeikräfte nicht notwendig sei.

»Gutes Timing«, sagte Reinhart. »Wir fahren direkt zu ihr. Sag ihr schon mal, daß sie zwei Bier bereitstellen soll.«

»Was wollen Sie eigentlich?« empörte sich Frau Biedersen und strich sich behutsam über die neue Frisur.

»Können wir uns irgendwo setzen und das in aller Ruhe besprechen?« fragte Van Veeteren.

Reinhart ging voran ins Wohnzimmer und setzte sich auf ein rotes Plüschsofa. Der Hauptkommissar bat Frau Biedersen, auf einem der Sessel Platz zu nehmen, während er selbst stehen blieb. »Wir haben Anlaß zu der Annahme, daß Ihr Mann in Gefahr ist«, begann er.

»In Gefahr?«

»Ja. Das hat mit den vorhergehenden Todesfällen zu tun. Können Sie uns sagen, wo er sich im Augenblick befindet?«

»Wo? Nein ... doch, vielleicht, aber das kann doch nicht sein ...«

»Doch, das kann es«, unterbrach Reinhart sie. »Wo ist er?«

Ohne Vorwarnung brach Dagmar Biedersen in Tränen aus. Irgendwo in ihr brach etwas zusammen, und dann begann der schmale Brustkorb sich in heftigen Krämpfen auf und ab zu bewegen. Die Tränen flossen.

Verflucht noch mal, dachte Van Veeteren.

»Beste Frau Biedersen«, sagte er. »Wir müssen nur wissen, wo er ist, dann wird alles in Ordnung kommen.«

Sie holte ein Taschentuch hervor und putzte sich die Nase. »Entschuldigen Sie«, sagte sie. »Ich bin eine Närrin.«

Ja, ja, dachte Van Veeteren. Aber nun antworte verdammt noch mal endlich.

»Er ist im Augenblick ... in der Hütte, nehme ich an. Jedenfalls hat er mich vor ein paar Tagen von dort aus angerufen.«

»Hütte?« fragte Reinhart.

»Ja, wir haben da so ein Ferienhaus, oder wie soll man es nennen ... das ist eigentlich sein Elternhaus. Ab und zu fahren wir dorthin. Oft ist er auch alleine dort ...«

»Wo?« fragte Van Veeteren.

»Entschuldigen Sie. Natürlich in Wahrhejm.«

»Warhejm? Und wo liegt dieses Warhejm?«

»Entschuldigen Sie«, wiederholte sie. »Es liegt zwischen Ulming und Oostwerdingen. Nur ein kleines Dorf... von hier sind es gut hundert Kilometer.«

Van Veeteren überlegte.

»Wissen Sie genau, daß er dort ist?«

»Nein, wie gesagt... aber ich denke schon.«

»Gibt es dort ein Telefon?«

»Nein, leider... wir telefonieren immer vom Wirtshaus aus. Er möchte dort ungestört sein...«

Van Veeteren seufzte.

»Mist«, sagte er dann. »Wären Sie so nett und würden uns ein paar Minuten allein lassen, Frau Biedersen. Der Kommissar und ich müssen etwas besprechen.«

»Ja, natürlich«, sagte sie und eilte in die Küche.

»Was machen wir?« fragte Reinhart, als sie außer Hörweite war.

»Ich weiß nicht so recht«, sagte Van Veeteren. »Ich habe das Gefühl, daß es eilt, aber es gibt natürlich nichts, was beweist, daß dem wirklich so ist.«

»Nein«, bestätigte Reinhart. »Abgesehen davon, daß ich das gleiche Gefühl habe natürlich. Nun ja, du bist es, der befiehlt.«

»Ja, ich weiß«, sagte Van Veeteren. »Und du, der gehorcht. Rufe die Polizei in Ulming an, das müßte die nächstgelegene sein, und sag ihnen, sie sollen hinfahren und ihn sich schnappen.«

»Ihn schnappen?«

»In Gewahrsam nehmen, dann eben.«

»Mit welcher Begründung?«

»Das ist mir scheißegal. Denk dir aus, was du willst!«

»Mit Vergnügen«, sagte Reinhart.

Während Reinhart seinen Auftrag in Biedersens Arbeitszimmer ausführte, nahm sich der Hauptkommissar der ängstlichen Ehefrau an, um eventuell weitere Informationen zu bekommen. »Wenn ich es ganz deutlich sagen darf«, erklärte er, »dann ist die Lage jetzt so, daß diese Frau hinter Ihrem Mann her ist, Frau Biedersen. Wir hoffen natürlich, daß wir sie aufhalten können.«

»Mein Gott«, sagte Dagmar Biedersen.

»Wann haben Sie ihn das letzte Mal gesehen?«

Sie überlegte.

»Vor ein paar Wochen ... ja, vor fast drei Wochen.«

»Weiß sonst jemand, daß er sich dort aufhält?«

»Ich ... ich weiß nicht.«

»Gibt es die Möglichkeit, daß diese Frau es erfahren haben könnte? Auf irgendeine Weise?«

»Nein ... obwohl ...«

Er konnte problemlos verfolgen, wie die Erkenntnis in ihrem Gehirn Gestalt annahm. Die Farbe verschwand aus ihrem Gesicht, und ein paar Mal öffnete und schloß sie den Mund. Ihre Hände fuhren über die Knöpfe der rostroten Bluse, ohne einen Halt zu finden.

»Diese ... diese Frau da ...«, stotterte sie.

»Ja?«

»Sie ... hat angerufen.«

Van Veeteren nickte.

»Erzählen Sie weiter!«

»Eine Frau hat aus Kopenhagen angerufen ... sie hat behauptet, daß sie eine Geschäftsfreundin meines Mannes wäre, und dann ...«

»Und dann?«

»Dann hat sie gefragt, ob ich wüßte, wo er wäre. Wo sie ihn erreichen könnte.«

»Und da haben Sie es ihr gesagt?« fragte Van Veeteren.

»Ja«, antwortete Dagmar Biedersen und ließ sich in den Sessel fallen. »Da habe ich es ihr gesagt. Glauben Sie ...?«

Reinhart kam ins Zimmer.

»Alles klar«, sagte er.

»Allright«, sagte Van Veeteren. »Dann fahren wir. Wir lassen von uns hören, Frau Biedersen. Ich hoffe, Sie bleiben heute abend zu Hause, oder?«

Sie nickte angestrengt mit offenem Mund, und dem Hauptkommissar war klar, daß es ihr kaum möglich wäre, auch nur das Sofa zu verlassen.

»Meine Güte, wie viele Frauen sind denn hier«, stellte Biedersen fest, als er sich im Lokal umsah.

»Weißt du denn nicht, was für ein Tag heute ist?«

»Nein.«

»Frauentag«, erklärte Korhonen. »Dann sieht es immer so aus hier. Alle Frauen aus dem Ort sind hier.«

»Blöde Idee«, meinte Biedersen.

»Nun ja, aber gut fürs Geschäft. Du kannst dich ja hier in die Ecke setzen, dann kommen sie dir nicht so nahe. Bier und 'n Whisky, wie immer?«

»Klar«, sagte Biedersen. »Hast du die Fotos von deiner Thailänderin dabei?«

»Ich komme später und setze mich zu dir«, erklärte Korhonen.

»Muß erst mal die Damen bedienen.«

»Okay«, sagte Biedersen. Nahm seine beiden Gläser und ließ sich an dem freien Tisch in der Ecke zwischen dem Bartresen und dem Kücheneingang nieder.

So eine Scheiße, dachte er. Die perfekte Tarnung. Heute abend muß ich vorsichtig sein.

Und er tastete in seine Manteltasche.

41

»Was, zum Teufel, soll das?« fragte Ackermann.

»Keine Ahnung«, antwortete Päude und startete das Auto. »Mitten im Spiel und so.«

»Im Spiel?« wiederholte Ackermann. »Scheißspiel. Ich war

gerade dabei, ihr die Höschen runterzuziehen, als er angerufen hat. Weißt du, dieser süßen kleinen Nancy Fischer …«

Päude seufzte und stellte das Radio an, um lieber das Ende der Fußballreportage zu hören, statt den Beschreibungen der Liebesspiele seines Kollegen lauschen zu müssen, die dieser jeweils reichlich auszuschmücken pflegte.

»Auf halbem Weg, wie man so sagt«, erklärte Ackermann.

»Was hältst du von diesem Biedersen?« versuchte Päude abzulenken.

»Heikle Sache«, antwortete Ackermann. »Ihn nur wegen Landstreicherei in Gewahrsam nehmen und dann weitere Befehle abwarten … Du glaubst doch nicht, daß er gefährlich sein könnte?«

»Munckel meinte, daß er das nicht ist.«

»Munckel kann doch nicht zwischen einer Handgranate und einer roten Beete unterscheiden.«

»Okay, dann sind wir lieber auf der Hut. Wie weit ist es noch bis Wahrhejm?«

»Achtzehn Kilometer. Wir müssen in zehn Minuten da sein. Sollen wir Blaulicht einschalten?«

»Das Blaulicht? Nein, bloß nicht. Diskretion hat er gesagt, der Munckel. Aber vielleicht weißt du ja nicht, was das bedeutet?«

»Natürlich weiß ich das«, entgegnete Ackermann. »Diskretion ist Ehrensache.«

»Noch eins?« fragte Korhonen.

»Ja, klar«, antwortete Biedersen. »Ich muß nur erst den Druck loswerden. Aber 'ne geile Braut, die du da aufgegabelt hast. Verflucht geil.«

»Und pflegeleicht«, erklärte Korhonen grinsend.

Biedersen stand auf und spürte, daß er etwas angetrunken war. Es war wohl besser, ab jetzt den Whisky wegzulassen und sich nur noch ans Bier zu halten, dachte er und zwängte sich an dem großen Frauenkontingent vorbei, das lärmend um zwei große Tische saß. Sie lachten und sangen. Abgesehen von seiner eigenen Person gab es nur noch zwei weitere männliche Gäste im ganzen Lokal. Der alte Schulmeister, der mit einer Zeitung und einer Karaffe Rotwein an seinem üblichen Tisch saß. Und ein einzelner Gast in dunklem Anzug, der vor einer Viertelstunde gekommen war.

Der Rest bestand nur aus Frauen, und er hielt seine Waffe krampfhaft in der Hand, als er an ihnen mit dem Rücken zur Wand vorbeiging.

Frauentag, dachte er, während er das Bier auf natürlichem Weg wieder ausschied. Blöde Idee.

Die Tür ging auf, und der Mann im dunklen Anzug kam herein. Er nickte Biedersen zu.

»Nur gut, daß man zumindest hier drinnen seine Ruhe hat«, sagte Biedersen und deutete mit einem Kopfnicken zu dem Lärm draußen. »Die Frauen in allen Ehren, aber ...«

Er unterbrach sich und tastete in aller Eile nach seiner Jackentasche, doch bevor es ihm gelang, die Hand hineinzuschieben, hatte er den gleichen Plopplaut bereits zweimal gehört und wußte, daß es zu spät war. Eine dunkelrote Flut schoß ihm übers Auge, und das letzte, das allerletzte, was er spürte, war ein schrecklicher Schmerz im Unterleib.

Päude bremste vor dem Wirtshaus.

»Geh rein und frag mal nach dem Weg«, sagte er. »Ich warte hier solange.«

»Okay«, seufzte Ackermann. »Biedersen hieß er, oder?«

»Ja«, bestätigte Päude. »Werner Biedersen. Die kennen ihn da drinnen bestimmt.«

Ackermann verließ den Wagen, und Päude zündete sich eine Zigarette an. Schön, ihn zumindest für ein paar Minuten los zu sein, dachte er.

Aber Ackermann war bereits nach anderthalb Minuten wieder zurück.

»Glück muß man haben«, sagte er. »Da kam gerade ein

Typ raus, der wußte, wo er wohnt. Fahr hier den Weg weiter, nur ... ungefähr hundertfünfzig Meter.«

»In Ordnung«, sagte Päude.

»Da vorne links«, erklärte Ackermann.

Päude bog gemäß den Instruktionen ab, und sie erreichten eine langgestreckte Steinmauer mit einem Tor.

»Sieht dunkel aus«, stellte Ackermann fest.

»Jedenfalls steht da ein Haus«, sagte Päude. »Nimm deine Lampe mit und guck mal nach. Ich bleibe hier. Meine Fensterscheibe ist runtergekurbelt, du brauchst also nur zu rufen, wenn was ist.«

»Wäre es nicht besser, wenn du gehst?« wollte Ackermann wissen.

»Nein«, antwortete Päude. »Nun geh schon.«

»Okay«, sagte Ackermann.

Schließlich bin ich sieben Jahre älter, dachte Päude, nachdem Ackermann ausgestiegen war. Mit Frau und Kind und so weiter.

Plötzlich knisterte es in der Sprechanlage.

»Ja, Päude hier!«

»Munckel! Wo, zum Teufel, seid ihr?«

»Natürlich in Wahrhejm. Wir stehen jetzt vor seinem Haus. Ackermann ist reingegangen und ...«

»Hol ihn wieder raus! Biedersen liegt erschossen im Klo vom Wirtshaus! Fahrt sofort dorthin und sperrt alles ab!«

»So eine Scheiße«, sagte Päude.

»Und seht zu, daß keiner die Kneipe verläßt! Ich bin in einer Viertelstunde dort.«

»Verstanden«, sagte Päude.

Es knackte wieder, und Munckel verschwand aus der Leitung. Päude schüttelte den Kopf.

So eine Scheiße, dachte er wieder. Dann stieg er aus und rief Ackermann.

42

Das ist nicht wahr, ich träume! Der Gedanke lief Van Veeteren die letzten fünfundzwanzig Minuten ununterbrochen durch den Kopf. Seit er die Mitteilung über Funk bekommen hatte. So etwas gibt es doch nicht. Das mußte sich jemand ausgedacht oder falsch verstanden haben.

»Ich glaube, ich träume!« brummte Reinhart und bremste. »Aber jetzt sind wir da. Es scheint also doch zu stimmen.«

Zwei Polizeiwagen waren bereits an Ort und Stelle. Sie blockierten die Straße, das Blaulicht eingeschaltet. Vermutlich damit alle, denen es im Ort bisher gelungen war, diese Neuigkeit zu ignorieren, jetzt informiert wurden, dachte Van Veeteren, während er zur Haustür eilte. Ein uniformierter Beamter hielt in der Tür Wache, ein paar andere befanden sich im Lokal, in dem das Gefühl von Angst und Schrecken unmittelbar in der Luft zu spüren war. Die Gäste – fast ausschließlich Frauen, wie er überrascht feststellte – hatten sich hinter zwei Tischen zusammengedrängt, und ihr Flüstern und ihre leisen Vermutungen drangen an Van Veeterens Ohren wie ein unartikulierter, aber geduldiger Klagegesang.

Ein Mann mit schütteren Haaren in seinem Alter kam auf ihn zu. »Hauptkommissar Van Veeteren?«

Er nickte und stellte Reinhart vor.

»Munckel. Ja, es ist einfach schrecklich. Er liegt da drinnen. Wir haben nichts angerührt.«

Van Veeteren und Reinhart gingen zur Herrentoilette, vor der auch ein Beamter Wache hielt.

»Ackermann«, sagte Munckel. »Laß die Herren mal rein.«

Van Veeteren schaute hinein. Starrte einige Sekunden auf den leblosen Körper und wandte sich dann zu Reinhart.

»Ja«, sagte er. »Genau wie immer. Wir lassen ihn hier liegen, bis der Spurendienst kommt. Wir könnten ja doch nichts mehr für ihn tun.«

»Dieser blöde Dummkopf«, murmelte Reinhart.

»Wann ist es passiert?« fragte der Hauptkommissar.

Munckel schaute auf seine Uhr.

»Kurz nach neun«, erklärte er. »Wir wurden alarmiert um Viertel nach... Herr Korhonen war es, der uns anrief. Er ist hier am Tresen.«

Ein dunkelhaariger Mann in den Fünfzigern trat vor und begrüßte die beiden.

»Also ist noch keine Stunde verstrichen«, stellte Van Veeteren fest. »Wie viele haben inzwischen das Lokal verlassen?«

»Ja, ich weiß nicht genau«, zögerte Korhonen.

»Wer hat ihn gefunden?«

»Ich«, antwortete ein älterer Mann in kariertem Sporthemd mit lauter Stimme. »Ich bin aufs Klo, um zu pinkeln, und da lag er. Auch in den Schwanz geschossen. Einfach widerlich...«

Es hatte den Anschein, als ginge ein Schauer durch die Frauengruppe.

Natürlich! fiel es Van Veeteren endlich ein. Der Frauentag... der achte März. Deshalb sind sie hier. Ziemlich makaber – eine bessere Tarnung gab es wohl kaum.

»Und wann ist Biedersen dort hingegangen?« fragte Reinhart.

Korhonen räusperte sich nervös.

»Entschuldigung«, sagte er. »Aber ich glaube, ich weiß, wer das war. Das muß dieser andre da gewesen sein.«

»Wer?« fragte Munckel. »Und warum hast du das denn nicht gleich gesagt?«

»Dieser andere«, wiederholte der Wirt. »Der da hinten gesessen hat...«

Er deutete dorthin.

»... er ist kurz nach Biedersen aufs Klo gegangen, jetzt fällt es mir wieder ein.«

»Ein Mann?« fragte Van Veeteren.

»Ja... ja, natürlich.«

»Und wo ist er jetzt?« fragte Reinhart.

Korhonen schaute sich um. Der Mann im karierten Hemd schaute sich um. Alle Frauen schauten sich um.

»Er ist natürlich weg«, sagte Munckel.

»Er ist verschwunden!« rief eine der Frauen. »Ich habe gesehen, wie er gegangen ist.«

»Natürlich ist er nicht geblieben«, murmelte Reinhart.

»Heißt einer von Ihnen Van Veeteren?« fragte eine dunkelhaarige Frau um die fünfunddreißig.

»Ja, warum?«

»Das hier lag auf seinem Tisch. Ich habe es gerade eben entdeckt.«

Sie kam heran und hielt einen weißen Umschlag hoch. Van Veeteren nahm ihn entgegen und starrte ihn verblüfft an. Ich träume, dachte er wieder und schloß die Augen für eine Sekunde.

»Mach auf!« sagte Reinhart.

Er las.

»Wo gibt es hier ein Telefon?« fragte er dann und wurde von Korhonen in die Vorhalle gebracht. Reinhart folgte ihm, nachdem er Munckel befohlen hatte, im Restaurant die Stellung zu halten.

»Was, zum Teufel, ist denn los?« flüsterte er, während der Hauptkommissar eine Nummer wählte. »Gib mir mal den Brief!«

Van Veeteren reichte ihn rüber, und Reinhart las.

Ich warte auf Sie. Jelena Walgens
kann Ihnen sagen, wo ich bin.

Zwei Zeilen. Keine Unterschrift.

Was, zum Teufel, soll das? dachte Reinhart, und dann sagte er es auch.

43

Sie hielten in sicherem Abstand und stiegen aus dem Wagen. Der Himmel war nicht ganz dunkel, und es war nicht schwer, in der offenen Landschaft die Häuser vor dem Meer zu entdecken. Der Wind war zu einem fernen Säuseln vom Wald im Nordosten abgeflaut, und die Luft erschien fast sanft, wie Van Veeteren bemerkte.

Frühling? dachte er etwas überrascht. Reinhart räusperte sich.

»Es muß das ganz hinten sein«, sagte er. »Scheint jedenfalls in keinem der drei Häuser jemand zu sein.«

»Es kommt vor, daß Leute nachts schlafen«, erwiderte Van Veeteren.

Vorsichtig gingen sie den schmalen Kiesweg hinab.

»Glaubst du, sie sitzt da drinnen?«

»So langsam wage ich bei dieser ganzen Sache gar nichts mehr zu glauben«, antwortete Van Veeteren gedämpft. »Auf jeden Fall müssen wir hin und uns umsehen. Oder meinst du, wir sollten Rymans Panzertruppen anfordern?«

»Niemals«, entgegnete Reinhart. »Das dauert doch vier Tage, bis die bereit sind. Wir gehen rein. Wenn du willst, gehe ich vor.«

»Soweit kommt das noch«, widersprach Van Veeteren. »Ich bin der Ältere. Du hältst dich im Hintergrund.«

»Wie gewünscht«, sagte Reinhart. »Außerdem glaube ich nicht, daß sie da ist.«

Gebückt und mit großem Abstand von einander näherten sie sich dem schiefen grauen Haus mit dem heruntergezogenen Ziegeldach. Langsam, aber zielstrebig strichen sie über feuchte Grasbüschel, und als nur noch zehn Meter zurückzulegen waren, leitete Van Veeteren den Angriff ein, indem er vorpreschte und sich direkt neben der Haustür an die Wand preßte. Reinhart folgte ihm und hockte sich unter eines der Fenster.

Lächerlich, dachte Van Veeteren, während er dastand, nach Atem rang und seine Dienstpistole umklammerte. Was, zum Teufel, treiben wir hier eigentlich?

Oder war es ernst?

Resolut trat er die Tür auf und lief hinein. Er trat andere Türen auf, begriff aber bald, daß das Haus, wie Reinhart es vorausgesagt hatte, leer war.

Wenn sie uns erschießen wollte, hätte sie das schon lange tun können, dachte er und schob seine Pistole in die Tasche. Er ging in das größte von drei Zimmern, fand einen Lichtschalter und knipste das Licht an. Reinhart kam herein und sah sich um.

»Da liegt noch ein Brief«, sagte er und zeigte auf den Tisch.

Der Hauptkommissar ging hin und hob ihn auf. Wog ihn in der Hand.

Dieselbe Art Kuvert.

Dieselbe Handschrift.

Derselbe Adressat.

Kommissar Van Veeteren, Maardam

Und immer noch hatte er das Gefühl, daß er träumte.

Die Präzision, dachte Van Veeteren. Es ist diese verfluchte Präzision, die das Ganze so unwirklich erscheinen läßt. Es gibt keinen Zufall, hatte Reinhart gesagt, aber im Grunde genommen ist genau das Gegenteil der Fall. Das wurde ihm jetzt klar. Wenn plötzlich der Zufall überhaupt keine Rolle mehr spielt, dann können wir uns kaum noch auf unsere Sinne verlassen. Ihrem Zeugnis von Geschehnissen und Zusammenhängen vertrauen.

Es gab zwei Korbsessel im Zimmer. Reinhart hatte sich bereits in einen gesetzt und seine Pfeife entzündet. Der Hauptkommissar setzte sich in den anderen und begann zu lesen.

Er brauchte dafür nur wenige Minuten, und als er fertig war, las er den Brief noch einmal. Danach schaute er auf die Uhr und reichte den Brief wortlos an Reinhart weiter.

Zur Beerdigung meiner Mutter kam nur ein Mensch. Das war ich.
Die Zeit ist knapp, und ich werde mich kurz fassen. Ich will kein Verständnis, aber ich möchte, daß Sie wissen, was das für Männer waren, die ich getötet habe. Meine Mutter hat mir – zwei Wochen bevor sie starb – erzählt, wie ich gezeugt wurde.
Mein Vater, das waren vier Männer. Es war in der Nacht zum 30. Mai 1965. Sie war siebzehn Jahre alt und unschuldig. Sie vergewaltigten sie zwei Stunden lang in einem Studentenzimmer in Maardam, und damit sie nicht schrie, hatten sie ihr die Unterhose von einem der Männer in den Mund gestopft. Ein Schlips war ihr um Mund und Nacken gebunden. Während meiner Schöpfung spielte man auch Musik. Immer wieder die gleiche Scheibe, sie fand später heraus, was es war, und kaufte sie. Ich habe sie noch.
Als sie meine Mutter fertig befruchtet hatten, schleppten sie sie nach draußen und warfen sie in ein Gebüsch in einem Park in der Nähe. Einer meiner Väter sagte, sie wäre eine Hure, und er würde sie umbringen, wenn sie darüber reden würde.
Meine Mutter erzählte niemandem, was mit ihr passiert war, aber nach zwei Monaten ahnte sie, daß sie schwanger war. Nach drei Monaten war sie sich sicher. Sie ging noch zur Schule. Sie versuchte mich mit all den Tricks und Methoden umzubringen, von denen sie gehört hatte, aber es gelang ihr nicht. Ich wünschte, es hätte geklappt.
Sie sprach mit ihrer Mutter, die ihr aber nicht glaubte.
Sie sprach mit ihrem Vater, der ihr nicht glaubte und der sie schlug.
Sie sprach mit ihrer tüchtigen älteren Schwester, die ihr nicht glaubte, die ihr aber vorschlug, das Kind abzutreiben.

Da war es schon zu spät, und ich wünschte, dem wäre nicht so gewesen.
Mein Großvater gab ihr eine kleine Summe, um uns beide loszuwerden, und ich wurde weit entfernt in Groenstadt geboren. Dort wuchs ich auch auf. Meine Mutter hatte die Namen meiner Väter herausgekriegt und von ihnen ein wenig Geld bekommen, als sie damit drohte, alles aufzudecken. Als ich zehn war, besorgte sie sich noch einmal eine gewisse Summe, aber das war schon alles. Sie bezahlten. Das war für sie kein Problem.
Ich wußte schon sehr früh, daß meine Mutter eine Hure war, und ich wußte auch, daß ich eine werden würde. Mit dem Stoff und dem Alk war es genauso.
Aber ich wußte nicht, warum das so war, ahnte es nicht, bis sie mir kurz vor ihrem Tod von meinen Vätern erzählte.
Meine Mutter wurde 47 Jahre alt. Ich selbst bin erst 30, aber ich habe so lange herumgehurt, daß ich mindestens zehn Jahre älter aussehe. Meinen ersten Kunden bediente ich mit fünfzehn.
Außerdem habe ich dieses Todesurteil in mir. Das erfuhr ich im Oktober, und als ich etwas später von meinen Vätern hörte, stand mein Entschluß fest.
Es war eine gute Entscheidung.
Das Leben meiner Mutter bestand nur aus Qualen. Aus Qualen und dem Gefühl der Wertlosigkeit.
Meines auch. Aber endlich begriff ich. Ich erkannte die Logik. Was sonst hätte aus so einer Liebesnacht entstehen können wie die damals, in der mir meine Väter das Leben schenkten?
Welches Leben?
Ich bin die Frucht einer Gruppenvergewaltigung.
Und diese Frucht tötet nun ihre Väter.
Damit schließt sich der Kreis.
Natürlich klingt das nach dunkler Poesie. In einem ande-

ren Leben wäre ich sicher Dichterin geworden. Da hätte ich geschrieben und gelesen, ich hatte das in mir, aber nie eine Chance bekommen.
Wenn ich fertig bin, wird es keine lebende Seele mehr geben, die diese Nacht miterlebt hat. Wir werden alle tot sein. Das ist die Logik, die dahintersteckt.
Meine Mutter – die die Unterhose meines Vaters während des Liebesaktes im Mund hatte – gab mir den Auftrag, und in ihrem Namen habe ich alle umgebracht. Das hat mir viel Freude gemacht, größere Freude als ich sie jemals sonst in meinem Leben verspürt habe. Ich habe zu keiner Zeit Schuld oder Reue gespürt, und kein Mensch soll kommen und mich zur Rede stellen.
Ich bin auch froh, daß meine Mutter das, was sie von meinen Vätern erpreßt hat, gespart hatte. Das hat mir sehr geholfen, und der Gedanke gefällt mir, daß sie auf diese Art und Weise ihren eigenen Tod bezahlt haben. Ich wiederhole: Es hat mir ein starkes Gefühl der Zufriedenheit gegeben, meine Väter zu töten. Ein sehr starkes.
Ich bin die ganze Zeit sehr sorgfältig vorgegangen und will das bis zum Schluß beibehalten. Ich schreibe aus zwei Gründen. Zum einen möchte ich, daß der wahre Grund bekannt wird. Zum anderen muß ich Zeit gewinnen, deshalb habe ich zunächst im Wirtshaus eine Nachricht hinterlassen. Wenn Sie diesen Brief zu dem Zeitpunkt, den ich mir erhoffe, lesen, habe ich meinen Zweck erreicht.
Um 22 Uhr fahre ich mit der Fähre von Oostwerdingen zu den Inseln hinaus, aber wenn wir in den Hafen einlaufen, werde ich nicht mehr an Bord sein.
Ich werde genug Ballast haben, der mich in die Tiefe zieht, wo ich hoffe, daß die Fische schnell mein infiziertes Fleisch fressen werden.
Ich werde nie wieder an die Oberfläche kommen. Nichts von mir.

Reinhart faltete den Briefbogen zusammen und schob ihn wieder in den Briefumschlag. Dann blieb er noch eine Weile sitzen und zündete seine Pfeife an, die ausgegangen war.

»Was soll man dazu sagen?« fragte er schließlich.

Der Hauptkommissar lehnte sich auf seinem Sessel zurück, er hatte die Augen geschlossen.

»Nichts«, sagte er. »Du brauchst nichts zu sagen.«

»Keine Unterschrift.«

»Nein.«

»Es ist Viertel vor eins.«

Van Veeteren nickte. Er streckte sich und zündete sich eine Zigarette an. Nahm ein paar Züge. Stand auf, ging quer durchs Zimmer und löschte das Licht.

»Welcher Hafen wird als erster angelaufen?« fragte er, als er sich wieder gesetzt hatte.

»Arnholt, glaube ich«, antwortete Reinhart. »So gegen eins.«

»Ja«, sagte Van Veeteren. »Das kann stimmen. Geh zum Auto und versuche mit der Fähre Kontakt zu kriegen. Sie müssen sie durchsuchen. Sie kann es sich ja anders überlegt haben.«

»Glaubst du?« fragte Reinhart.

»Nein«, erklärte Van Veeteren. »Aber wir müssen schließlich unsere Rollen zu Ende spielen.«

»Ja, das denke ich auch«, sagte Reinhart. »The show must go on.«

Er ging hinaus und ließ den Hauptkommissar allein im Dunklen zurück.

44

Sie schloß die Tür, und fast im gleichen Augenblick legte die Fähre ab. Durch das ovale, gewölbte Fenster konnte sie die Lichter des Hafens vorbeigleiten und verschwinden sehen. Das war der letzte Luxus, den sie sich gönnte: eine Einzelkabine oben auf dem B-Deck. Die hatte so ziemlich alles gekostet, was sie noch hatte, aber das war keine Laune von ihr. Eine Notwendigkeit und logische Forderung war es. Sie mußte allein sein, während sie das Letzte vorbereitete, das ließ sich auf keine andere Art und Weise durchführen.

Sie kontrollierte die Zeit. Sieben Minuten nach zweiundzwanzig Uhr. Sie setzte sich aufs Bett und strich mit der Hand über das frischgebügelte Laken und die warme rote Wolldecke mit dem Wappen der Reederei. Schraubte den Deckel ab, warf ihn in den Papierkorb und trank direkt aus der Flasche. Einen halben Liter Cognac. Vier Sterne. Ein billigerer hätte es auch getan, aber das Geld hatte gerade noch gereicht. Für einen Vier-Sterne-Cognac. Der allerletzte Luxus, wie gesagt.

Noch zwei Stunden Spielraum, sie hatte es genau ausgerechnet. Von dem Augenblick an, als sie den Polizeiwagen auf der Straße traf. Wie effektiv sie auch arbeiteten – und bis jetzt hatten sie kaum derartige Tendenzen gezeigt –, vor zwölf Uhr konnten sie sie unmöglich aufgespürt haben. Erst der Tatort selbst – das Chaos im Wirtshaus –, danach mußten sie Jelena Walgens ausfindig machen, worauf ein verwirrtes Gespräch mit ihr folgen würde und die Fahrt zurück nach Wahrhejm – wobei sie überzeugt davon war, daß der Hauptkommissar kaum etwas einem anderen überlassen würde. Und schließlich der Anruf hier auf dem Schiff... nein, weniger als zwei Stunden wäre einfach undenkbar.

Halb zwölf, um ganz sicherzugehen. Neunzig Minuten in einer eigenen Kabine auf dem B-Deck, das mußte reichen. Sie hatte ein ganz sonderbares Gefühl der Zufriedenheit, daß sie schließlich auch ihr eigenes Ende plante und nicht nur das der anderen. Sie kippte die Tasche auf dem Boden aus. Sie konnte sich ebensogut gleich bereit machen, falls irgendwas nicht klappte. Sie suchte das Ende der Metallkette, schob gleichzeitig ihren Pullover hoch und entblößte ihren Oberkörper. Trank noch einen Schluck Cognac. Zündete sich eine Zigarette an, während sie langsam den geschmeidigen Stahl sich um den Leib wickelte. Ruhig und methodisch, Schicht um Schicht, genau wie damals, als sie geübt hatte.

Schwer, aber geschmeidig. Sie hatte mit Sorgfalt ausgewählt. Sieben Meter lang und achtzehn Kilo schwer. Eine Stahlkette. Kalt und schwer. Nach der letzten Runde zog sie sie noch ein wenig fester und verschloß die Kette dann mit einem Vorhängeschloß. Stellte sich hin und probierte das Gewicht und ihre Bewegungsmöglichkeiten.

Doch, die Überlegungen stimmten.

Schwer genug, um sie nach unten zu ziehen. Aber nicht zu schwer. Sie mußte sich ja auch noch bewegen können. Über die Reling.

Noch eine Zigarette.

Mehr Cognac.

Ein warmer, endgültiger Rausch breitete sich bereits in ihrem Körper aus, sie lehnte den Kopf gegen die Wand und schloß die Augen. Hörte oder fühlte die Vibrationen der schweren Schiffsmotoren, die sich auf ihren Schädelknochen wie ein ferner, bedeutungsloser Kontaktversuch fortpflanzten. Sonst nichts. Schnaps und Zigaretten. Und die Vibrationen.

Noch eine Stunde, dachte sie. In einer Stunde ist es vorbei. Nur noch eine Stunde.

Der Wind packte sie und warf sie fast auf den Rücken. Einen Augenblick lang hatte sie Angst, doch falsch gerechnet zu haben, aber dann bekam sie das Geländer zu fassen und fand die Balance wieder. Sie richtete sich auf und schob die Tür zu. Es war stockfinster, und der Wind toste. Langsam zog sie sich, direkt im Wind, den schmalen, feuchten Gang an der Längsseite des Schiffes entlang.

Nach vorn. Das Geländer war nicht höher als Brusthöhe und hatte außerdem noch querlaufende Rippen, auf die man klettern konnte. Ideal, mehr oder weniger, was auch immer der Grund dafür sein mochte. Sie mußte nur noch die richtige Stelle aussuchen. Ein Stück weiter kam sie zu einer Treppe, zu der eine Kette den Weg versperrte, ein Schild schaukelte und klirrte im Wind und verkündete wahrscheinlich, daß hier der Zutritt für Passagiere verboten sei.

Sie schaute sich um. Es war niemand zu sehen. Der Himmel war dunkel und unruhig mit einigen helleren Streifen. Das Meer schwarz. Als sie sich vorbeugte, konnte sie es mit knapper Not sehen.

Dunkelheit. Überall nur Dunkelheit.

Das dumpfe Vibrieren des Schiffes. Windböen mit salzigem Schaum. Wellen, die von rotierenden Schrauben hochgeworfen wurden.

Allein. Kalt trotz des Cognacs.

Kein anderer Passagier wagte sich zu dieser Zeit an Deck. Nicht bei diesem Wetter. Sie blieben alle drinnen. In einer der Bars. In dem weinroten Restaurant. In der Diskothek oder in ihren warmen Kabinen.

Drinnen.

Sie kletterte hoch. Blieb einige Sekunden sitzen, bis sie sich mit aller Kraft mit den Beinen abstieß und vornüber fiel.

Sie traf wie ein Fötus zusammengekauert auf die Wasseroberfläche, und die aufkommende Angst, von der Schiffsschraube angesogen zu werden, verließ sie sofort, als sie schnell – sehr viel schneller, als sie sich vorgestellt hatte – in die Tiefe gezogen wurde.

45

Während er auf das entscheidende Gespräch wartete, liefen zwei andere ein.

Das erste kam von dem diensthabenden Kollegen in Maardam und enthielt eine Information von Inspektor Heinemann, eine weitere Verbindung die Bankspur betreffend. Es war zwar alles andere als sichergestellt, aber es gab Anzeichen, die darauf hindeuteten, daß ein gewisser Werner Biedersen Anfang Juni 1976 eine Transaktion vom Firmenkonto auf sein privates Konto vorgenommen hatte (mit darauf folgenden Abhebungen); jedenfalls hatte Heinemann noch nicht herausfinden können, wohin eine Summe der Größenordnung, um die es sich hier handelte, verschwunden war.

Obwohl – zugegeben – es sich natürlich ebensogut um eine Spielschuld oder ein paar Pelze für die gnädige Frau oder die Freundin oder was auch immer handeln konnte, und der Inspektor bat, darauf in ein paar Tagen wieder zurückkommen zu dürfen.

»Gutes Timing«, stellte Reinhart zum zweiten Mal an diesem Abend fest, aber der Hauptkommissar seufzte nicht einmal.

»Sag etwas Sinnvolles«, forderte er statt dessen nach weiteren Minuten Stille in der Dunkelheit.

Reinhart zündete umständlich seine Pfeife an, während er antwortete.

»Ich glaube, wir werden uns ein Kind zulegen«, sagte er.

»Ein Kind?«

»Ja.«

»Wer?«

»Ich«, sagte Reinhart. »Und eine Frau, die ich kenne.«

»Wie alt bist du?« fragte der Hauptkommissar.

»Das spielt doch verflucht noch mal wohl keine Rolle«, sagte Reinhart. »Aber sie ist fast vierzig, also ist es an der Zeit.«

»Ja, das denke ich auch«, sagte der Hauptkommissar.

Es verging eine weitere Minute.

»Ja, dann sollte ich vielleicht gratulieren«, sagte der Kommissar schließlich. »Ich wußte nicht mal, daß du eine Freundin hast.«

»Danke«, sagte Reinhart.

Der zweite Anruf kam von Munckel, der das Ergebnis der vorläufigen Obduktion mitteilte. Werner Biedersen war mit einer Berenger 75 erschossen worden; drei Schüsse in den Brustkorb, abgefeuert aus ungefähr einem Meter Entfernung. Weitere zwei Schüsse in den Unterleib aus gut zehn Zentimetern. Er war so gut wie augenblicklich tot, der Tod traf ungefähr zehn Minuten nach neun ein.

Van Veeteren bedankte sich und legte auf.

»Da ist was dran an dieser Inszenierung«, sagte er nach einer Weile.

Reinharts Korbstuhl knarrte in der Dunkelheit.

»Ich weiß«, sagte er. »Ich habe auch schon dran gedacht.«

Der Hauptkommissar saß wieder still da und suchte nach den richtigen Worten. Die Wanduhr zwischen den bleichen Fensterrechtecken machte einen Ansatz, schlug dann aber doch nicht. Er sah auf seine Armbanduhr.

Halb zwei. Die mußten jetzt mindestens schon eine halbe Stunde in Arnholt liegen. Sie müßten sich bald melden.

»Diese Inszenierung«, wiederholte er.

Reinhart zündete seine Pfeife zum zwanzigsten Mal an.

»Die Frauen da drinnen ... der Frauentag«, fuhr der Hauptkommissar fort. »Ein Mann, auf der Toilette in den Unterleib geschossen ... von seiner Tochter, als Mann verkleidet ... eine dreißig Jahre alte Vergewaltigung ... Frauentag ...«

»Es reicht«, unterbrach Reinhart ihn. »Reden wir nicht mehr drüber.«

»Allright«, sagte Van Veeteren. »Ist vielleicht am besten so. Einstudiert war es jedenfalls.«

Reinhart nahm ein paar tiefe Züge.

»Das ist es immer.«

»Ja?« fragte der Hauptkommissar. »Wie meinst du das?«

»Ich weiß nicht«, sagte Reinhart.

Van Veeteren schien plötzlich wütend zu werden.

»Das tust du wohl, sag so was nicht! Was, zum Teufel, denkst du dir eigentlich? Du und ich, wir sitzen hier in dieser Scheißbruchbude mitten im Wald ... mitten in der Nacht, verflucht noch mal, und warten ... ja, könntest du so nett sein und mir sagen, worauf wir warten!«

»Auf das, was noch fehlt«, sagte Reinhart.

Das Telefon klingelte, und Van Veeteren nahm den Hörer ab.

»Ja?«

»Hauptkommissar Van Veeteren?«

»Ja.«

»Schmidt. Hafenpolizei in Arnholt. Wir sind das Schiff jetzt durchgegangen und ...«

»Und?«

»... es scheint zu stimmen, was Sie gesagt haben. Eine Passagierin wird vermißt.«

»Sind Sie sicher?«

»So sicher man sein kann. Natürlich kann sie sich irgendwo auf dem Schiff versteckt haben, aber das glauben wir nicht. Wir sind ziemlich gründlich vorgegangen. Dennoch werden wir während der Fahrt weitermachen. Wenn sie sich irgendwo an Bord befindet, werden wir sie entdecken, bevor wir wieder anlegen.«

Er machte eine Pause, aber der Hauptkommissar sagte nichts. »Es handelt sich also um eine Frau«, fuhr Schmidt fort. »Sie hatte eine Einzelkabine in der Ersten Klasse, sie ist an Bord gegangen, hat ihre Schlüsselkarte bei der Information abgeholt und sich offenbar eine Weile in der Kabine aufgehalten ...«

»Habt ihr ihren Namen?«

»Natürlich. Die Fahrkarte und die Kabine sind auf den Namen Biedersen gebucht.«

»Biedersen?«

»Ja. Aber es wird nie nach einem Ausweis gefragt, wenn bar bezahlt wird, und das hat sie eben gemacht, deshalb können das falsche Angaben sein.«

Van Veeteren holte tief Luft.

»Hallo. Sind Sie noch da?«

»Ja.«

»Gibt es sonst noch was? Oder können wir jetzt auslaufen? Wir haben schon über eine Stunde Verspätung...«

»Natürlich«, sagte der Hauptkommissar. »Leinen los.«

Dann wurde die Verbindung unterbrochen. Reinhart legte den Nebenhörer zur Seite. Reckte die Arme über den Kopf und lehnte sich zurück, daß der Stuhl knackte.

Van Veeteren stützte seine Hände auf die Knie und erhob sich mühsam. Er ging ein paarmal langsam hin und her auf den wimmernden Dielen, blieb dann vor einem der Fenster stehen. Rieb mit seinem Jackenärmel über die Scheibe und spähte nach draußen. Schließlich schob er beide Hände in die Hosentaschen.

»Was denkst du, wie sie heißt?« fragte Reinhart.

»Ich glaube, es fängt wieder an zu regnen«, erwiderte Van Veeteren.

Helene Tursten – Schwedens neue Queen of Crime!

Helene Tursten
Der zweite Mord
Roman
btb 72624

btb
Aus Freude am Lesen

Inspektorin Irene Huss muß einen ungewöhnlichen Mord aufklären: In einem Privatkrankenhaus in Göteborg fällt der Strom aus und ein Patient auf der Intensivstation stirbt durch den Ausfall des Beatmungsgerätes. Die Krankenschwester, die bei ihm wachte, liegt ermordet auf dem Stromaggregat.

Helene Tursten
Der Novembermörder
Roman
btb 72554

btb
Aus Freude am Lesen

Der reichste Mann Göteborgs, Richard von Knecht, stürzt an einem regnerischen Novembertag von seinem Balkon in den Tod, direkt vor die Füße seines Sohnes und seiner Frau. Ein kniffliger Fall für Inspektorin Irene Huss.